ULLSTEIN

Das Buch

Urbino Macintyre, amerikanischer Biograph und Privatdetektiv, freut sich auf eine schöne Zeit in Venedig mit seiner Freundin, der Contessa da Capo-Zendrini. Doch dann erscheint deren sehr eigenwilliger Freund, der Schauspieler Baron Roberto Casarotto-Re, in der Stadt. Er tritt in einer One-man-Show als Verkörperung des Dichters Gabriele D'Annunzio auf. Als der Baron anonyme Drohbriefe erhält, bittet die Contessa Urbino um Hilfe. Urbino traut Roberto jedoch nicht und verdächtigt ihn zunächst, die Briefe selbst verfaßt zu haben. Aber dann geschieht ein Mord, und die Contessa gerät in große Gefahr. Während einer nächtlichen Prozession an Allerseelen über die Schwarze Brücke spitzen sich die Ereignisse zu ...

Der Autor

Edward Sklepowich, Jahrgang 1943, studierte in New York Literatur und Kunstgeschichte. Als Fulbright-Stipendiat bereiste er die Länder Ägypten, Algerien und Tunesien. Zur Zeit hält er sich abwechselnd in New York, Venedig und Tunesien auf.

In unserem Hause sind von Edward Sklepowich bereits erschienen:
Die dunklen Wasser von Venedig
In Venedig weint man nicht
Die schwarze Brücke von Venedig

Edward Sklepowich

Die schwarze Brücke von Venedig

Roman

Aus dem Amerikanischen von
Thomas Haufschild

Ullstein

Ullstein Taschenbuchverlag 2000
Der Ullstein Taschenbuchverlag ist ein Unternehmen
der Econ Ullstein List Verlag GmbH & Co. KG, München

Titel der amerikanischen Originalausgabe:
Black Bridge (Scribner, New York)
Übersetzung: Thomas Haufschild
Redaktion: Ulrich Deurer
Umschlagkonzept: Lohmüller Werbeagentur GmbH & Co. KG, Berlin
Umschlaggestaltung: DYADEsign, Düsseldorf
Titelabbildung: IFA
Druck und Bindearbeiten: Ebner Ulm
Printed in Germany
ISBN 3-548-24946-9

Edward Sklepowich

Die schwarze Brücke von Venedig

Roman

Aus dem Amerikanischen von
Thomas Haufschild

Ullstein

Ullstein Taschenbuchverlag 2000
Der Ullstein Taschenbuchverlag ist ein Unternehmen
der Econ Ullstein List Verlag GmbH & Co. KG, München

Titel der amerikanischen Originalausgabe:
Black Bridge (Scribner, New York)
Übersetzung: Thomas Haufschild
Redaktion: Ulrich Deurer
Umschlagkonzept: Lohmüller Werbeagentur GmbH & Co. KG, Berlin
Umschlaggestaltung: DYADEsign, Düsseldorf
Titelabbildung: IFA
Druck und Bindearbeiten: Ebner Ulm
Printed in Germany
ISBN 3-548-24946-9

Für meinen Vater,
von seinem »Lieblingssohn«

Überall auf dem Canal Grande,
in der Ferne von all den Booten wiederholt,
erklang die Melodie vergänglicher Freude.

Gabriele D'Annunzio, *Feuer*

Prolog

Belladonna

Immer wenn Urbino Macintyre sich in den folgenden Monaten die Ereignisse ins Gedächtnis rief, in deren Verlauf die Contessa da Capo-Zendrini fast ums Leben gekommen wäre, gelangte er zu dem Schluß, daß alles an einem Nachmittag Mitte Oktober im Café Florian begonnen hatte.

Allerdings deutete nichts in ihrer unmittelbaren Umgebung auf die bevorstehende Tragödie hin. Die Contessa hielt auf höchst reizvolle Weise am Sommer fest und trug ein dünnes weinrotes Kleid mit Ringelblumenmuster. Überdies war sie voller Lebensfreude zu jener Zeit, fast schon störend für jemanden wie Urbino, der sich seit einigen Wochen eher niedergeschlagen fühlte.

Der Chinesische Salon, in dem die beiden Freunde ihren üblichen Tisch am Fenster besetzt hatten, erinnerte jenen Nachmittag an die rotgoldene Farbpalette eines James Whistler. Die Sonne, die von der Piazza San Marco hereinschien, die bronzenen *amorini,* die ihr schmeichelndes Licht verströmten, die zierlichen Gläser mit Kakao- und Kirschlikör, die kastanienbraunen Sitzbänke, die golden lackierten Holzleisten und der polierte Parkettboden, das Muster auf dem Kleid der Contessa – sogar Urbinos Sherry und der frisch aufgebrühte Jasmintee in der Tasse der Contessa – trugen zu dem pittoresken Eindruck bei.

»Tun Sie, was Sie nicht lassen können«, sagte die Contessa mit kaum hörbarem Seufzen, »aber ich kann wirklich nicht begreifen, warum Sie der Ansicht sind, Sie müßten Ihren nach wie vor unanständig jungen Körper über und über mit Schlamm bedecken. Ihre kleine Entzündung ist doch wohl verflogen, oder?«

»Aber ich verspüre noch immer ein Stechen.«

»Stechen!« Die Stimme der Contessa klang verächtlich. »Für mich ist das Hypochondrie. Oh, ich bestreite nicht, daß Sie aufgrund Ihrer grotesken Zehe eine Zeitlang unpäßlich gewesen sind. Ich habe sie gesehen, vergessen Sie das nicht. Der Anblick wird mir noch eine ganze Weile im Gedächtnis bleiben. Aber falls Sie wirklich Angst vor einem erneuten Aufflackern der Entzündung haben, sollten Sie keinen Alkohol trinken. Sie sollten besser auf sich achtgeben – und damit meine ich nicht, daß Sie sich im Schlamm vergraben und weinerlich Ihr Schicksal beklagen sollten. Hat Byron nicht den Hellespont und den ganzen Weg vom Lido bis zum Ende des Canal Grande durchschwommen? Und er hatte einen Klumpfuß!«

»Ich glaube nicht, daß Sie mich verstehen, Barbara.«

Der verdrießliche Tonfall seiner Stimme gefiel ihm selbst nicht. Es schien von Tag zu Tag schlimmer zu werden.

»Oh, aber natürlich verstehe ich Sie, mein Lieber. Sie haben Angst davor, jetzt bald in das schwierigste Alter von allen einzutreten – die sogenannten mittleren Jahre. Sie haben Angst davor, Ihrer Jugend Lebewohl zu sagen. Und außerdem – geben Sie es ruhig zu – haben Sie Angst davor, es könnte sich um Ihr erstes persönliches kleines Memento mori handeln. Habe ich recht, *caro*?«

Natürlich hatte die Contessa recht, aber er würde ihr nicht die Genugtuung verschaffen, das auch noch zuzugeben.

»Was für ein viktorianisch anmutendes Gebrechen«, fuhr sie fort. »Fast wie ein Zeitgemälde: Die Männer kränkelnd vor Gicht und die Frauen von Ohnmacht umnebelt. Ich habe über Ihre kleine Unpäßlichkeit nachgelesen: Alexander der Große, Michelangelo, Heinrich der Achte – nein, den vergessen Sie mal lieber, obwohl er mich auf ein Weihnachtsgeschenk für Sie gebracht hat: einer dieser Hocker, auf denen er seinen gichtkranken Fuß auszuruhen pflegte. Seien Sie doch nicht gleich beleidigt! Ich glaube, Sie verlieren Ihren Sinn für Humor, und wenn der erst einmal weg ist, mein Freund...«

Sie schüttelte ahnungsvoll den Kopf. Urbino tat so, als interessierte er sich für die Partie Schach, die ein deutsches Paar am Nebentisch auf einem kleinen Reiseschachbrett spielte.

»Aber ich habe eine Bitte!« fügte die Contessa hinzu. Sie konnte es nicht lassen, ihm noch mehr gute Ratschläge zu geben. »Werden Sie nicht zu einer dieser verzweifelten Seelen, die versuchen, die Natur zu überlisten. Affendrüsen! Kalbsembryos! Und dann diese Leberspritzen, die Harriet in diesem Dracula-Institut drüben in Ungarn verabreicht bekommt!« Die Contessa schüttelte langsam ihren modisch frisierten honigblonden Kopf. Sie meinte Harriet Kolb, ihre Gesellschafterin und Sekretärin, die ganz versessen auf alle möglichen dubiosen Heilmittel und Therapien war. »Schlamm ist vielleicht nur der Anfang!«

»Wenn ich mich recht erinnere, haben Sie vor zwei Jahren in Montecatini eine ganze Woche lang dem Schlamm gefrönt.«

»Ach das!« Die Contessa winkte mit ihrer beringten Hand träge ab. »Dieser *fango* war für mein Gesicht bestimmt«, sagte sie und betonte dabei den italienischen Begriff, als bezeichne er etwas weitaus höher Entwickeltes als den Schlamm des Kurorts Montecatini in der Nähe von Florenz.

Sie hob ebenjenes Gesicht, als wolle sie Urbino auffordern, die wundersamen Kräfte des *fango* am dafür vorgesehenen

Wirkungsort zu inspizieren. Sie hatte ihm gegenüber nie ihr tatsächliches, womöglich verräterisches Alter preisgegeben, aber Urbino vermutete, daß sie knapp zwei Jahrzehnte älter war als er selbst, und ihm standen die Vierzig unmittelbar bevor. Die Contessa hatte ein attraktives Gesicht, das dank eines ebenmäßigen Knochenbaus, guter Erbanlagen und mit Bedacht aufgetragenen Make-ups – und eventuell sogar dank des *fangos* – mindestens zehn Jahre jünger aussah.

»Wie dem auch sei, Urbino, nach Montecatini bin ich hauptsächlich Oriana zuliebe gefahren. Sie brauchte jemanden, dem sie sich während jener wenigen Momente anvertrauen konnte, die sie nicht mit ihrem Berliner verbrachte. Dabei fällt mir ein, *er* hatte die Gicht. Allerdings war er schon über sechzig«, fügte sie lächelnd hinzu. »Apropos Oriana, Sie haben Ihren neuen Freund ziemlich vernachlässigt, obwohl er doch Amerikaner ist.«

Orianas Liebesangelegenheiten waren ein ganz neues Thema für die Contessa.

»Na und? Ich mag Flint nicht besonders, ob er nun Amerikaner ist oder nicht.«

»Aber er ist sehr gutaussehend, meinen Sie nicht?«

»Gutaussehend, ja, und außerdem ziemlich raffiniert. Er nutzt Oriana von vorne bis hinten aus.«

»Das würde niemandem je gelingen. Diese Frau hat wirklich Biß.«

Wie ein Leopard, dachte Urbino eingedenk so mancher Stücke ihrer Garderobe, doch er sagte: »Nun ja, das wird bald vorbei sein. Diese Affäre läuft ohnehin schon viel länger als alle ihre früheren Liebschaften.«

»Genau das ist der Punkt, *caro.* Das geht jetzt schon seit einigen Monaten so, und ich bin mir ziemlich sicher, daß es sich nicht bloß um eine Affäre handelt.«

»Wie wollen Sie es denn sonst nennen? Schließlich ist Oriana mit Filippo verheiratet?«

»Ich würde es ganz einfach Liebe nennen!«

Jetzt wußte Urbino, daß er diese Veränderung seiner normalerweise so berechenbaren Contessa nicht länger ignorieren konnte.

»Liebe! Sie wollen mich wohl auf den Arm nehmen.«

»Ich glaube nicht, daß ich in meinem Leben jemals jemanden ›auf den Arm genommen‹ habe, mein lieber Urbino, vor allem dann nicht, wenn es um Liebe ging.«

Er blickte hinaus auf die Piazza San Marco. Der Platz, von Napoleon einst als prächtigster Salon Europas bezeichnet, hatte nach dem beispiellosen Trubel der Hochsaison einen Teil seiner Gelassenheit zurückgewonnen. Die Horden lärmender Touristen waren abgereist. An ihrer Stelle befanden sich nunmehr Leute, die betrachteten, anstatt zu gaffen, und die dem Platz und den Arkaden fast schon einen Anschein von Trägheit verliehen.

Seine Lieblingsmonate in Venedig standen unmittelbar bevor, und er hatte sich auf tröstende und stärkende Stunden in Gesellschaft der Contessa gefreut. Vormittage in den Museen, Nachmittage wie dieser im Café Florian, Tagesausflüge nach Torcello und Florenz, Abendessen in ihren bevorzugten Restaurants, Konzerte und Opern im Teatro del Ridotto und im Teatro La Fenice und behagliche Abende in der Ca' da Capo-Zendrini.

Aber er hatte sich etwas vorgemacht. Ihre Anmerkungen zu Orianas neuestem Liebhaber ließen erkennen, wie wenig die Contessa im Moment sie selbst war. Er glaubte den Grund dafür zu kennen. Ihre nächste Frage bestätigte seine Vermutung.

»Sie wissen doch hoffentlich, *caro,* daß Sie rechtzeitig

zu Bobos Premierenabend aus Abano zurück sein müssen?«

Bobo – oder der Baron Roberto Casarotto-Re, ein langjähriger Freund der Contessa und ihres verstorbenen Gatten – kam in die Stadt, um sein Einpersonenstück über den umstrittenen Schriftsteller Gabriele D'Annunzio aufzuführen. Obwohl Urbino ihm noch nie begegnet war, hatte er von ihm gehört – genaugenommen sogar zu häufig während der letzten Monate.

Die Contessa senkte den Blick auf ihr Kleid und entfernte ein nicht vorhandenes Stäubchen.

»Oh, Sie werden Bobo einfach lieben! Er hat praktisch sein ganzes Leben diesem häßlichen kleinen Mann gewidmet.«

Der Baron selbst war hingegen keineswegs ein »häßlicher kleiner Mann«. Falls Urbino geglaubt hatte, die Schilderungen der Contessa seien womöglich ein wenig übertrieben, hatten zwei Fotos ihm rasch diese Illusion geraubt. Eines zeigte einen gutaussehenden, kraftvollen Mann in weißer Tenniskleidung, der laut Angabe der Contessa und zu Urbinos Überraschung fünfundsechzig Jahre alt sein sollte. Das andere war sein Autogrammfoto. Es war mittlerweile zehn Jahre alt und bewies, wie wenig der stattliche, athletische Baron sich verändert hatte.

»Ich würde die Premiere des Barons als D'Annunzio-Imitator um keinen Preis der Welt verpassen wollen!«

»Bobo gibt eine Vorstellung am Theater, Urbino. *Granatapfel* ist eine Aufführung, die auf seinem eigenen Stück basiert, wie Sie sehr wohl wissen. Wir werden doch hoffentlich keine Schwierigkeiten bekommen, oder? Ich sage ›Schwierigkeiten‹, weil Sie viel zu sehr mit Ihrem Zeh beschäftigt sind, um sich zu amüsieren und ... und um anderen das Recht darauf zuzugestehen!«

Sie seufzte und griff nach seiner Hand.

»Ich mache mir Sorgen um Sie«, fuhr sie fort. »Ich könnte mir keine größeren Sorgen machen, wäre ich auch Ihre ... Ihre ...« Sie suchte nach dem richtigen Wort, um die Beziehung zu beschreiben, gab dann den Versuch jedoch auf. »Oh, mir ist aufgefallen, wie Sie Leute ansehen, die das Leben genießen. Zum Beispiel dieses süße Pärchen, das dort auf den Stufen sitzt.« Sie warf einen nachsichtigen Blick auf einen Jungen und ein Mädchen, die einen Imbiß aus Brot und Käse zu sich nahmen. Zu manch früherer Gelegenheit hätte die Contessa sich darüber aufgeregt. »Sie sind neidisch! Neidisch darauf, daß die beiden offensichtlich so viel Freude aus solchen Kleinigkeiten ziehen können. Die zwei hocken dort auf ihrem ärmlichen kleinen Sitzplatz, und doch gehört ihnen ganz Venedig. Nein, man braucht gar nicht viel dazu, nicht wahr? In dieser Erkenntnis liegt eine Menge Trost«, sagte sie, als sei sie nicht eine der wohlhabendsten Frauen von Venedig.

Sie verstummte für eine Weile, während sie von ihrem eigenen, durchaus nicht ärmlichen Sitzplatz aus das Paar betrachtete. Dann, als würde sie sich selbst aus einem Traum zurückholen, sagte sie: »Also vertreiben Sie gefälligst die alberne Vorstellung aus Ihrem Kopf, Sie wären krank. Da ist so viel, worüber Sie sich freuen können. Worüber *wir beide* uns freuen können!«

Das Gesicht der Contessa strahlte, und das war weder gekünstelt noch lag es an den warmen Farben oder dem goldenen Licht im Café Florian.

»Außer Bobo, *caro,* sind da noch dieses wunderschöne Wetter, das Ende der Touristensaison und meine Bootsbrükke. Obwohl die natürlich einen etwas melancholischen Beigeschmack hat.«

Die Bootsbrücke war eine Pontonverbindung quer über die Lagune zur Friedhofsinsel San Michele am 2. November, dem Allerseelentag. Die Contessa bezeichnete dieses Ereignis vereinnahmend als das ihre, weil sie diese feierliche venezianische Tradition wiederaufleben ließ – und sie finanziell unterstützte.

Sie strich Orangenmarmelade über ein Stück Teegebäck und fügte einen großzügigen Klecks Schlagsahne hinzu. Dann hielt sie das Gebäckstück Urbino entgegen.

»Für Sie, *caro*. Um Sie zu beruhigen. Es wird Ihnen nicht schaden.«

Sie bestrich ein zweites Gebäckstück für sich selbst. Mit kaum wahrnehmbarem Stirnrunzeln sagte sie dann: »Sie werden Bobo doch wohl mit Ihrer üblichen Liebenswürdigkeit begegnen, oder? Er war einer von Alvises besten Freunden. Seit Rosas Tod scheint er einen Großteil seiner Lebensfreude verloren zu haben. Ich bin sehr froh, daß er endlich seinen wohlverdienten Erfolg erhält.«

»Bobo! Ist das nicht ein ziemlich jungenhafter Name für einen Mann seines Alters?«

»Es ist ein sehr liebenswerter Name! Er drückt ein gewisses *je ne sais quoi* aus. Oh, Sie werden mich bald verstehen, *caro*!« Dann gab sie eine Anekdote über einen Ausritt des Barons in Kampanien zum besten. »Ganz wie Colleoni!« schwärmte sie. Sie meinte das beeindruckende Reiterstandbild des *condottiere* vor San Zanipolo, das zu dieser Tageszeit in ein ebenso goldenes Licht getaucht war wie die Worte, mit denen die Contessa überschwenglich Bobos Vorzüge pries.

Je mehr die Contessa schwärmte, desto mehr schwand Urbinos Interesse. Er dachte lediglich daran, welch ein jämmerliches Bild er selbst schon immer auf einem Pferderücken abgegeben hatte. Und mit Sicherheit war der Baron, trotz seines fortgeschrittenen Alters, noch nie von einem so peinlichen Leiden wie der Gicht heimgesucht worden.

Urbino stellte sich auf einen langen, unbehaglichen Nachmittag ein, denn sobald die Contessa die erste Anekdote beendet hatte, begann sie mit der nächsten, diesmal von der tapferen Rettung aus dem Meer vor Taormina, die der Baron seinem Schwager angedeihen ließ.

Urbino war daher erleichtert, als eine Frau Ende Dreißig an ihren Tisch trat. Es war Harriet Kolb, die Gesellschafterin und Sekretärin der Contessa, eine dünne, unansehnliche Frau mit fliehendem Kinn. Sie hatte ihr braunes Haar kürzlich in steife Wellen legen lassen, und sie hatte ihrer üblichen braunen Strickjacke und dem marineblauen Rock durch einen Designerschal und eine goldene Seepferdchenbrosche ein für sie untypisches Flair verliehen.

»Möchten Sie dieses Material über den Baron für den *Gazzettino* gern durchsehen, Barbara?«

Sie reichte ihr eine braune Mappe. Die Contessa nahm einige Blätter und ein Schwarzweißfoto heraus. Sie gab Urbino das Foto.

Es zeigte den Baron Bobo im Haus von Gabriele D'Annunzio am Lago di Garda. D'Annunzio hatte sich gern dorthin zurückgezogen. Der Baron stand neben einem Gebilde, das halb Wiege, halb Sarg war. Seine Haltung wirkte befangen, konnte sein stattliches Aussehen jedoch nicht beeinträchtigen.

»Bellissimo!« sagte Harriet und gab einen Laut von sich, der irgendwo zwischen Kichern und Wiehern lag. »Ich kann es gar nicht erwarten, ihn kennenzulernen. Übrigens, Urbino, Sie sehen nicht so fit wie gewöhnlich aus, wenn ich das anmerken darf. Dieser Gichtanfall vor ein paar Wochen hat Ihnen vielleicht stärker zugesetzt, als Ihnen bewußt ist. Vermeiden Sie auch alle Nachtschattengewächse?«

»Das will ich doch hoffen. Ist das nicht ein Gift – Belladonna?«

Harriet stieß ein schrilles, hohes Lachen aus.

»Oh, *das* sollten Sie unter allen Umständen vermeiden! Aber nur manche Nachtschattengewächse sind giftig. Kartoffeln, Auberginen, Paprika und Tomaten sind es nicht, allerdings für Leute wie Sie und mich womöglich doch. Ich habe seit Juli keine mehr gegessen. Und meinen Gelenken geht es inzwischen sehr viel besser.«

Sie beugte einen ihrer Arme, um die Resultate des Verzichts auf die gefürchteten Nachtschattengewächse zu unterstreichen.

»Meine Ellbogen waren früher spitz wie Dolche. Sie fühlten sich an, als ob sie...«

Während Harriet weiter von Nachtschattengewächsen und ihren Gelenken erzählte, fragte Urbino sich, wie diese Frau es wohl schaffte, jegliche Exzentrizität abzulegen, sobald es um ihre Arbeit ging, wie die Contessa behauptete. Diese wartete mit tolerantem Lächeln, bis Harriet geendet hatte, und gab ihr dann die Mappe zurück.

»Dann werde ich diese Sachen mal lieber beim *Gazzettino* abliefern«, sagte Harriet. »Auf dem Schreibtisch liegen ein paar Briefe, die Sie noch unterschreiben müssen. Ich schicke sie dann morgen früh ab.«

»Ich glaube, Harriet hat sich in Bobo verguckt, meinen Sie nicht?« fragte die Contessa, nachdem die Frau gegangen war. »Ich kann nicht begreifen, wie Sie nur so unzugänglich für seinen Charme sein können!«

»Aber ich habe ihn doch noch nie getroffen!«

»Das hat Harriet auch nicht, aber Sie sehen ja, wie hingerissen sie ist. Oh, Sie sind blind, Urbino! Erst bei Oriana und jetzt bei Harriet.«

»Blind?«

»Blind für den schelmischen kleinen Jungen mit den Pfeilen!« Sie warf einen zärtlichen Blick auf einen der bronzenen *amorini*. »Ihnen entgeht so viel!«

Ihre Augen strahlten. Wenn es ihr jetzt schon so ging, wie würde sie sich wohl fühlen, wenn der Baron in all seiner Kraft und Herrlichkeit in Venedig eintraf?

»Oh, wir werden uns alle zusammen ganz wundervoll amüsieren, *caro*!« rief die Contessa aus. »Warten Sie es nur ab!«

Urbino hatte so seine Zweifel.

Teil I

Mord im Rialto

1

Eingehüllt in ein Leinentuch und bedeckt von dreiundvierzig Grad heißem Schlamm ruhte Urbino auf einer Liege in einem der Behandlungszimmer in Abano Terme. Er kam sich vor, als befände er sich in einem der Geheimräume im Schloß des Marquis de Sade, denn er war umgeben von antiseptischen Fliesen, grotesk aus der Wand ragenden Hähnen und Schläuchen und einer merkwürdigen Abflußöffnung im Boden. Nur sein Gesicht, seine Brust und sein rechter Arm lagen frei. Der Therapeut hatte gesagt, er wäre in zwanzig Minuten zurück.

Urbino hoffte, er würde sein Versprechen halten. Es waren erst fünf Minuten vergangen, und schon jetzt hätte er am liebsten um Hilfe gerufen. Gott sei Dank konnte er eine Hand bewegen. Auf diese Weise gab man hier den Gästen – es war nie von »Patienten« die Rede – das Gefühl, sie wären nicht völlig ihrem Schicksal ausgeliefert. Er wischte sich die Schweißperlen von der Stirn und versuchte, an etwas Angenehmes zu denken.

Es gelang ihm nicht. Wie sollte es auch, wenn man eingepackt war wie eine Mumie im Sarkophag? Außerdem war er todmüde, nachdem er sich zwei Nächte lang in seinem überheizten Zimmer hin und her gewälzt hatte, während beständig ein schwefliger Geruch unter der Tür hereingekrochen war – der gleiche schweflige Geruch, der ihn jetzt umgab und der allem und jedem in diesem Kurbad anzuhaften schien.

Warum sollte er es nicht einfach zugeben? Er hatte einen Fehler gemacht. Es wäre besser gewesen, im Grand Hotel des Bains am Lido abzusteigen oder für einen kompletten Tapetenwechsel in der Hassler Villa Medici unten in Rom, aber jetzt mußte er noch zwei weitere Tage durchhalten. Die Contessa erwartete ihn vorher nicht zurück. Genaugenommen würde sie vielleicht ohnehin nicht sonderlich erfreut sein, ihn zu sehen, denn schließlich hatte sie im Moment nur Baron Bobo im Kopf.

Zwei Stunden später, nachdem er infolge der Schlammtherapie einen beispiellosen Schweißausbruch durchlitten hatte, der dazu gedacht war, »die Gifte aus seinem Körper zu schwemmen«, gönnte Urbino sich eine Massage und ging dann zum Pool. Während er seine letzte Runde beendete, sah er hoch und erblickte Marco Zeolis langes, schmales Gesicht, das wie immer äußerst erschöpft wirkte. Der stellvertretende medizinische Leiter des Kurbads hielt ihm ein Handtuch entgegen.

Zeoli tat alles, um Urbinos Aufenthalt so angenehm wie möglich zu gestalten, weil er hoffte, Urbino würde der angloamerikanischen Gemeinde von Venedig das Kurbad wärmstens weiterempfehlen. Falls alles gut für ihn verlief, würde Zeoli, erst einundvierzig Jahre alt, schon bald zum medizinischen Leiter ernannt werden. Er war jetzt seit fast fünfzehn Jahren dort beschäftigt und kam jeden Tag aus dem vierzig Kilometer entfernten Venedig angereist, wo er mit seiner verwitweten Mutter lebte.

»Sie sind offenbar in guter Verfassung, Urbino.«

Zeolis kalte, präzise Stimme paßte zu seinem ernsten Aussehen. Er hatte Urbino immer an eine Gestalt aus einem

Gemälde von Goya erinnert. Es war komisch, wenngleich auch ein wenig beunruhigend, daß ein Mann in seiner Position keine stärkere Aura der Gesundheit besaß, sondern lediglich den schwachen Geruch des heilsamen Schwefels verbreitete, der seiner fahlen Haut anhaftete.

»Nicht jeder kommt wegen eines Leidens hierher, und im Vergleich mit manch anderen ist das Ihre eher geringfügig«, fügte Zeoli eilig hinzu. Sein professioneller Blick ruhte kurz auf Urbinos rechtem großen Zeh, während Urbino sich abtrocknete. »Einige Leute kommen ganz einfach zur Erholung – sogar aus England und Deutschland. Der Mann und die Frau dort drüben« – er deutete auf ein älteres Paar mit fülligen, gesunden Gesichtern und rötlichen Haaren – »kommen jedes Jahr den ganzen Weg aus Finnland hierher, und sie sind bei bester Gesundheit. Bedenken Sie, daß Abanos Heilschlamm und die Thermalquellen seit der Römerzeit Zulauf erhalten. Vielleicht möchten Sie uns erneut besuchen, um hier an Ihrem neuesten Buch zu arbeiten. Unsere Bibliothek ist die beste in ganz Abano. Falls Sie irgendwelche Schwierigkeiten oder Anregungen haben, lassen Sie es mich wissen. Guten Tag.«

Zeoli ging.

Während er auf einem Stuhl am Rande des Pools saß, dachte Urbino daran, was Zeoli über die Römer gesagt hatte, und mußte lächeln. Die Männer und Frauen in ihren weißen Bademänteln sahen tatsächlich ein wenig wie in Togen gehüllte Römer aus, vor allem ein übergewichtiger, unansehnlicher Mann, der am anderen Ende des Pools gerade seinen Bademantel auszog. Mit seinem runden, völlig kahlen Kopf und der herabhängenden Unterlippe ähnelte er einem korrupten Senator aus der Zeit der Cäsaren. Nur seine unverkennbaren Schmerzen sowie seine Geistesabwesenheit milderten das Bild ein wenig. Er ertappte Urbino beim Starren und runzelte die Stirn.

Urbino wandte seine Aufmerksamkeit *Feuer* zu, D'Annunzios Roman über Venedig, ein als Erzählung getarnter Bericht über seine Affäre mit der Schauspielerin Eleonora Duse. Der Held hielt gerade im Dogenpalast einen Lobgesang auf Venedig, während seine alternde Geliebte ihn aus der Menge bewundernd anstarrte. Die Szene war erfüllt von Enthusiasmus und Bombast, Poesie und Prophezeiung, so daß sie auf merkwürdige Weise inspirierend und lächerlich zugleich wirkte.

Trotz aller Übertreibungen D'Annunzios konnte der Text seinen Leser schnell gefangennehmen, und so erging es auch Urbino. Das lag an D'Annunzios Leidenschaft, einer Leidenschaft, die der unattraktive kleine Mann nicht nur auf dem Papier, sondern auch im Schlafzimmer ausgelebt hatte. All dies machte Urbino Sorgen im Hinblick auf die Person des Barons Casarotto-Re, der angeblich D'Annunzios Geist wiederaufleben ließ, wenngleich er offensichtlich nicht von unvorteilhafter Gestalt war.

»Verzeihung, Signor Macintyre.« Es war der Poolwärter mit einem schnurlosen Telefon. »Ein Anruf für Sie.«

»Urbino!« Die Stimme der Contessa klang dringlich. »Es tut mir furchtbar leid, Sie mitten in Ihrem Schlamm zu behelligen« – ihr helles Lachen klang gezwungen –, »aber es gibt ein Problem. Alles geht drunter und drüber! Bobo wird bedroht! Sie müssen sofort zurück nach Venedig kommen und etwas unternehmen!«

»Was ist passiert?«

»Seien Sie doch ein wenig feinfühlig! Ich kann am Telefon nicht ins einzelne gehen. Kommen Sie zurück nach Venedig. Ich zähle auf Sie.«

Urbino seufzte. Er verspürte plötzlich den widersinnigen Drang, nicht aus Abano abzureisen. In welche Angelegenheit zog die Contessa ihn gerade hinein? Und was hatte das alles mit Baron Bobo zu tun?

»Also gut, Barbara. Mein Zug wird um Viertel nach sieben eintreffen. Schicken Sie Milo mit dem Boot.«

Urbino konnte die Erleichterung der Contessa durch das Telefon spüren.

»Ich werde es wiedergutmachen, daß ich Sie auf diese Weise aus dem Schlamm zerre, *caro.* Sie haben mein Wort darauf.«

2

Als Urbino den *salotto blu* in der Ca' da Capo-Zendrini betrat und die Contessa erblickte, war ihr Gesicht von einer schicklichen Röte überzogen, und ihr Nasenrücken leicht von der Sonne verbrannt. Seit er die Contessa kannte, hatte sie noch nie zugelassen, daß so etwas passierte.

»Bobo wohnt im Gritti. Er hat in den letzten sechs Stunden so viel durchgemacht, der Arme – und ich auch! Wir waren im Cipriani und haben uns mit Oriana und John ganz prächtig amüsiert! Wir konnten ja nicht ahnen, was dem armen Bobo bevorstand!« Sie seufzte und schüttelte den Kopf. Ihr Haar leuchtete noch stärker als vor drei Tagen. »Würden Sie mir bitte noch einen GT mixen?«

Diese Bitte der Contessa und das leere Glas, das sie ihm entgegenstreckte, waren der deutlichste Beweis für ihr ungewöhnliches Befinden, denn normalerweise trank sie Tee, Mineralwasser und Wein. Gin Tonic war nur für besondere und nicht immer die erfreulichsten Anlässe vorgesehen.

Urbino wußte nur zu gut, daß er in seiner gegenwärtigen Verfassung keinen Alkohol trinken sollte, aber er spürte, daß er jetzt ebenfalls einen Drink brauchte, um, was auch immer ihm bevorstand, besser ertragen zu können. Er mixte zwei Gin Tonics. Die Contessa nippte an ihrem Glas und kniff ihre grauen Augen zusammen, als hätte sie gerade eine bittere Medizin geschluckt.

»Irgendeine neidische, böswillige Person versucht, Bobos Erfolg zu untergraben.«

Sie starrte Urbino eine Zeitlang an, als verdächtige sie ihn dieser Tat.

»Sie haben erwähnt, er habe Drohungen erhalten.«

»Nicht direkt – wenigstens bis jetzt. Man hat eine in der *bocca di leone* im Dogenpalast gefunden.«

Bocche dei leoni – oder Löwenmäuler – waren während der eisernen Herrschaft des Rates der Zehn überall in der Stadt aufgestellt worden. In diesen marmornen Kästen mit Löwenornamenten wurden früher Denunziationen hinterlassen, die für die beschuldigten Bürger oft zu Verhören, Folter und Tod führten. Die Löwenmäuler im Dogenpalast gehörten zu den wenigen Exemplaren, die in der Stadt noch übriggeblieben waren. Heutzutage stopften die Leute dort für gewöhnlich Kaugummipapier und die Folie von Zigarettenschachteln hinein.

»Hier ist eine Kopie.«

Sie entfaltete ein weißes Blatt Schreibmaschinenpapier und reichte es ihm. In der Mitte des Blattes standen in italienischer Sprache mehrere handgeschriebene Sätze in Großbuchstaben:

DER BARON ROBERTO CASAROTTO-RE IST GENAUSO UNMORALISCH WIE GABRIELE D'ANNUNZIO,

DER MANN, DEN ER ALS MASKE BENUTZT. DER EINZIGE UNTERSCHIED LIEGT DARIN, DASS D'ANNUNZIO TOT IST UND NIEMANDEM MEHR SCHADEN KANN. DIE WAHRHEIT WIRD ANS LICHT KOMMEN.

»Das Original wurde auf rotem Papier geschrieben, zusammengefaltet und in die *bocca* gesteckt«, erklärte die Contessa. »Der Direktor des Dogenpalastes hat die Polizei gerufen. Der *Gazzettino* hat per Post das gleiche Blatt sowie fünfzigtausend Lire erhalten. Der Chefredakteur vermutete, das Geld sei als Bezahlung für eine Anzeige gedacht, aber er hat diese Anzeige nicht gedruckt, sondern statt dessen ebenfalls die Questura verständigt.«

»Was sagt der Baron dazu?« fragte Urbino und gab ihr das Blatt zurück.

»Bobo ist tapfer, der Liebe! Er versucht, das Ganze als schlechten Scherz abzutun, aber er ist beunruhigt. Wer wäre das nicht?«

»Und er hat keine Ahnung, was das zu bedeuten hat?«

»Nicht im mindesten! Wie sollte er? Hinter all dem steckt nichts als Neid und Böswilligkeit! Er ist einer der anständigsten Menschen, die ich kenne. Ich kann Falschheit buchstäblich riechen« – sie hatte eine wohlgeformte Patriziernase, die in der Tat wie dafür geschaffen wirkte, jegliche Arglist sofort zu wittern –, »und Bobo ist durch und durch aufrichtig. Ihm wird abscheuliches Unrecht zugefügt, und ich möchte, daß Sie der Sache auf den Grund gehen. Das werden Sie doch, nicht wahr?«

»Was hat er zu diesem Vorschlag gesagt?«

»Oh, er ist so uneigennützig! Er sagte, es bestünde weder für Sie noch für sonst jemanden die Veranlassung, irgend etwas zu unternehmen, weil sich diese Angelegenheit ohnehin in Wohlgefallen auflösen würde, aber ich glaube ihm nicht. Ich meine natürlich«, stellte sie klar, »daß ich ihm sehr wohl glaube, aber er irrt sich. Es ist noch nicht vorbei. Er versucht um meinetwillen, die Sache herunterzuspielen. Aber Ihnen gegenüber wird er vielleicht die Wahrheit sagen. Ich meine«, wiederholte sie mit einem Anflug von Ungeduld, »daß er Ihnen gegenüber eher geneigt sein wird, seine tatsächliche Einschätzung dieser scheußlichen Situation preiszugeben!«

»Ach, liebste Barbara, du befindest dich im Irrtum«, ließ sich eine tiefe männliche Stimme mit britischem Akzent aus Richtung der Tür vernehmen. »Was ich dir erzähle und was ich anderen Leuten erzähle, wird immer übereinstimmen. Darauf kannst du dich ganz fest verlassen. Sie müssen Barbaras lieber Freund Urbino sein. Es ist mir ein Vergnügen, Sie kennenzulernen.«

Der Baron Casarotto-Re ging auf Urbino zu und blickte aus fast einem Meter neunzig Höhe zu ihm herab. Er ergriff Urbinos Hand und schüttelte sie mit festem Druck.

3

Alles an Baron Roberto Casarotto-Res Erscheinungsbild schien in jeder Hinsicht vor Vitalität zu strotzen – seine klaren dunklen Augen, sein olivfarbener Teint, seine sehnige Gestalt, sogar sein weißes Haar, das zwar ein wenig zurückgegangen, aber nicht nennenswert gelichtet war. Die Zähne des Barons waren jedoch ein wenig zu weiß und ebenmäßig, um echt zu sein.

Noch bevor Urbino richtig begriff, was die Contessa vorhatte, stand sie auf, ließ ihr Glas Gin Tonic blitzschnell in der Hausbar verschwinden und läutete nach Lucia, damit diese den Tee brachte. Der Baron ging zu ihr hinüber und küßte sie auf die Wange.

»Du und Urbino, ihr solltet euch erst ein wenig kennenlernen, bevor ihr über solch ernste Dinge redet, Bobo. Es kommt schon alles wieder in Ordnung. Mach dir keine Sorgen.«

Die Contessa tätschelte aufmunternd seinen Arm.

»Aber ich mache mir keine Sorgen, liebste Barbara, nicht die geringsten. Ich muß mich dafür entschuldigen, daß Barbara Sie zurück nach Venedig geholt hat. Sie ist manchmal sehr forsch, aber wir müssen ihr vergeben, denn wir wissen ja, wie uneigennützig sie ist.« Seine schmale Oberlippe kräuselte sich zu einem Lächeln. »Und ich weiß, wie sehr sie sich vor allem um Sie sorgt, Urbino, wenn ich Sie so nennen darf. Ein prächtiger Name – und eine prächtige Stadt, die wirkt wie ein leibhaftiges Gemälde Raffaels. Bitte nennen Sie mich Bobo. Barbara hat mir alles über Sie erzählt. Natürlich nicht all Ihre Geheimnisse – ha, ha! Aber vielleicht kommt das ja noch. Nein, nicht alles, aber genug, um mich neugierig zu machen. Ach ja, und sie hat mir von Ihrem Problem berichtet«, fuhr der Baron fort und erweckte den Anschein von grenzenloser Energie und Enthusiasmus. »Ich meine Ihr Problem *dort unten,* mein Freund.«

Er deutete mit einem langen, sorgfältig manikürten Finger auf Urbinos Gucci-beschuhten Fuß. Die Contessa trug ein gekünsteltes Lächeln zur Schau und wich Urbinos Blick aus.

»Sie sind ein bißchen jung für so etwas, aber ich bin wirklich kein Experte für medizinische Angelegenheiten. Mir selbst sind solcherlei Unpäßlichkeiten bislang erspart geblieben. Ich war in meinem Leben kaum einen Tag krank. Na ja, eines Tages werde ich dafür vermutlich doppelt und dreifach heimgesucht werden.«.

»Dieser Tag liegt hoffentlich noch in weiter Ferne, Bobo.«

»Sie sollten besser auf sich aufpassen«, fügte der Baron hinzu. »Zum Beispiel der Drink, den Sie da in der Hand halten. In ihm lauert der Schurke Alkohol und wartet nur darauf, hinab in Ihren Zeh zu fahren und dort sein verderbliches kleines Werk zu verrichten.«

Als die Contessa einen Witz darüber machte, wie Urbino wohl in seinem Schlammbad in Abano ausgesehen haben mochte, wechselte der Baron zum Glück abrupt das Thema. Er erging sich in einer Beschreibung seines Tennismatches an jenem Morgen im Hotel Cipriani, zusammen mit der Contessa, Oriana und John Flint, ihrem neuesten *innamorato.* Er wies Urbino nachdrücklich auf die Notwendigkeit hin, ebenfalls Sport zu treiben, und durchbohrte ihn dabei mit seinen dunkelbraunen Augen, als könnte er durch Urbinos Ermenegildo-Zegna-Anzug den vermeintlich ungestählten Körper sehen, der sich darunter verbarg.

Als Lucia hereintrat und das Tablett mit dem Teegeschirr brachte, ließ Bobo sich dadurch nicht in seinem Monolog beirren. Urbino fragte sich, wie lange dieser Mann wohl so weitermachen konnte, bis ihm einfiel, daß er ja ein Einpersonenstück von mehr als einer Stunde Dauer bestritt. Die Contessa schenkte den Tee ein und warf dabei den beiden Männern weiterhin nervöse Blicke zu. Erst als der Baron an seinem Tee nippte, brach sein Redeschwall ab, aber auch diese Unterbrechung war nur von kurzer Dauer.

»Kein Tee ist so köstlich wie deiner. Wie machst du das nur?«

»Mutter hat stets gesagt, man solle beim Aufbrühen das Miserere aufsagen. Sobald man damit fertig sei, sei der Tee perfekt gelungen.«

»Und das ist dein Tee auch immer, meine Liebe. Deine Mutter war eine weise und – nach ihrem Foto zu urteilen – eine wunderschöne Frau.«

Der Baron stellte seine Tasse ab, griff in die Tasche seines Jacketts und holte ein golden ziseliertes Zigarettenetui hervor. Die Contessa, die es normalerweise nicht gern sah, wenn jemand im *salotto* – oder genaugenommen irgendwo in ihrer Nähe – rauchte, schien keinen Einwand erheben zu wollen, als der Baron mit einem goldenen Feuerzeug eine Gauloise entzündete. Ihr Blick wanderte für einen Moment in Urbinos Richtung.

Bevor der Baron einen weiteren Monolog anstimmen konnte, sagte Urbino: »Verzeihen Sie, Baron, aber . . .«

»Bobo«, sagte der Baron. Er atmete eine sich kräuselnde Rauchwolke aus, die langsam in Richtung einer Sammlung von Keramiktieren zog.

»Ich wollte sagen, Bobo« – der Name kam Urbino nicht leicht über die Lippen –, »daß Sie mir nicht so bestürzt vorkommen, wie ich es an Ihrer Stelle sein würde. Das ist irgendwie seltsam.«

»Urbino!«

»Kein Grund zur Beunruhigung, liebste Barbara. Er hat recht – und es ist richtig, daß er es erwähnt. Ich bewundere Aufrichtigkeit. Man hat den armen Jungen von seiner dringend benötigten Therapie weggeholt, und ich weiß sein Opfer nicht einmal zu würdigen. Aber sehen Sie, Urbino, ich möchte diese Angelegenheit nicht noch künstlich aufbauschen. Ich finde es schrecklich, daß Barbara so aufgewühlt ist. Sie hat Angst, ich würde – wie hast du es genannt, meine Liebe? – ›meine künstlerische Gabe verlieren‹. Vermutlich ist es am besten, diese Sache auf sich beruhen zu lassen.«

»Auf sich beruhen lassen? *Ich* würde so etwas nicht auf sich beruhen lassen wollen, wenn ich bedroht würde. Ich würde herausfinden wollen, ob irgend jemand mir Böses will. Zugegeben, wenn jemand einem anderen wirklich schaden will, wird er den Betreffenden nur in den seltensten Fällen vorher warnen. Er schlägt einfach zu. Vielleicht ist das hier wirklich nur irgendein anonymer Brief, aber immerhin enthält er eine Drohung.« Urbino ging zum Tisch hinüber und nahm das Blatt in die Hand. »Wie heißt es hier doch gleich? ›Der einzige Unterschied liegt darin, daß D'Annunzio tot ist.‹«

»Das jagt mir einen kalten Schauder über den Rücken, Bobo! Du *mußt* es ernst nehmen.«

»Warum sollte mir irgend jemand Schaden zufügen wollen? Nein, Barbara, dieser Spinner hat es auf D'Annunzio abgesehen. Selbst heute noch hat er Feinde. Vielleicht ist dies eine Art Literaturkritik, die sich als Angriff auf meine Reputation tarnt! Damit kann ich leben! Ich habe nichts zu verbergen und genausowenig zu befürchten.«

»Was sagt die Polizei dazu?« fragte Urbino.

»Oh, ich nehme an, sie werden jemanden zum Dogenpalast und zum *Gazzettino* schicken«, sagte der Baron gelassen. »Der Commissario war nicht sonderlich besorgt.«

»Wenn *du selbst* nicht den Eindruck erweckst, die Angelegenheit läge dir am Herzen, Bobo, wird die Polizei keinen sonderlichen Eifer entwickeln. Urbino kann sich ein wenig umhören und auf diese Weise vielleicht ein paar Auskünfte bekommen, die der Polizei niemals zu Ohren gelangen würden. Er macht solche Sachen sehr gut. Du weißt, wie schweigsam die Italiener werden, sobald die Polizei auftaucht.

»Ich fürchte, er wird sein beachtliches Talent völlig nutzlos auf diese dumme Angelegenheit verschwenden.« Der Baron schüttelte ablehnend den Kopf. »Und wer weiß, Urbino? Wenn Sie beginnen überall herumzustochern, arbeiten wir diesem Wirrkopf womöglich direkt in die Hände.«

»Ich halte es für gefährlicher, nichts zu unternehmen. Haben Sie ein solches Problem schon jemals zuvor gehabt?«

»Niemals!« Sein kurzes Lachen wirkte eher nervös als humorvoll. »Oh, während einer Aufführung in Mailand gab es mal ein paar Unruhestifter. Einige selbsternannte Antifaschisten und Frauen, die sich an dem Vorbild eurer amerikanischen Feministinnen orientieren, Urbino. Es gab ein paar Plakate – VERBRENNT D'ANNUNZIO, D'ANNUNZIO: MANN GEGEN FRIEDEN, MANN GEGEN FRAUEN. Am nächsten Tag stand es in der Zeitung. Aber letzten Endes kam nichts dabei heraus. Und das hier ist genau so eine Angelegenheit.«

»Und wenn es das *nicht* ist, Bobo? Urbino ist sehr diskret. Ich könnte es nicht ertragen, daß dir von irgendeinem Spinner auch nur die leiseste Gefahr droht – und sei es nur, daß dich diese Situation in Verlegenheit bringt oder dir Unannehmlichkeiten bereitet.«

Der Baron wirkte einen Augenblick lang irritiert. Urbino spürte, daß er normalerweise seinen Willen bekam und seine gegenwärtige Schlappe nicht gut verwinden konnte. Der Baron stand auf, ging hinüber zu der Contessa und küßte sie auf die Stirn.

»Wie du wünschst, meine Liebe, um deinetwillen. Tun Sie, was Sie können, Urbino, aber seien Sie bitte so diskret, wie Barbara es von Ihnen behauptet. Und nun laßt uns für den Rest des Abends von angenehmeren Dingen reden. Erzählen Sie mir von dem kleinen Palazzo, den Sie von Ihrer Mutter geerbt haben, Urbino, und von Ihren venezianischen Biographien. Ach ja, glauben Sie, Sie werden jemals eine über D'Annunzio schreiben? Falls ja, könnte ich Ihnen vielleicht behilflich sein. Wußten Sie zum Beispiel, daß zu der Zeit, als er in der Casetta Rossa am Canal Grande lebte...«

Dann schilderte der Baron einige der amourösen Abenteuer seines Helden. Die Contessa lauschte ihm mit solch gespannter Aufmerksamkeit, daß ihr Tee kalt wurde. Von Urbinos Palazzo oder seinen Büchern war nicht mehr die Rede.

4

Am nächsten Morgen begab sich Urbino in die Sala della Bussola im Dogenpalast. Dies war der Vorraum des Rates der Zehn gewesen, der vielgefürchteten Geheimpolizei der einstigen Republik Venedig. Lediglich eine Handvoll Touristen befand sich hier und war schon begierig, zu den prunkvolleren Teilen des Dogenpalastes zu gelangen. Nur wenige bemerkten das schlichte Objekt, das in eine der Wände eingelassen war. Dies war das »Löwenmaul«, in dem irgend jemand die Drohung gegen den Baron Bobo hinterlassen hatte. Sobald man etwas durch den Schlitz auf der anderen Seite der Mauer in die *bocca* steckte, konnte man es nur von diesem Raum aus wieder entnehmen. Der Metalldeckel der *bocca,* den man in früheren Zeiten fest verschlossen gehalten hatte, stand offen. Urbino griff über die samtene Kordel der Absperrung hinweg und steckte seine Hand in den steingefaßten Hohlraum. Er war leer.

»Das ist nicht gestattet, Signore.«

Urbino drehte sich um und erblickte einen jungen Mann mit einem Abzeichen auf der Brusttasche.

»Verzeihung. Vielleicht können Sie mir weiterhelfen. Wissen Sie etwas über das rote Blatt Papier, das man gestern in dieser *bocca di leone* gefunden hat? Ich ziehe im Namen der Contessa da Capo-Zendrini Erkundigungen ein. Der Mann, dessen Name auf dem Blatt stand, ist ein Freund von ihr.«

Urbino steckte ihm unauffällig zwei Zehntausend-Lire-Scheine zu.

»Irgendein Baron, nicht wahr?« sagte der Wärter. »Ich habe das Blatt so gegen elf Uhr vormittags gefunden und dann dem Direktor gegeben.«

»Haben Sie gesehen, daß gestern – oder vielleicht auch vorgestern – jemand etwas in die *bocca* gesteckt hat?«

Im Durchgang zum nächsten Raum stand ein Segeltuchstuhl, auf dem der Wärter für gewöhnlich Platz nahm und so beide Räume im Blick hatte.

»Es muß gestern gewesen sein. Wir schauen jeden Tag nach. Nein, ich habe niemanden dabei gesehen – aber vielleicht hat man das Blatt durch den Schlitz auf dieser Seite gesteckt.« Sie gingen auf den Flur. Der Wärter deutete auf eine Steinplatte mit Schlitz, unter dem italienische Worte eingemeißelt waren. »Ich gehe nicht oft auf den Gang.«

»Haben Sie jemanden bemerkt, der sich verdächtig benommen hat?«

»Nun, da war ein ungefähr sechzigjähriger Mann. Er hat ziemlich lange an die Decke gestarrt. Er war einer der ersten, nachdem wir gestern geöffnet hatten.« Der Wärter blickte hinauf zu der hölzernen Decke mit ihrem Gemälde des Heiligen Markus, umgeben von Engeln. »Normalerweise durchqueren die Leute diesen Raum ziemlich schnell. Außer der *bocca* gibt's hier nicht viel zu sehen. Das gute Zeug hat alles Napoleon mitgenommen. Viel davon ist jetzt im Louvre. Deshalb kam es mir seltsam vor, daß der Mann die Decke so genau in Augenschein nahm. Schließlich ist es bloß eine Kopie des Gemäldes von Paolo Veronese.«

»Könnten Sie ihn ein wenig genauer beschreiben?«

»Gute Kleidung und Schuhe. Ich achte immer auf die Schuhe.« Er warf einen Blick auf Urbinos Gucci-Mokassins. »Aber sein Gesicht habe ich kaum gesehen. Er hatte einen Filzhut tief in die Stirn gezogen und mußte seinen Kopf ganz schön weit in den Nacken legen, um die Decke richtig sehen zu können. Ich habe mich gewundert, daß er den Hut nicht einfach abgenommen hat. Er war Italiener – oder jemand, der die Sprache genauso gut beherrscht. Er hat mich nach der Uhrzeit gefragt. Er schien auf jemanden zu warten, und dann ist er ganz plötzlich verschwunden. Aber vielleicht war er es gar nicht. Jeder hätte das Blatt Papier in die *bocca* einwerfen können.«

Urbino verließ den Dogenpalast, ging über die Piazza zum Büro des *Gazzettino* neben dem Uhrenturm und bat darum, mit dem Chefredakteur sprechen zu dürfen.

»Ja, das gleiche Blatt haben wir gestern per Post erhalten«, sagte der bebrillte Mann nach einem Blick auf die Kopie, die Urbino ihm gereicht hatte. »Es lagen fünfzigtausend Lire bei, aber keinerlei Begleitbrief. Selbstverständlich haben wir es nicht abgedruckt.«

»Haben Sie den Umschlag noch?«

»Der Umschlag und das Blatt Papier sind bei der Polizei. Wir haben sie sofort benachrichtigt. Es schien sich zwar nur um einen üblen Scherz zu handeln, aber wir sind verpflichtet, Leute wie den Baron Casarotto-Re zu schützen.«

»Genau wie jeden anderen gewöhnlichen Mitbürger, nehme ich an. Wo ist der Brief abgestempelt worden?«

»In Venedig. Im Hauptpostamt hinter der Piazza San Marco. Er ist sogar direkt am nächsten Tag bei uns eingetroffen. Das ist eine beachtliche Leistung für Venedig, genaugenommen für ganz Italien.«

Urbino ging das kurze Stück zu Harry's Bar. Der kleine, unscheinbare Raum war voller Qualm und Leute, hauptsächlich Touristen mit den obligatorischen Bellini-Cocktails. Er nahm an der Bar Platz, bestellte einen Campari Soda und blätterte in der aktuellen Ausgabe des *Gazzettino.* Die Drohungen gegen den Baron Casarotto-Re wurden mit keinem Wort erwähnt, aber es gab eine Notiz über Bobos bevorstehendes Gastspiel am Teatro del Ridotto:

> Baron Roberto Casarotto-Re, Schauspieler, Dramatiker und Schriftsteller, gibt sein Einpersonenstück *Granatapfel: Szenen aus Leben und Werk Gabriele D'Annunzios* im Teatro del Ridotto am Abend des 23., 24. und 25. Oktober, jeweils um 20.30 Uhr.
>
> Baron Casarotto-Re hat dieses Stück bereits mit beträchtlichem Erfolg in Rom, Mailand und Paris aufgeführt und wird im nächsten Jahr mit einer englischsprachigen Fassung an Bühnen in London und New York gastieren.
>
> Baron Casarotto-Re ist außerdem der Verfasser von *Ich sehe die Sonne,* einem Theaterstück über die Liebesbeziehung zwischen D'Annunzio und der Schauspielerin Eleonora Duse. Am 24. Oktober um 16.00 Uhr wird der Baron in der Libreria Sangiorgio zu einer Signierstunde erwartet.

Urbino hatte den Artikel gerade fertig gelesen, als jemand von hinten an seinen Barhocker trat. Es war Oriana Borelli.

»Urbino, Sie sind es tatsächlich! Kommen Sie doch zu uns herüber. Da ist jemand, der Sie gern kennenlernen würde.«

Oriana zog ihn zu einem der Tische unterhalb der Fenster, an dem drei Leute saßen. Einer von ihnen war John Flint, Orianas neuester Zeitvertreib – oder, wie die Contessa meinte, der Mann, den sie liebte. Er war ein großer Mann Mitte Dreißig mit kurzem blonden Haar, hellen blauen Augen, vollen Lippen und einem Gesichtsausdruck irgendwo zwischen Trägheit und Überheblichkeit. Er entsprach weitgehend der Vorstellung eines gewissen Typs maskuliner Schönheit, und er schien sich dessen ständig bewußt zu sein. Ihm gegenüber saßen eine dunkelhaarige Frau und ein schlanker junger Mann mit ungekämmtem Schopf. Urbino zog sich einen zusätzlichen Stuhl heran und nahm am Ende des Tisches Platz.

»Nun, Urbino, ich hoffe, Sie können für dieses junge Paar, wenn schon nicht für den armen John, einige Minuten Ihrer Zeit erübrigen. Dies sind Marie Quimper und Hugh Moss. John und ich haben sie bei der Ausstellung im Palazzo Grassi getroffen. Sie sind ganz erpicht darauf, Sie kennenzulernen.«

Moss wirkte weit davon entfernt, auf irgend etwas erpicht zu sein, abgesehen von dem Martini, den er an seine Lippen hob. Doch dann bemerkte Urbino seinen Blick. Er war ausgesprochen stechend und abschätzend.

»Es ist uns ein Vergnügen, Ihre Bekanntschaft zu machen, Monsieur Macintyre«, sagte die kleine dunkelhaarige Frau zaghaft. Sie war, was die Franzosen eine *belle-laide* nennen, eine häßliche, doch irgendwie auch attraktive Frau. Moss sagte nichts, sondern nickte ihm nur kurz zu.

»Ihr Buch über Proust gefällt mir sehr gut.«

Ein wenig nervös griff sie in ihre große Lederhandtasche und holte Urbinos Proust-Biographie hervor.

»Wären Sie so freundlich, sie mir zu signieren? ›Für Marie‹.«

Als er das Buch aufschlug, flatterte ein kleines Stück weißes Papier zu Boden. Es war ein Kassenbon. Urbino hob ihn auf. Das Buch war am gleichen Tag in der Libreria Sangiorgio gekauft worden, Urbinos venezianischer Lieblingsbuchhandlung, gelegen hinter San Marco, in der auch der Baron seine Signierstunde abhalten würde. Hugh Moss starrte seine Begleiterin wütend an. Sie war blaß geworden. Urbino legte den Bon wieder in das Buch, signierte es mit seinem Füllfederhalter und gab es Marie Quimper zurück. Hastig und fast in der Art eines Vortrags begann sie, Urbino einige Dinge aufzuzählen, die ihr an seinem Buch gefielen, bis Moss ihr mit frostiger, beherrschter Stimme ins Wort fiel: »Ist Ihre Freundin, die Contessa da Capo-Zendrini, hier?«

»Sie haben ihr das Buch gewidmet«, beeilte sich Marie Quimper zu sagen und warf Moss einen nervösen Blick zu.

»Nein, mein lieber Hugh«, sagte Oriana, »Barbara treibt sich ganz gewiß nicht hier herum! Ich schätze, sie befindet sich im Moment in Begleitung eines gewissen Barons.« Ihr neckischer Blick streifte Urbino. »Aber Sie werden sie *und* ihren Baron schon noch kennenlernen. Er gibt ein Gastspiel am Teatro del Ridotto. Vergessen Sie nicht, daß Sie beide zur Vorstellung und dem anschließenden Empfang der Contessa kommen werden – als meine Gäste. Wissen Sie, mein lieber Urbino«, sagte sie, während sich ihre Laura-Biagiotti-Sonnenbrille wieder in seine Richtung wandte, »da Barbara dieser Tage so beschäftigt ist, bleiben Ihnen sogar noch weniger Ausflüchte, John aus dem Weg zu gehen. Wo Sie doch beide aus dem ›Herzen des Dixielands‹ kommen! Waren das nicht deine Worte, John?«

Flint stammte aus Mississippi.

»Oriana, du weißt doch, wie das ist«, sagte Flint im schleppenden Tonfall der amerikanischen Südstaaten. »Das letzte, was Leute im Ausland sehen wollen, ist jemand aus der Heimat.«

»Aber Urbino ist nicht im Ausland, mein süßer kleiner Junge! Er lebt hier. Und du genauso! Aber wir werden ihm vergeben, falls er sich bessert. Schließlich ist der arme Mann krank genug gewesen, um sich in den Schlamm von Abano zu flüchten!«

Hugh Moss zuckte unmerklich zusammen.

»Abano?« wiederholte er.

»Ja! Eine Schlammkur mit all diesen Deutschen! Aber versuchen Sie nicht, Ihre Unpäßlichkeit als Ausrede zu benutzen. Sie müssen John einfach unter Ihre Fittiche nehmen. Er hat so viele fabelhafte Ideen.« Flint war ein ehemaliger Mailänder Dressman und inzwischen als Kunstberater tätig, der wohlhabende Klienten suchte. »Barbara ist ihm behilflich, und ich bin sicher, der Baron wird es auch sein.«

Flint verfügte über ausreichend gesunden Menschenverstand, um in diesem Augenblick nicht allzu selbstgefällig zu wirken.

»Ich habe gehört, die Vorstellung des Barons Casarotto-Re dreht sich ausschließlich um jemanden namens D'Annunzio«, sagte er. »Sie wissen sicherlich sehr viel über ihn. Vielleicht können sie uns ja ein paar Dinge erzählen, damit wir dem Stück besser folgen können.«

»D'Annunzio, mein Schatz? Ich dachte, du wüßtest alles über ihn«, schaltete Oriana sich ein. »Natürlich ein Schriftsteller. Geschichten und Gedichte über Liebe und Leidenschaft, verfaßt in einem sehr sinnlichen Stil. Wenn du doch nur gut genug Italienisch könntest, um sein Werk richtig würdigen zu können! Er sah völlig unscheinbar aus, aber die Frauen fanden ihn unwiderstehlich. Er hatte Affären mit einem ganzen Haufen von Contessas, von denen eine in völligen Wahnsinn verfiel, und eine andere hieß sogar Barbara! Es gab eine Liebschaft mit einer Marchesa – man nannte sie die Medusa der Großen Häuser! –, die am Canal Grande in dem unvollendeten Palazzo lebte, den später die Guggenheim gekauft hat. Sie veranstaltete verrückte Parties mit Ozeloten und goldbemalten nackten Jungen! D'Annunzio lebte in dem hübschen kleinen Haus gegenüber. Die Casetta Rossa. Dann war da dieses sagenhafte Verhältnis mit Sarah Bernhardts Rivalin, Eleonora Duse. Sie war viel älter als er.« Sie blickte Flint durchdringend an, um sicherzugehen, daß er die Anspielung verstanden hatte. »Hmmm, laß mich nachdenken. Außerdem hatte er Affären mit amerikanischen Malerinnen und jüdischen Tänzerinnen, bekam Säure auf den Kopf geschüttet und verlor seine Haare, kämpfte im Ersten Weltkrieg als Flieger, bombardierte irgendwelche Ortschaften – oder er torpedierte sie, ich hab' vergessen, was von beidem stimmt –, wurde auf einem Auge blind, fiel aus einem Fenster oder vielleicht wurde er auch gestoßen oder hat versucht, sich umzubringen, das weiß ich nicht mehr. Außerdem war er ein wenig *fascista.* Mussolini ernannte ihn zum Fürsten des Gipfels oder des Schneebedeckten Berges oder irgendwie so was. In späteren Jahren feierte er Orgien in einem Wagnerhaus am Lago di Garda.«

Sie schien fertig zu sein, doch dann fügte sie hinzu: »Oh, und er hat mit Jungen geschlafen und ist auf dem Weg zum Abendessen gestorben.«

Oriana schenkte ihnen allen ein strahlendes Lächeln.

Weder war ihr Atem beschleunigt, noch wirkte sie im mindesten erschöpft. Marie Quimper sah schockiert aus und warf einen kurzen Blick auf Moss, der einen gelangweilten Gesichtsausdruck zur Schau stellte. Flints Haltung zeugte halb von Verwirrung, halb von Bewunderung.

»Da bleibt mir nichts hinzuzufügen, Oriana«, sagte Urbino. »Es wird gewiß interessant zu beobachten sein, wie es dem Baron gelingt, sich in einen kleinen, häßlichen, kahlköpfigen Mann zu verwandeln.«

Moss verzog kurz das Gesicht, setzte aber sogleich wieder seine übliche Miene auf.

»Das ist bestimmt kein Problem, mein lieber Urbino. Wir alle wollen doch getäuscht sein! Und Bobo vermag dies so meisterhaft, daß er für seine Aufführung fast gar kein Make-up braucht! In Mailand hat er mich völlig verzaubert, und allen anderen Frauen im Publikum ist es ganz genauso ergangen.«

Wenige Minuten später standen Oriana und ihr Gefolge auf und verabschiedeten sich. Urbino bestellte einen weiteren Drink und dachte über den Mann nach, der sich für die Dekke der Sala della Bussola interessiert hatte.

Die Beschreibung des Wärters war einerseits so unspezifisch, daß sie auf alle möglichen sechzigjährigen Männer zutreffen konnte, andererseits ließ sie Urbino in mancher Hinsicht an den Baron denken. Aber falls er tatsächlich im Dogenpalast gewesen war, warum hatte er es dann am vorigen Abend nicht erwähnt? Die einleuchtendste Erklärung lautete, daß die Drohung in der *bocca* von ihm selbst stammte. Er hatte sich zunächst dagegen ausgesprochen, daß Urbino Ermittlungen einzog, und erst auf nachdrückliches Drängen der Contessa seine Einwilligung dazu erteilt. War diese ganze Angelegenheit in Wirklichkeit bloß der Versuch des Barons, die allgemeine Aufmerksamkeit auf seine Produktion zu lenken? Die Drohung, die man an den *Gazzettino* geschickt hatte, ließ diese Erklärung nur noch plausibler erscheinen. Aber falls es ihm wirklich darum gegangen wäre, Publicity zu erzielen, hätte er größeren Wert darauf gelegt, daß alles an die Öffentlichkeit gelangte, anstatt nur widerstrebend eine Untersuchung zu gestatten – solange diese Untersuchung nicht enthüllte, daß er selbst die Drohungen verfaßt hatte.

Welches Spiel mochte der Baron wohl spielen? Urbino würde sich vorsehen müssen – nicht nur vor dem Baron, sondern auch im Hinblick auf seine eigenen Schlußfolgerungen.

Urbino rief die Contessa an und bat sie und den Baron, um fünf Uhr an jenem Nachmittag ins Café Florian zu kommen.

5

Über dem Kopf der Contessa schwebte eine Wolke aus Zigarettenrauch und senkte sich langsam auf das Tablett mit Petits fours, das auf einem Servierwagen aus Mahagoniholz im Chinesischen Salon stand. Baron Bobo hielt eine Gauloise zwischen seinen langen Fingern. Die Contessa hatte vor dem Rauch ein wenig die Lider zugekniffen, was ihren Augen ein orientalisches Aussehen verlieh, das gut zum Ambiente des Salons paßte.

»Da ist ja unser Spürhund«, sagte der Baron und ließ seine stattlichen Zähne aufblitzen, als Urbino an den Tisch herantrat. »Ich muß zugeben, Sie sehen bei weitem nicht so zerknautscht aus wie die meisten Ihrer Berufskollegen.«

»Das ist nicht sein Beruf, liebster Bobo. Wie alle Amateure

tut er dies aus reiner Freude an der Tätigkeit. Es ist für ihn ein Steckenpferd.«

»Das entspricht auch nicht ganz der Wahrheit. Ich kann mir die Fälle im allgemeinen nicht aussuchen.«

»Die Fälle suchen sich Sie aus! Ha, ha! Es handelt sich also beileibe *nicht* um einen Beruf, Barbara, sondern um eine echte *Berufung* im biblischen Sinne. Unser Urbino hat sich nicht für ein Leben als Detektiv entschieden, sondern wurde dazu durch eine höhere Macht berufen – in diesem speziellen Fall durch dich und deine sanfte Beharrlichkeit.«

»Man muß Urbino niemals dazu zwingen, das Richtige zu tun«, sagte die Contessa mit einem Lächeln, das ihre beiden männlichen Begleiter beschwichtigen sollte.

»Also, was haben Sie uns zu berichten?« fragte der Baron, nachdem die Getränke serviert waren – ein Gin Tonic für Urbino und eine frische Kanne Tee für die Contessa und Baron Bobo. Der Baron kam Urbino nicht wie ein überzeugter Teetrinker vor, aber er schien sich der Contessa zuliebe anpassen zu wollen. Indessen verzichtete er nicht auf seine Zigaretten, was auf weniger Rücksichtnahme schließen ließ – oder war er sich dessen gar nicht bewußt? Konnte es sein, daß sie ihre Abneigung gar nicht kundgetan hatte?

Nachdem Urbino ihnen erzählt hatte, was er im Dogenpalast und beim *Gazzettino* in Erfahrung bringen konnte, herrschte einen Augenblick Stille. Dann sagte die Contessa mit besorgter Miene: »Nun, ich weiß gar nicht, ob ich angenehm überrascht oder enttäuscht sein sollte. Sie haben nicht gerade viel erfahren, oder?«

»Das habe ich von vornherein vermutet«, warf der Baron ein, nicht ohne einen Anflug von Genugtuung. »Bitte verstehen Sie mich nicht falsch, Urbino. Das hat nichts mit Ihren detektivischen Fähigkeiten zu tun, sondern mit der Tatsache, daß es an dieser dummen Situation nichts in Erfahrung zu bringen gibt. Das war mir schon vorher klar. Ich schlage vor, daß wir das alles am besten einfach vergessen.«

»Ich würde nicht sagen, daß wir nur wenig erfahren haben«, entgegnete Urbino. »Zunächst einmal wissen wir, daß der Drohbrief, der beim *Gazzettino* eintraf, beim hiesigen Hauptpostamt aufgegeben wurde. Das bedeutet, wer auch immer ihn abgeschickt hat, war entweder selbst in der Stadt oder hat jemanden damit beauftragt, den Brief hier aufzugeben. Außerdem haben wir die Beschreibung eines Mannes mit Filzhut, der außergewöhnlich viel Zeit in der Sala della Bussola zugebracht hat. Haben Sie eine Idee, wer das sein könnte?«

»Keine Ahnung«, sagte der Baron ohne jedes Zögern. »Außer, es war Orlando!« fügte er lachend hinzu.

»Er meint seinen Schwager, Orlando Gava«, erklärte die Contessa. »Orlando ist Rosas Bruder. Aber warum sollte der liebenswerte Orlando so etwas tun, Bobo?«

»Ich wollte bloß deutlich machen, wie grotesk diese ganze Sache ist.«

»Sie haben erzählt, der Mann habe einen braunen Filzhut getragen«, sagte die Contessa und griff nach einem Petit four. Sie biß ein Stück ab. »Du hast einen braunen Filzhut, Bobo. Sie wissen, was das bedeutet, Urbino, nicht wahr? Jemand versucht, ihn zu imitieren. Die gute Kleidung, die maßgefertigten Schuhe, der braune Filzhut. Das ist doch offensichtlich!«

»Das wäre allerdings möglich«, räumte Urbino ein.

»Seien Sie doch nicht so begeistert!« sagte die Contessa. Sie griff nach einem weiteren Petit four, zog dann jedoch ihre Hand zurück, legte sie in den Schoß und seufzte. »Es tut mir leid, Urbino. Meine Nerven sind angegriffen. Und ich bin ein wenig müde. Ich habe im Graspo de Ua zuviel Cabernet getrunken«, sagte sie und erwähnte damit eines ihrer gemeinsamen Lieblingsrestaurants. »Sie wissen doch, wie schnell mir auch das kleinste bißchen Wein zu Kopf steigt.«

»Ach, dein süßer Kopf«, sagte der Baron und berührte ihre Hand. »Es ist nicht zu übersehen, daß du heute abend früh ins Reich der Träume entschwinden und mich allein und einsam zurücklassen wirst. Aber ich habe eine Idee, Urbino!« rief er mit bemühter Spontaneität aus. »Warum nehmen wir beide heute abend gegen zehn Uhr im Gritti Palace nicht noch einen Schlummertrunk zu uns?«

»Das wäre ganz wunderbar!« antwortete die Contessa für Urbino. »Sie können es doch einrichten, oder?«

Urbino sagte, er würde sich dort einfinden. Dann verabschiedete er sich. Draußen auf der Piazza San Marco versuchte er, seinen Ärger über den Baron abzuschütteln. Er kannte ihn kaum. Obwohl er seinem Gespür vertraute und an die Bedeutsamkeit erster Eindrücke glaubte, unterliefen ihm häufig Fehleinschätzungen, weil er zu empfindlich war. In diesem Herbst hatte ihn seine Krankheit, mochte sie auch noch so unbedeutend sein, einen großen Teil seiner Kraftreserven gekostet. Er konnte sich nicht so konzentrieren wie sonst, und er verspürte eine unbestimmte Traurigkeit. Er hatte gehofft, die Contessa würde ihm eine große Hilfe sein, aber ihre Aufmerksamkeit war von ganz anderen Dingen in Anspruch genommen. Er warf einen kurzen Blick zurück in den Chinesischen Salon, wo die Contessa gerade über eine Bemerkung des Barons lachte.

Er wollte soeben die Piazza überqueren, als ihm zwei andere Leute auffielen, die den Baron und die Contessa beobachteten. Marie Quimper zuckte leicht zusammen, als sie bemerkte, daß Urbino sie und ihren Begleiter ansah. Hugh Moss wirkte ungerührt.

»Mr. Macintyre, was für eine angenehme Überraschung!« sagte Marie Quimper. Sie trug ein vertrautes Buch unter dem Arm.

»Ist das nicht der *Baedeker Norditalien*?« fragte Urbino. »Die Ausgabe von 1913?«

Die Frau umklammerte das Buch noch fester. Sie und Moss tauschten einen Blick aus.

»Ja«, sagte Moss, »die Ausgabe von 1913. Sie hat ein kleines Vermögen gekostet.«

»Nun, sie ist es wert«, sagte Urbino. »Wie lange bleiben Sie noch in Venedig?«

»Noch eine Woche. Ich bin völlig verliebt in diese Stadt!« sagte Marie Quimper mit zitternder Stimme.

»Ist das Ihre erste Reise hierhin?«

»Wir ...«

»Unsere erste und vermutlich auch letzte, angesichts der Preise!« fiel Moss ihr barsch ins Wort. Ohne sich zu verabschieden, packte er ihren Arm und zerrte sie fast schon in Richtung der Mole.

6

Urbino und Baron Bobo hatten kaum auf der Terrasse des Gritti Palace Platz genommen, als der Baron eine Frage stellte: »Sie mögen mich nicht, oder?«

Bevor Urbino auch nur über eine Antwort nachdenken konnte, fügte der Baron hinzu: »Aber was kann ein Mann von Ihrer Kultiviertheit schon sagen? Sie würden entweder lügen müssen oder mir die nackte, peinliche Wahrheit sagen. Sie gehören nicht zu denjenigen, die sowohl das eine wie auch das andere ruhigen Gewissens tun können. Meine Menschenkenntnis läßt mich selten im Stich, und ich glaube, Ihnen geht es genauso. Das versetzt uns beide in eine schwierige Situation, nicht wahr?«

Der Baron nippte an seinem Whisky und atmete tief die kühle, frische Luft ein.

»Aber warum sollten wir uns streiten, vor allem an diesem Ort? Schauen Sie doch nur!« Er wies mit der Hand auf den Canal Grande, die cremefarbenen Kuppeln der Salute-Kirche, den Palazzo Dario, dessen Mauern sich leicht zur Seite neigten, das langgestreckte weiße Guggenheim-Museum. Die Lichter der Fenster und Anlegestellen schimmerten auf dem Wasser.

»Eine Nacht für die Liebe«, fuhr der Baron fort. »Vielleicht wissen Sie nicht, daß unerwiderte Liebe eine Landsmännin von Ihnen dazu brachte, sich aus dem Fenster jenes Palazzo dort zu stürzen und sich so das Leben zu nehmen.« Er deutete auf ein rosafarbenes Gebäude auf der anderen Seite des Canal Grande, direkt neben der Haltestelle des *traghetto.* »Sie liebte einen Ihrer berühmtesten Schriftsteller, Henry James. Aber er hatte Angst vor körperlicher Liebe. Sie können das an dem erkennen, was er über D'Annunzio geschrieben hat.«

Urbino, der zu diesem Thema mehr als nur ein wenig zu sagen gewußt hätte, blieb stumm. Er war an jenem Abend nicht gekommen, um über Henry James zu diskutieren.

»Was für eine Tragik – vor jeglicher Manifestation von *l'amore* Angst zu haben«, fügte der Baron hinzu und schüttelte mitfühlend den Kopf für all die derart gestraften Seelen.

Eine Gondel mit einem Mann und einer Frau glitt am Gritti Palace vorbei und näherte sich dem benachbarten Bootssteg. Der Mann lenkte die Aufmerksamkeit seiner Begleiterin auf die Terrasse des Gritti. Das Paar waren Hugh

Moss und seine *belle-laide,* Marie Quimper. Urbino winkte. Marie Quimper winkte lächelnd zurück, und Moss nickte finster. Wäre dies eine andere Stadt als Venedig gewesen, mit seinem Netz aus Wasserstraßen und seinen gewundenen *calli,* die zahllose und unerwartete Berührungspunkte aufwiesen, hätte Urbino sich vielleicht darüber gewundert, dreimal an einem Tag dasselbe Pärchen getroffen zu haben. Aber er war daran gewöhnt, innerhalb von nur wenigen Stunden in verschiedenen Teilen der Stadt und auf vorbeifahrenden Booten immer wieder die gleichen Gesichter zu sehen.

Baron Bobo blickte hinab zu dem Paar, als sie aus der Gondel stiegen. Er lächelte.

»Zwei junge Liebende, sehen Sie. Die beiden sind so klug, Venedig im Herbst zu besuchen – die beste Jahreszeit für einen Besuch, meinen Sie nicht? Sie paßt zu Venedigs verblassender Schönheit.«

»Der Herbst und Venedig. Einen ›Hochzeitsbund‹ hat D'Annunzio es genannt, nicht wahr?« sagte Urbino in der Hoffnung, das Gespräch wieder auf die Drohbriefe zu lenken. »Ich bin gerade dabei, *Feuer* ein weiteres Mal zu lesen.«

»Um Ihr Vergnügen oder Ihre Abneigung zu erneuern? Aber das ist unfair. Ich bin sicher, Sie tun es um meinetwillen. Sie wollen für *Granatapfel* in der passenden Stimmung sein, richtig? Oder Sie hoffen, mich dabei zu erwischen, daß ich falsch zitiere!«

Der Baron nippte an seinem Whisky und zündete sich eine Gauloise an.

»Ich verstehe nicht, warum Sie fortwährend andeuten, ich hätte etwas gegen Sie, Baron.«.

»Bobo! ›Etwas gegen mich‹? Eine ungewöhnliche Formulierung. Ich habe gesagt, daß ich dachte, Sie würden mich nicht mögen. Aber ich verstehe, was Sie empfinden. Barbara hat mir einen großen Teil ihrer Aufmerksamkeit geschenkt. Bitte vergessen Sie jedoch nicht, daß wir uns schon sehr lange kennen. Damals waren Alvise und meine Frau noch am Leben. Sie sollten Ihre herausragenden Talente nicht darauf verschwenden, mich aus Venedig fortzuwünschen.«

»Warum wollten Sie sich heute abend mit mir treffen?« fragte Urbino und bemühte sich nach Kräften, ruhig zu bleiben.

»Wieso sollte es nicht bloß deswegen sein, um Sie besser kennenzulernen, wo Sie doch ein guter Freund von Barbara sind?«

»Weil ich glaube, daß das nicht alles ist und daß Sie hier nicht bloß von der schönen Umgebung schwärmen möchten.«

»Und was sollte es sonst sein?«

»Sagen *Sie* es mir.«

Der Baron trank einen Schluck und sah Urbino dann direkt in die Augen.

»Es geht um Barbara«, sagte er mit einem Anflug von Bedauern in der Stimme. »Es verletzt mich, sie so beunruhigt zu sehen, und das auch noch wegen einer Angelegenheit, die mit mir zu tun hat. Ich ... ich wollte die Gelegenheit heute abend nutzen, gewissermaßen von Mann zu Mann, um Ihnen einzuschärfen, daß es am besten wäre, Barbara nicht mit jeder Kleinigkeit, die Sie womöglich ausgraben, oder mit jeder Ihrer Ideen zu behelligen. Mit anderen Worten, falls Sie etwas in Erfahrung bringen, würde ich es sehr zu schätzen wissen, wenn Sie zuerst mir davon berichteten.«

»Aber Sie behaupten doch beharrlich, die Drohungen wären völlig gegenstandslos. Falls Sie das tatsächlich glauben, dann gibt es doch gar keinen Grund zur Beunruhigung.«

Urbino deckte mit einiger Befriedigung den Widerspruch in den Äußerungen des Baron auf.

»Ich bin *nicht* beunruhigt! Haben Sie mich denn nicht verstanden? Ich mache mir Sorgen um Barbara! Sie sind sehr starrsinnig. Nun gut. Machen Sie, was Sie wollen, aber falls Barbara dadurch irgendwie in Mitleidenschaft gezogen wird, ist es allein Ihre Schuld.«

»Meine Schuld? Vielleicht können wir aus unserem Treffen hier heute abend doch noch irgendeinen Nutzen ziehen, wenn Sie jetzt ganz und gar aufrichtig sind und mir erzählen, warum Sie die Drohungen herunterspielen wollen.«

»Barbara...«

»Bringen Sie nicht schon wieder die Contessa ins Spiel! Ich beginne langsam zu glauben, Sie benutzen sie als Ausrede. Unter den gegebenen Umständen ergibt es keinen Sinn, daß Sie sich nicht mehr Gedanken um sich selbst machen. Ich glaube, Sie sind *sehr* beunruhigt. Sie wissen – oder vermuten –, wer oder was hinter diesen Drohungen steckt, nicht wahr?«

»Nicht im mindesten! Es handelt sich um einen schlechten Scherz, das ist alles!«

»Im Florian wirkten Sie heute ziemlich nervös, als ich den Mann erwähnte, der dem Wärter im Dogenpalast aufgefallen ist«, beharrte Urbino.

»Falls ich tatsächlich ›nervös‹ war, dann höchstens aus Sorge um Barbara. Sie ist verletzlicher, als Sie glauben. Vielleicht zeigt sie Ihnen gegenüber nur ihre starke Seite – womöglich als Reaktion auf irgend etwas in Ihrer Persönlichkeit.«

Urbino, der sich sowohl über die Verletzlichkeit als auch über die Stärke der Contessa völlig im klaren war, kam erneut auf den Punkt zu sprechen, von dem ihn der Baron anscheinend so hartnäckig abzulenken versuchte.

»Sie sagten, Sie hätten keine Ahnung, wer dieser Mann gewesen sein könnte. Er war ungefähr in Ihrem Alter, gut gekleidet, und er trug einen braunen Filzhut. Barbara sagte, daß *Sie* einen braunen Filzhut besitzen.«

»Ebenso wie vermutlich Hunderte – wenn nicht gar Tausende! – von Männern in dieser Stadt. Sie glauben also, ich hätte mich selbst bedroht! *Dafür* wird Barbara Ihnen herzlich danken – falls einer von uns beiden so dumm sein sollte, ihr davon zu erzählen.« Der Baron stand unvermittelt auf. »Ich habe morgen früh eine Probe. Ich hoffe, wir verstehen uns. Ich würde es sehr begrüßen, wenn Sie Ihre Ermittlungen einstellen würden. Diese ganze Herumschnüffelei ist wahrscheinlich genau das, was der Spinner will. Die Drinks gehen auf meine Rechnung. Guten Abend.«

Der Baron ging ins Hotel.

Urbino trank sein Glas aus, ließ seinen Blick über den Canal Grande schweifen und dachte über die Anstrengungen des Barons nach, ihn von der weiteren Untersuchung der Drohbriefe abzuhalten. Zwar hatte Urbino ihm nichts versprochen, doch er würde bis nach dem Auftritt des Barons am morgigen Abend nichts unternehmen. Einer Sache war er sich allerdings völlig sicher. Der Baron hatte Angst davor, daß irgend etwas ans Licht kommen würde, ob es nun daran lag, daß er selbst die Drohungen abgeschickt hatte, oder ob etwas Belastendes dahintersteckte. Urbino war fest entschlossen, die Antwort herauszufinden.

7

Am nächsten Morgen ging der Baron ohne seinen braunen Filzhut zum Dogenpalast. Der junge Wärter saß auf dem Segeltuchstuhl neben dem Eingang zur Sala della Bussola. Er erkannte den Besucher sofort.

Der Baron sprach eine Weile leise mit dem Wärter, dann, nachdem er sich durch einen schnellen Rundblick vergewissert hatte, daß niemand sie sehen konnte, holte er eine Geldscheinklammer hervor und zählte einige große Lire-Noten ab. Der Wärter nahm die Scheine mit geübtem Griff entgegen, ließ sie in seiner Tasche verschwinden und stand auf, um eine Runde zu drehen.

Der Baron war zufrieden, daß diese schwierige Transaktion so glatt verlaufen war. Er wollte gerade wieder den Weg zum Ausgang einschlagen, als er die Sekretärin der Contessa, Harriet Kolb, aus Richtung der Waffenkammer nahen sah.

»Harriet! Was für eine angenehme Überraschung. Ich hätte nie vermutet, daß Sie sich für Lanzen und Armbrüste interessieren!«

»Oh, ich ... ich wollte mir diese Dinger gar nicht ansehen«, sagte Harriet. »Ich fürchte, ich habe mich verlaufen. Ich ...«

»Haben Sie vielleicht nach der *bocca di leone* gesucht? Sie ist gleich hier.«

»Die *bocca di leone*?« Harriet schien verwirrt. »Ich wollte zu den Veronese-Gemälden in der Sala del Collegio.«

»Dann haben Sie sich tatsächlich verlaufen, meine Liebe! Wie finden Sie sich nur im Labyrinth der venezianischen Gassen zurecht? Aber Sie müssen auf Ihrem Weg hierher bereits durch die Sala del Collegio gekommen sein.«

Er beschrieb ihr den Weg zu dem Raum, den sie suchte, und sagte dann: »Harriet, es wäre mir sehr lieb, wenn Sie der

Contessa nichts davon erzählen würden, daß Sie mich hier getroffen haben.« Er legte eine Hand auf ihren Arm. »Sie sehen ja, wie besorgt sie angesichts der Drohbriefe ist. Einer davon wurde hier in der *bocca* hinterlassen, wie Sie wissen. Ich möchte nicht, daß sie glaubt, ich sei beunruhigt.« Sein kurzes Auflachen klang eher wie ein Husten. »Sie würde während meiner Aufführungen die ganze Zeit wie auf glühenden Kohlen sitzen, wenn sie glaubte, ich sei abgelenkt. Wir wollen doch nicht, daß sie sich aufregt, oder?«

»Natürlich nicht, Baron«, sagte Harriet und wandte ihren Blick ab.

»Und bitte, meine Liebe. Lassen Sie uns nicht so förmlich sein. Nennen Sie mich einfach Bobo.«

Er drückte zart ihren Arm und zog dann lächelnd seine Hand zurück. Harriet eilte davon und durchquerte die Sala della Bussola, ohne auch nur einen Blick auf die *bocca di leone* oder den Wärter zu werfen.«

Draußen auf der Piazza San Marco entschied sich der Baron gegen einen Kaffee im Florian. Er würde sonst zu spät zur Probe kommen. Livia, seine künstlerische Leiterin, gehörte zu den Leuten, die er auf gar keinen Fall provozieren wollte, denn er war schon häufig Zeuge ihrer Wutausbrüche geworden. Eiligen Schrittes überquerte er den Platz in Richtung des Teatro del Ridotto. An einem Fenstertisch des Café Quadri blickte ihm jemand mit einem kalten, zufriedenen Lächeln hinterher.

8

Urbino saß auf einem Platz neben der Contessa und hatte wirklich viel Freude an Bobos Aufführung. Die Contessa brauchte keine Angst zu haben, er würde »seine künstlerische

Gabe verlieren«. Ganz im Gegenteil. Er bot eine mehr als beeindruckende Leistung. Seine Darbietung war sogar so opernhaft, daß das Teatro La Fenice vermutlich ein geeigneterer Veranstaltungsort gewesen wäre als das intime Teatro del Ridotto. Bobos *Granatapfel* war voller Pathos, ganz im Sinne von D'Annunzios Leben, wie es Oriana in Harry's Bar anschaulich geschildert hatte.

Was Urbino hingegen überhaupt keine Freude bereitete, waren der verzückte Ausdruck auf dem Gesicht der Contessa und das Lächeln, das sie ihm hin und wieder zuwarf, als wolle sie sagen: »Ist er nicht wundervoll? Besser kann man es doch gar nicht machen!«

Urbino mußte zugeben, daß die Aufführung in der Tat kaum zu wünschen übrigließ. Irgendwie gelang es Bobo, mit Hilfe von äußerst wenig Make-up, sich in den gnomenhaften D'Annunzio zu verwandeln, während er von einer Episode dieses melodramatischen Schriftstellerlebens zur nächsten wechselte. Was hatte Oriana gesagt? Wir alle wollen doch getäuscht sein? Nun, Bobo meisterte seine Aufgabe ganz hervorragend.

Es waren die Szenen, in denen Venedig und die alternde Schönheit von La Foscarina beschrieben wurden – jenes Charakters, der auf der Schauspielerin Eleonora Duse basierte –, während derer die Contessa am stärksten hingerissen wirkte. Sie starrte auf die Bühne, als könnte sie die beiden Liebenden in einer Gondel auf dem Canal Grande gleiten sehen, mitten in der goldenen Pracht des Herbstes.

»Der Palast der Cornaro und der Palast der Pesaro zogen an ihnen vorbei wie zwei opake Giganten, von der Zeit geschwärzt wie durch den Rauch einer Feuersbrunst«, sagte Bobo mit seiner sonoren Bühnenstimme, die wie geschaffen für D'Annunzios Worte war. *»Die Ca' d'Oro erschien ihnen wie ein göttliches Spiel*

aus Stein und Luft; dann zeigte der Rialto seinen breiten Rücken, bereits erfüllt von lebhaftem Gedränge, überladen mit zahllosen Geschäften, durchdrungen vom Geruch nach Fisch und Gemüse, wie ein riesenhaftes Füllhorn, das die benachbarten Gestade im Übermaß mit den Früchten der Erde und der See überschüttete, um so die prächtige Stadt zu nähren.

Kommen nicht all die zerbrechlichen Seelen hierher, weil sie einen Ort der Zuflucht suchen, all jene, die eine geheime Wunde verbergen, die für immer entsagen wollen, die eine unerfüllte Liebe entkräftet hat und die nur deshalb die Stille suchen, um sich selbst besser zugrunde gehen zu hören? Vielleicht ist Venedig in ihren Augen eine gnädige Stadt des Todes, umgeben von einer See, die Schlaf verheißt.

Hast du nicht den Eindruck, wir schlössen uns dem fürstlichen Gefolge des toten Sommers an? Dort liegt die Göttin des Sommers in ihrem Totenboot, ganz in Gold gekleidet wie die Frau eines Dogen. Und die Prozession bringt sie zur Insel Murano, wo ein meisterlicher Herr des Feuers ihr einen Kristallsarg fertigen wird. Und der Sarg soll aus Opal sein, so daß, wenn man ihn in der Lagune versenkt hat, sie wenigstens das träge Spiel des Seegrases durch ihre transparenten Lider sehen kann. Und während sie auf die Stunde der Auferstehung wartet, bleibt ihr so die Illusion erhalten, sie trage noch immer ihr stetig wogendes, üppiges Haar.«

Dann etwas inniger: »*An dir, du seelenvolles Wesen, liebe ich die zarten Linien, die von deinen Augen zu den Schläfen führen, und die kleinen dunklen Venen, die deine Lider zieren, und das Wogen deiner Wangen und dein müdes Kinn und alles, was in dir berührt scheint von der Vergänglichkeit des Herbstes, und alles, was dein leidenschaftliches Gesicht in Schatten hüllt.*«

Die Contessa seufzte leise, aber dennoch merklich auf und flüsterte Urbino mit leicht errötetem Gesicht zu: »Ah! Bobo *ist* D'Annunzio.«

Und mit diesem Lob – das angesichts D'Annunzios skandalösem Ruf eher zweifelhaft war – wandte die Contessa ihre Aufmerksamkeit wieder Baron Bobo zu.

9

Der *salone da ballo* in der Ca' da Capo-Zendrini hatte sich verwandelt: Wandbehänge in Gold und Purpur – Baron Bobos Lieblingsfarben –, auf dem Boden stehende Kandelaber und von der Decke hängende Kerzen in Bronzekörben, die das geschmolzene Wachs auffingen, und das »Granatapfel-Hauptstück«, wie die Contessa es nannte, im Zentrum des Büfetts.

Es handelte sich hierbei um den Kopf einer Frau, den man nach Art Arcimboldos aus Herbstgemüse und -früchten gestaltet hatte. Er stellte Persephone dar, die für immer aus der Unterwelt verbannt worden war, nachdem sie einige Granatapfelkerne gegessen hatte. Diese Früchte – die D'Annunzios Held in *Feuer* als sein geheimnisvolles Emblem angenommen hatte – waren sowohl im Hauptstück als auch auf dem Rest des Büfetts vorherrschend: als feste Äpfel, als aufgeschnittene Hälften und Apfelspalten, die ihr purpurnes Fruchtfleisch preisgaben, in Pokalen aus Muranokristall, die von ihren fatalen Kernen überquollen und von denen der Saft auf das Tischtuch tropfte und dort Flecke hinterließ.

Kellner in schwarzen Smokings reichten Drinks und Kanapees, während auf einer Bühne unterhalb des Gobelins aus dem sechzehnten Jahrhundert, der Susanna und die Ältesten zeigte, ein Kammerorchester Vivaldi und Debussy spielte. Der frische Duft der Herbstnacht drang durch die offenen Türen der Loggia oberhalb des Canal Grande herein und mischte sich mit den Wohlgerüchen von Myrrhe, Moschus und Bernstein, die in bronzenen Schalen verbrannten.

Urbino löste sich aus einer Gruppe, die von der galanten Konversation des Barons hingerissen war, und schlüpfte hinaus auf die Loggia. Er verbrachte mehrere erholsame Minuten damit, die Aussicht zu genießen. Auf dem flüssigen Boulevard des Canal Grande spiegelten sich die Lichter der vielen Palazzi an beiden Ufern bis zu der scharfen Biegung der Wasserstraße, wo über der Rialtobrücke ein strahlend heller Vollmond leuchtete, als sei er dort um des unübertrefflichen Effektes willen angebracht worden. Ein vorbeifahrendes Vaporetto ließ kleine Wellen gegen die Gartenmauer des Palazzo und die blau-weiß gestreiften Ankerpfosten neben der Wassertreppe plätschern. Von einer Gondel drangen Gelächter und einige Liedfetzen an Urbinos Ohr.

Er wollte gerade in den *salone* zurückkehren, als Marco Zeoli und Harriet Kolb nach draußen kamen. Der stellvertretende medizinische Leiter sah in seinem unscheinbaren dunklen Anzug so mürrisch und kränkelnd wie üblich aus, aber die biedere Harriet hatte ihre Garderobe sorgfältig und mit Geschmack gewählt und trug ein langes sandfarbenes Kleid aus indischer Baumwolle. An jenem Abend fielen ihr fliehendes Kinn und ihre leicht vorstehenden Zähne kaum auf, denn sie strahlte etwas aus, das nicht bloß auf ein sorgfältig aufgetragenes Make-up zurückzuführen war. Konnte es sein, daß das Objekt ihrer Zuneigung nicht etwa der Baron war, sondern Zeoli? Die beiden würden gar nicht schlecht zusammenpassen.

Urbino plauderte mit ihnen kurz über die Aufführung des Barons, dann sagte Zeoli, es sei bedauerlich, daß Urbino die Therapie vorzeitig habe abbrechen müssen.

»Wenn er mit dem Verzehr von Nachtschattengewächsen

aufhören würde, wie ich es ihm letzte Woche geraten habe, würde er vielleicht gar keine Therapie benötigen«, sagte Harriet. »Damit will ich nichts gegen das Kurbad gesagt haben, Marco. Schließlich werde ich die Woche zwischen Weihnachten und Neujahr dort verbringen. Das heißt, falls ich bis dahin genügend Geld ansparen kann.«

Harriet bekam ein großzügig bemessenes Gehalt, aber sie schien immer knapp bei Kasse zu sein. Der Contessa zufolge verschwendete sie eine Menge Geld für Handleser, Chiropraktiker und Ferngespräche mit einem Wahrsager in London, der zugleich Ernährungsfachmann zu sein vorgab. Jetzt erzählte sie von ihrem Chiropraktiker in Dorsoduro.

»Und dank ihm habe ich jetzt schon wieder diese häßliche Einbuchtung im Nacken! Man kann sie immer noch sehen. Sieh nur, Marco.«

Sie beugte ihren Kopf.

»Ich kann nichts erkennen, Harriet.«

»Aber ich *spüre* sie doch!« Mit leichtem Stirnrunzeln rieb sie ihren Nacken. »Und ich weiß nicht, warum, aber nach jeder Sitzung waren meine Augäpfel trocken wie Murmeln. Ich habe Barbara versprochen, ich würde über den Winter hierbleiben, aber ich fürchte, die Feuchtigkeit wird mir innerhalb kürzester Zeit wieder zu meinem Hexenschuß verhelfen. Und diese Brücken! Solange man es nicht selbst erlebt, hat man ja keine Ahnung, daß es in Wirklichkeit *Treppen* sind. Das geht einem durch Mark und Bein, Tag für Tag, Tag für Tag.«

Urbino wußte, daß seine Miene längst nicht so geduldig wirkte wie der Ausdruck auf Zeolis Gesicht. Der Kurarzt hatte fast fünfzehn Jahre Erfahrung mit Leuten wie Harriet.

»... und nach der Einnahme des Bikarbonats, das der

andere Arzt mir verschrieben hatte, schwoll mein Bauch an, als würde jemand einen Ballon aufblasen. Das Fleisch in der Gegend war ganz weich, und meine Rippen brannten wie Feuer. Aber dann hat dieser neue Arzt mich wie ein Stück Teig gerollt, und irgend etwas machte Klick. Mir ging es sofort besser. Zwei Jahre vorher . . .«

Urbino hielt verzweifelt nach einer Fluchtmöglichkeit Ausschau, als Oriana mit John Flint, Hugh Moss und Marie Quimper im Schlepptau auf die Loggia rauschte.

»Hier haben Sie sich also versteckt«, sagte Oriana, die eine schrille Versace-Garderobe trug. »Barbara ist böse mit Ihnen. Sie haben Bobos Schwager und Livia noch nicht kennengelernt.« Livia Festa war Bobos künstlerische Leiterin. »Aber nehmen Sie sich vor Livia in acht. Sie ist dabei, Geld aufzutreiben, um aus *Granatapfel* einen Film zu machen.«

»Lächerlich!« sagte Moss. Seine schmalen Lippen waren zu einem Strich zusammengepreßt. »Ein Film! Der würde den Baron als das enthüllen, was er ist. Eine Karikatur!«

Einen Moment lang herrschte Schweigen, bis Oriana gekünstelt auflachte. Dann stieß Marie Quimper einen leisen Schrei aus, der zunächst verängstigt wirkte, sich aber gleich darauf als ihre Art herausstellte, Begeisterung zu zeigen. »Oh, wie schön! Der purpurne Himmel und die goldenen Lichter der Paläste! Genau wie die Farben im Salon der Contessa. Du solltest versuchen, das zu malen, Hugh. Oh, das ist wirklich traumhaft! Wie könnte jemand sich hier nicht verlieben?«

Moss schien sie nicht zu hören. Sein Blick durchstreifte den vollen Ballsaal, bis er den Baron entdeckt hatte, der inzwischen in ein lebhaftes Gespräch mit dem Manager des Teatro del Ridotto vertieft war. Die beiden schienen sich zu streiten. Moss' Blick war durchdringend.

Marie Quimper erhielt ziemlich unerwartet Zustimmung.

»O ja«, sagte Harriet, »so viele Leute sagen, daß Venedig und der Tod zusammengehören, aber in Wahrheit sind es Venedig und die Liebe.«

»Vielleicht sind es Venedig, die Liebe *und* der Tod«, warf Flint ein. »Ich habe kürzlich gelesen, daß Wagner den ›Liebestod‹ von *Tristan und Isolde* in seinem Palazzo am Canal Grande geschrieben hat. Liebe und Tod, Tod in der Liebe, der Tod der Liebe und all das.«

Harriet wirkte verletzt. Flint zuckte befangen die Achseln, was den Schnitt seines Comme-des-Garçons-Anzugs noch besser zur Geltung brachte, und sagte: »Wo wir gerade von Palazzi reden, ich habe heute nachmittag meine Nase am Eingangstor des Ihren plattgedrückt, Urbino.«

»Und wo wir gerade von *Nasen* reden«, sagte Oriana, »deine süße kleine läuft.« Sie holte ein Taschentuch hervor und reichte es ihm. »Wie ein kleiner Junge! Wenn du nicht bald diese Erkältung los wirst, fahren wir direkt für einen Monat in Marcos Kurbad.«

Flint betupfte seine Nase mit Orianas Taschentuch, das eine teure Duftwolke hinterließ.

»Ein echtes Schmuckstück, Ihr Palazzo«, fuhr Flint fort. »Zu schade, daß er nicht am Canal Grande liegt. Venezianisch-byzantinisch, nicht wahr?«

»Aber weißt du das denn nicht mehr, John?« fragte Oriana. »Ich habe dir, Hugh und Marie doch alles darüber erzählt. Er wurde von irgendeinem Spinner – das geht nicht gegen Sie, Urbino! – im siebzehnten Jahrhundert erbaut, lange nach der byzantinischen Ära.«

»Aber diese Marmorverzierungen sehen genauso aus wie am Dogenpalast«, beharrte Flint, »und das große Fenster im ersten Stock muß früher einmal mehrflügelige Läden besessen haben. Und was ist mit ...«

Flint demonstrierte flink, mit beträchtlichem Detailwissen und auf eine ziemlich überhebliche Art, daß er genau wußte, wovon er sprach.

»Ich habe mich gefragt, ob Sie auch ein Spukzimmer haben, wie das in diesem Haus hier«, sagte er.

»Leider nicht.«

»Ein Spukzimmer?« fragte Marie Quimper.

»Ja, meine Liebe«, sagte Oriana. »Das Caravaggio-Zimmer.«

»Erzählen Sie uns davon, Monsieur Macintyre!«

»Der Raum ist benannt nach einem Gemälde von Caravaggio, das dort seit den Zwanzigern gehangen hat«, entgegnete Urbino. Dann beschrieb er, wie Leute, die in dem Zimmer geschlafen hatten, auf geheimnisvolle oder ungewöhnliche Weise ums Leben gekommen waren, allesamt Angehörige der Familie da Capo-Zendrini durch Geburt oder Heirat. Der letzte Todesfall – diesmal eine schöne junge Frau – hatte sich während einer Party Ende der dreißiger Jahre ereignet. Die Contessa weigerte sich, den Raum zu benutzen.

»Er liegt nur ein paar Türen von meinem Zimmer entfernt«, sagte Harriet Kolb mit zitternder Stimme. »Manchmal, wenn ich dort vorbeigehe, verspüre ich eine seltsame Aura von ihm ausgehen. Und mein Parapsychologe hat mir gesagt, ich solle vor verschlossenen Türen auf der Hut sein!«

»Reden Sie keinen Quatsch, Harriet!« spottete Oriana, die jeglichen Aberglauben, außer ihren eigenen, für lächerlich hielt. »Es ist ein Zimmer wie jedes andere, und irgendwann wird Barbara erkennen, wie albern sie sich verhält. Wir müssen sie davon überzeugen, Urbino.«

»Falls irgend jemand die Contessa von etwas überzeugen kann«, sagte Marie Quimper, »dann jemand wie Sie, Monsieur Macintyre. Sie sind die Sorte Mensch, der man instinktiv vertraut. Ich habe das sofort gespürt, als ich Ihr Foto auf dem Umschlag des Proust-Buches sah. Sie wirkten...«

»Mach dich nicht lächerlich, Marie!« fiel Moss ihr ins Wort und packte ihren Ellbogen heftiger als nötig.

»Nehmen Sie sich vor dem Ungeheuer der Eifersucht in acht, Hugh«, tadelte Oriana ihn. »Denken Sie daran, dies ist die Stadt von Othello. Ich dachte, Sie würden Marie den Kopf abreißen, als sie John nach einem Foto aus seiner Zeit als Dressman fragte. Sie werden die süße kleine Marie noch vertreiben – oder wesentlich Schlimmeres! Sie können uns von einem traurigen Beispiel berichten, Marco. Wie war das mit der armen Frau, die in einem Ihrer Behandlungsräume abgeschlachtet wurde?«

Man konnte schwer sagen, wen ihre Worte stärker aus der Fassung brachten – Moss, der aussah, als wolle er ihr eine Ohrfeige verabreichen, oder Zeoli, dessen blasses Gesicht kreidebleich geworden war. Der stellvertretende medizinische Leiter murmelte etwas über den tadellosen Ruf seines Kurbades und entschuldigte sich.

10

Als Urbino eine halbe Stunde später schließlich doch noch Orlando Gava und Livia Festa kennenlernte, erkannte er in Gava den »römischen Senator« vom Pool in Abano wieder. Dieser hingegen ließ durch nichts verlauten, daß er sich an Urbino erinnerte. Mit seinem mondförmigen, ungesund geröteten Gesicht, der vorgeschobenen Unterlippe und den hängenden Augen war er in gleichem Maße unattraktiv, wie der Baron stattlich war. Er trug eine schwarze Armbinde und strahlte beständig eine abgrundtiefe Traurigkeit aus.

Im Gegensatz zu Gava war Livia Festa von einer Aura der Gesundheit und guten Laune umgeben. Sie hatte eine rundliche Figur und erinnerte an eine Odaliske, die sich im Harem eines Sultans verwöhnen ließ. Unter einem schwarzen Haarnetz aus Spitze wallte ihr rotgefärbtes Haar hervor, und ein dunkelgrünes Seidenkleid mit kabbalistischem Muster verlieh ihr das Aussehen einer Priesterin. Sie hatte ein Cape über einen der Sessel gebreitet und einen kleinen weißen Hund dort abgesetzt.

»Ich lasse den Abtrünnigen in Ihrer beider Obhut«, sagte die Contessa, die in ihrem goldfarbenen, schräg geschnittenen Seidenkleid von Vionnet einfach umwerfend aussah. »Aber ich warne Sie, liebste Livia: Versuchen Sie nicht, dem armen Jungen Geld abzuknöpfen. Er lebt weit über seine Verhältnisse. Ich muß jetzt die Männer dort drüben davon überzeugen, daß sie wegen meiner Bootsbrücke zwar ihre Schiffsrouten ändern müssen, dies jedoch nicht bedeutet, sie hätten eine Reise ums Kap der Guten Hoffnung vor sich!«

Als die Contessa gegangen war, sagte Livia Festa mit rauchiger Stimme: »Das hier ist mein kleiner Schatz. Er heißt Peppino.«

Sie nahm eine Leckerei für Peppino aus ihrer Handtasche. Er kaute wenig begeistert darauf herum.

»Sie schreiben Biographien«, sagte Gava klagend, als sei dies die traurigste Beschäftigung, die er sich vorstellen konnte. »Barbara sagt, Sie würden Ihre Arbeit gut machen – auch wenn es um die Aufklärung von Kriminalfällen geht. Sie untersuchen die Drohungen gegen Bobo.«

»Bobo hat uns neulich beim Abendessen davon erzählt«, beeilte sich Livia Festa zu erklären. »Er hat über die Angelegenheit Witze gemacht, aber ich bin mir sicher, er ist besorgt.«

»Oh, er macht sich große Sorgen«, sagte Gava. »Ich wußte es in dem Moment, als er sagte, das wäre nicht der Fall. Schauspieler! Man muß immer davon ausgehen, daß sie das Gegenteil von dem meinen, was sie sagen.«

»Das sind ganz die Worte eines Geschäftsmanns! Orlando hat ein paar Fabriken in Turin, die ihm einen Haufen Geld einbringen!« sagte Livia an Urbino gewandt. »Ich glaube, ich kann Schauspieler etwas besser beurteilen, mein lieber Orlando. In erster Linie sind sie wie Kinder.«

Plötzlich drang über die Musik und die anderen Gespräche hinweg Bobos gebieterische Stimme an ihre Ohren: »*Dama Venezia* ist eine wunderschöne Leiche, sie verbreitet die Aura des Grabes. Sie ist die Camille der Wogen, die schwindsüchtige Heldin der See, die gemalte Herrin des ...«

Sie blickten in Bobos Richtung. Er stand inmitten einer Gruppe ihn anhimmelnder Frauen.

»Nun, er hat sich meiner armen Schwester gegenüber, möge Gott ihrer Seele gnädig sein, oft genug wie ein verwöhntes Kind verhalten! Sie hat sich nie beklagt, nicht einmal ganz am Ende, wie Sie sich erinnern werden.«

Gava berührte seine Armbinde, und Tränen stiegen ihm in die Augen. Livia Festa warf ihm einen unergründlichen Blick zu, der gleichermaßen Irritation wie Unbehagen bedeuten konnte, und fing dann an, über D'Annunzio und dessen wundersame Verkörperung durch den Baron zu plaudern.

»D'Annunzio!« Gava spie es fast heraus. »Rosa konnte es nicht ertragen, diesen Namen zu hören! Ein unmoralischer Mann!«

Gavas erhobene Stimme zog einen langen, durchdringenden Blick des Barons nach sich.

»In den Drohbriefen war auch von D'Annunzio die Rede«, sagte Urbino, nachdem Bobo seine Aufmerksamkeit mit merklichem Zögern wieder den Frauen zugewandt hatte. »Haben Sie eine Ahnung, wer dafür verantwortlich sein könnte?«

»Ich war es nicht, falls Sie das mit Ihrer Frage andeuten wollen«, sagte Gava.

»Orlando!« rief Livia vorwurfsvoll. »Daran hat er ganz bestimmt nicht gedacht. Wenn er jemanden verdächtigt, dann mich!«

»Sie? Aber Sie mögen D'Annunzio doch auch, und Sie ... Sie mögen Bobo. Sie wollten ihn doch heiraten!«

»Ich meine doch nur«, sagte Livia, »daß all dies eine großartige Publicity bedeutet – vielmehr bedeuten *würde,* falls es in die Zeitungen käme.«

Livia beschrieb einige Reklametricks, die sie während ihrer Jahre in Cinecittà kennengelernt hatte. Urbino ließ seinen Blick durch den Saal schweifen. Das Orchester spielte inzwischen beliebte Melodien, und viele der Gäste tanzten. Flint schwebte elegant mit Oriana über das Parkett, nur ein paar Meter von ihrem Ehemann Filippo entfernt, der weniger elegant, aber genauso begeistert mit einer geschiedenen Amerikanerin tanzte. Um die Tanzfläche herum bildeten und zerstreuten sich immer neue Gruppen, wie es bei solchen Veranstaltungen üblich war. Die Leute, die sich an den Rändern des Saals auf den Sofas und Stühlen niedergelassen hatten, schienen aus Behaglichkeit oder Trägheit nur wenig Lust zum Aufstehen zu verspüren und beäugten all jene, die entweder tanzten oder mit gelangweilter Miene irgendwo standen.

Livia schwelgte noch immer in ihren Erinnerungen, als die Contessa vorbeikam und mit kaum hörbarer Entschuldigung Urbino bat, sie zu begleiten.

»Es gibt neuen Ärger«, sagte sie, als sie außer Hörweite der anderen waren. »Eine weitere Drohung gegen Bobo. Der Manager des Teatro del Ridotto hat mir gerade eben davon berichtet. Bobo wollte, daß es geheim bleibt. Der Kassierer hat vor der Vorstellung eines dieser Blätter in der Lobby gefunden. Sie müssen sich noch mehr anstrengen, der Sache auf den Grund zu gehen.«

»Ich weiß nicht, was Bobo Ihnen erzählt hat, aber mir gegenüber hat er recht deutlich zum Ausdruck gebracht, daß er weitere Ermittlungen nicht wünscht.«

»Er weiß nicht, was er sagt! Er braucht Sie. Wir beide brauchen Sie. Schauen Sie in sein Herz. Dort werden Sie seine *wahre* Meinung über diese Angelegenheit finden! Bobo...«

»Ist etwas nicht in Ordnung, Barbara?«

Es war Harriet, die sich ihnen unbemerkt genähert hatte. Ihre Stirn war schweißbedeckt.

»Nein, nein, meine Liebe. Bitte entschuldigen Sie mich.«

Die Contessa eilte davon, um sich zu dem Baron zu gesellen, der jetzt wieder mit dem Manager des Theaters sprach. Ein kurzes Stück daneben gestikulierte Livia Festa ausholend vor einem Mailänder Industriellen, während Gava düster ins Leere starrte, als befände er sich auf der Beerdigung seiner geliebten Schwester. Selbst aus dieser Entfernung war der Schwager des Barons von Melancholie umgeben wie von einem dichten schwarzen Umhang.

Harriet zog ein kleines Taschentuch aus ihrem Ärmel und tupfte sich die Stirn.

»Wie stickig es hier drinnen doch ist! Diese Räucherschalen schnüren mir die Kehle zu, und das verbrannte Wachs schmerzt in meinen Augen. Ich muß nach oben auf mein Zimmer gehen und meine Augentropfen nehmen.«

Bevor sie entschwand, bat Urbino sie um eines von Bobos Pressefotos.

11

Einige Minuten später, als Bobo nicht ganz so gelassen wie üblich begann, zu musikalischer Begleitung D'Annunzios Gebetsprolog für Debussys *Martyrium des Heiligen Sebastian* zu rezitieren, ging Urbino hinunter in den Garten.

Er durchquerte einen Hof aus venezianischen Ziegeln und ging hinauf zur oberen Ebene, vorbei an Statuen gefesselter Türken aus istrischem Stein. Ein Kiespfad, gesäumt von gestutzten Buchsbaumsträuchern, Lorbeerhecken und steinernen Heldenfiguren führte ihn zu einer Pergola. Sie barg ein römisches Bad und war umrankt von englischem Efeu und anderen Kletterpflanzen. Für die Contessa und Urbino war dies der Lieblingsort im Garten.

Laute wütende Stimmen, die aus der Pergola drangen, ließen ihn innehalten. Sie gehörten einem Mann und einer Frau, aber er konnte nicht erkennen, um wen es sich handelte. Kurioserweise hätte er besser horchen können, hätte er sich ein Stück weiter entfernt von der Pergola aufgehalten. Der Garten besaß eine ungewöhnliche Akustik. Diese Eigenart teilte er mit der ganzen Stadt Venedig, wo der Schall sich mitunter auf unberechenbare und geheimnisvolle Weise fortpflanzte.

Urbino befürchtete, daß die beiden Streitenden plötzlich den Schutz der Pergola verlassen und ihn beim Lauschen überraschen könnten. Daher ging er den Kiespfad zurück zur unteren Ebene und setzte sich auf einen Korbstuhl. Nach fünf Minuten erschienen Marie Quimper und Hugh Moss. Marie entdeckte Urbino als erste.

»Monsieur Macintyre! Ich wünschte, wir hätten gewußt, daß Sie hier sind! Sie hätten uns herumführen können.« Sie berührte einen der steinernen Türken. »Die Gärten in Venedig stecken immer voller angenehmer Überraschungen. Haben Sie auch einen? Falls er diesem hier ähnelt, können Sie sich wirklich glücklich schätzen. In London habe ich nur ein winziges Fleckchen Erde hinter meiner Küche, aber damals in Paris hatte ich einen wunderhübschen Garten.«

Sie schien fortfahren zu wollen, aber Moss, dessen Gesicht düster verhüllt war, erinnerte sie daran, daß sie jetzt aufbrechen müßten.

Als Urbino durch die Türen des *salone* trat, hörte er leises besorgtes Stimmengewirr anstelle der Musik, und die Musiker und Gäste starrten auf die gegenüberliegende Seite des Raumes. Dort hatte sich eine Menschentraube gebildet. Die Contessa befand sich ebenfalls dort und wirkte zutiefst betrübt. Urbino eilte zu ihr. Neben einem zerbrochenen Wasserpokal lag Gava mit geschlossenen Augen und farblosem Gesicht ausgestreckt auf dem Boden. Ein älterer Arzt aus Padua, einer der Gäste der Contessa, kniete an Gavas Seite. Peppino blickte von einem Stuhl auf die Szene herab, über den seine Herrin abermals ihr umgewendetes Cape gebreitet hatte.

»Ich ... ich habe ihm lediglich etwas Wasser gebracht, und da ist er auch schon zusammengebrochen«, sagte Livia Festa.

»Er leidet unter Asthma und einem Emphysem, genau wie früher seine Schwester«, sagte Bobo.

Der Arzt lockerte Gavas Krawatte und öffnete den ersten Knopf seines Hemdes. Als Flint ihm ein Glas Wasser reichen wollte, winkte er ab.

»Oh, ich hoffe nur, er hat nichts von den Shrimps gegessen oder Rotwein getrunken, Signora Festa!« sagte Harriet, die fast genauso bleich war wie Gava. »Leute mit seinem Krankheitsbild reagieren normalerweise äußerst allergisch darauf, nicht wahr, Doktor? Jod und Sulfite.«

Livia starrte sie entgeistert an.

»Es ist wirklich ziemlich stickig hier«, sagte Bobo. »Vielleicht hat er wegen der Räucherschalen einen Asthmaanfall bekommen. Ihnen ist es ja ähnlich ergangen, Harriet.«

»Oh, ich hoffe, meine Räucherschalen sind nicht schuld daran!« klagte die Contessa. »Harriet, rufen Sie eine Ambulanz.«

Bevor sie davoneilte, reichte Harriet Urbino hastig einen großen Umschlag.

Gava kam wieder zu Bewußtsein und versuchte, den Kopf zu heben. Verwirrt schaute er in die Gesichter, die zu ihm hinabstarrten. Sein Blick richtete sich auf Bobo.

»Rosa, geliebte Schwester«, sagte er, bevor ihm erneut die Sinne schwanden. »Ich komme.«

12

Nachdem ihn die Contessa am nächsten Morgen angerufen und ihm berichtet hatte, daß es Gava wieder besser ging und er sich in seinem Zimmer im Flora erholte, machte Urbino sich auf den Weg zum Teatro del Ridotto, um Erkundigungen über den Drohbrief einzuziehen, den jemand im Foyer hinterlassen hatte.

»Das muß vor neunzehn Uhr passiert sein«, sagte der Theatermanager. »Der Kassierer bemerkte den Zettel, als er von einer Pause zurückkam. Ich habe sofort die Polizei verständigt. Für die nächsten Vorstellungen des Barons haben wir eine zusätzliche Wache verpflichtet.«

Dann ging Urbino mit dem Pressefoto des Barons zum Dogenpalast. Der Wärter warf einen kurzen Blick darauf und schüttelte den Kopf.

»Der sieht dem Mann überhaupt nicht ähnlich.«

Er gab das Foto zurück.

»Sind Sie sicher? Das Bild ist ungefähr zehn Jahre alt, aber der Mann sieht noch fast genauso aus.«

»Das ist nicht der, der hiergewesen ist. Entschuldigen Sie mich. Ich muß meine Runde drehen.«

Urbino steckte das Foto zurück in den Umschlag. Das Verhalten des Wärters verwirrte ihn. Er hatte das Bild zu abrupt verworfen und schien nicht mehr über den Vorfall reden zu wollen.

Hätte der Wärter den Baron identifiziert, hätte Urbino ihm ohne zu zögern geglaubt. Warum? War er überzeugt davon, daß Bobo sich im Dogenpalast aufgehalten hatte, oder war er so stark gegen ihn eingenommen, daß er *wollte*, es wäre so gewesen?

Zwei Hindernisse trübten seinen Scharfblick bei diesen Ermittlungen. Das eine war seine Freundschaft mit der Contessa, für die er nahezu alles tun würde. Das andere war seine Abneigung gegen den Baron. Aber aus welchem genauen Grund? Weil die Contessa den Baron bewunderte und seine Gesellschaft mochte, sich vielleicht sogar in ihn verlieben könnte? Weil Urbinos vertraute Beziehung zu ihr gefährdet war?

Oder spürte er, daß mit dem Mann irgend etwas grundsätzlich nicht stimmte? Schauspieler trugen oft eine gekünstelte Art zur Schau, die nichts mit Unaufrichtigkeit zu tun hatte, sondern manchmal bloß das Produkt ihres Berufes darstellte. War es das, was ihn an Bobo so störte?

Er mußte vorsichtig sein. Nicht so vorsichtig allerdings,

daß er zu weit in die andere Richtung tendierte und jeden Verdacht als unbegründetes Vorurteil abtat. Nein, es würde nicht einfach werden.

13

An jenem Nachmittag überquerte Urbino eilends eine Brükke in der Nähe der Piazza San Marco, wo Gondolieri mit ihren Strohhüten und gestreiften Hemden Touristen als Fahrgäste zu gewinnen suchten. Das Herbstwetter war heute eher grau als golden. Als er die Libreria Sangiorgio betrat, fielen gerade die ersten warmen Regentropfen.

Bobo thronte hinter einem Tisch, auf dem Exemplare von *Granatapfel* und *Ich sehe die Sonne* lagen. Eine Gruppe von Leuten, weder übermäßig groß noch peinlich klein, wartete darauf, daß er ihre Bücher signierte. Unter ihnen befanden sich eine angespannt wirkende Marie Quimper und ihr Begleiter, Hugh Moss.

»Urbino, mein Lieber!« rief die Contessa. Sie war in kupferfarbene Seide gekleidet, die sich subtil mit Bobos Tweed ergänzte, und stand strahlend neben ihm, eine Hand auf seiner Schulter, in der anderen einen zusätzlichen Mont-Blanc-Füllfederhalter, genauso wie bei Urbinos eigenen Signierstunden hier. Urbino kaufte je ein Exemplar der beiden Bücher und stellte sich ans Ende der Warteschlange hinter Oriana und Flint. Flint wirkte nervös, und seine Augen waren weit aufgerissen.

»Für meine Leute zu Hause«, sagte er und deutete auf die Bücher in seiner Hand. »Obwohl sie natürlich kein Italienisch können und noch nie von diesem D'Annunzio gehört haben.«

»Ich bin sicher, das trifft auch auf die Hälfte der Leute hier zu«, sagte Oriana. Die beiden brachen in schallendes Gelächter aus. Oriana lachte auf ihre übliche theatralische Art, aber Flint klang irgendwie komisch, als habe er sein Lachen nicht unter Kontrolle. Livia Festa runzelte die Stirn. Sie warf dem Baron und der Contessa ständig Blicke zu – Blicke, die sie bei einem ihrer eigenen Schauspieler höchstwahrscheinlich als viel zu intensiv und überzogen bemängelt hätte, sogar für die Bühne.

Nachdem sein Lachanfall verebbt war, bat Flint Urbino, seine Bücher kurz zu halten. Er rannte durch den Regen und ins Bauer Grünwald Hotel auf der anderen Seite der Brükke.

Oriana nutzte Flints Abwesenheit, um sich über die Spießigkeit von Filippos Familie auszulassen. »Tja, Urbino, wann werden Sie mich denn nun in Ihre heiligen Hallen einladen?« fragte Flint, als er nach zehn Minuten zurückkehrte.

Er stieß wieder sein merkwürdiges Gelächter aus, und seine Augen waren jetzt sogar noch stärker geweitet. Urbino sah keine andere Möglichkeit, als ihn zu bitten, nach der Signierstunde vorbeizukommen. Als Oriana, die sich über die augenscheinliche Harmonie zwischen den beiden Männern freute, mit weiteren Anekdoten begann, hatte Urbino Gelegenheit, die anderen Leute im Raum zu mustern.

Am meisten wunderte er sich darüber, Marco Zeoli hier zu entdecken, dessen Terminkalender im Thermalbad immer gut gefüllt sein mußte. Vielleicht war er gekommen, um bei Harriet zu sein, doch die stand für sich allein ein Stück entfernt von ihm. Falls sie sich tatsächlich verliebt hatte, dann schien sie heute unter den vorhersehbaren Qualen dieses Zustands zu leiden. Wie jemand, dessen Liebesleben wenig glücklich verlief, schien sie den Anblick von anderen Verliebten unerträglich zu finden. Mit besonderem Unbehagen musterte sie die Contessa und den Baron. Die einzige Person, die sie nicht ansah, war Zeoli, was vermuten ließ, daß er der Anlaß für ihren Kummer war.

Während er langsam dem Tisch näher kam, konnte Urbino gut nachempfinden, wie ausgeschlossen sich Harriet fühlte. Er wollte der Contessa ja gar nicht die Freuden des Herzens absprechen. Er konnte sich nicht ganz überwinden, sie als die Freuden des Fleisches zu bezeichnen, geschweige denn so von ihnen zu denken. Aber der Baron war ihrer Zuneigung nicht würdig. Er schien vielmehr zu den Männern zu gehören, die diese Gefühle rücksichtslos ausnutzen würden.

Als Urbino an der Reihe war, lächelte Bobo ihn offen an und signierte die Bücher mit elegantem Schwung.

»Ich hoffe, Sie kommen morgen abend zur Abschlußvorstellung. Wir würden ihn vermissen, nicht wahr, Barbarina?« Er lächelte zu der Contessa empor. »Ich habe im Publikum immer eine ganz besondere Person, für die ich spiele. Das wird natürlich Barbara sein, aber falls Sie auch kommen, wird es mich zusätzlich inspirieren.«

»Selbstverständlich wird er kommen! Und danach nehmen wir noch einen Schlummertrunk in der Ca' da Capo«, sagte die Contessa, bevor sie sich zu Oriana und Flint gesellte, die in einem Buch über venezianischen Schmuck blätterten.

Livia Festa, die nahe genug am Tisch stand, um diese Unterhaltung verfolgen zu können, ergriff ein Exemplar von Baron Corvos *Die Begierde und das Streben nach dem Ganzen*, schlug es ziellos auf und begann mit wütender Aufmerksamkeit zu lesen. Nachdem er Bobo versichert hatte, er würde sich bemühen, am nächsten Abend zur Vorstellung zu kommen, ging Urbino zu ihr.

»Ein unmögliches Buch!« sagte sie mit größerer Verachtung für diesen exzentrischen Roman über Venedig, als gerechtfertigt schien. »Mein englischer Wortschatz reicht dafür nicht aus – oder meine Geduld!«

Sie knallte das Buch auf den Tisch.

»Ein seltsames Buch, das gebe ich gern zu«, sagte Urbino und fragte sich, ob er wohl diese Frau beruhigen könnte, bevor sie die ganze Auslage umwarf. »Aber inzwischen mag ich es. Er ist drüben auf San Michele beerdigt. Sein wirklicher Name war Frederick Rolfe. Wissen Sie, er war kein echter Baron.«

Sie sahen unwillkürlich Bobo an. Moss hatte die Tatsache genutzt, daß der Baron vorübergehend allein war, und wechselte ein paar private Worte mit ihm. Marie Quimper stand gegen ein Bücherregal gelehnt und behielt Bobo und Moss mit einem Ausdruck der äußersten Anspannung im Blick.

»Bobo hingegen ist ein *echter* Baron«, sagte Livia. »Was auch immer das zu besagen hat. Entschuldigen Sie mich. Ich muß gehen.«

Einer der Eigentümer der Buchhandlung trat mit einigen Exemplaren von Urbinos Büchern an ihn heran und bat ihn, sie zu signieren. Sie unterhielten sich über John Ruskin, während Urbino den Baron und Moss vorsichtig beobachtete. Moss sagte etwas zu ihm. Der Baron erstarrte, sah Moss tief in die Augen und erwiderte etwas. Moss antwortete. Dann warfen sie beide einen Blick auf die Contessa. Moss ging in ihre Richtung, und der Baron stand abrupt auf. Bevor Moss die Contessa jedoch erreichen konnte, packte Marie Quimper ihn im Vorbeigehen am Ärmel, und die beiden zogen sich zu einem der Regale zurück.

Plötzlich stieß Oriana einen leisen Schrei aus. Sie und Flint starrten auf ein Stück Papier in ihrer Hand. Die Contessa entriß es ihnen, steckte es in das Buch über Schmuck und klappte den Band zu. Sie sah zu Urbino herüber, der sich bei dem Buchhändler entschuldigte und zu ihr begab.

»Er hat wieder zugeschlagen!« Urbino hätte bei diesem Ausruf der Contessa beinahe laut aufgelacht, wäre da nicht dieser gequälte Ausdruck auf ihrem Gesicht gewesen.

»Eine weitere Drohung! Die gleiche wie die anderen.

Oriana hat sie in dem Bücherregal gefunden. O Urbino! Ich dachte, Sie würden all dem ein Ende machen!«

14

Eine Stunde später befanden Urbino und Flint sich in der Bibliothek des Palazzo Uccello. Auf dem Weg von der Buchhandlung hierher hatten sie sich über die neueste Drohung unterhalten, waren aber zu keinem Schluß gelangt. Jetzt jedoch galt Flints Interesse ganz offensichtlich nur noch dem kleinen Palazzo.

Anerkennend betrachtete er die Reihen von Büchern, die Gemälde, den Eßtisch und den dunklen hölzernen Beichtstuhl, in dem Urbinos Katze Serena gerade ein Nickerchen hielt. Dann bemerkte er die Sammlung venezianischer Bücher aus dem sechzehnten Jahrhundert und nahm sie genau in Augenschein.

»Ich kenne jemanden, der Ihnen hierfür ein kleines Vermögen zahlen würde. Falls Sie je daran interessiert sein sollten, einige der Bücher zu verkaufen, lassen Sie es mich wissen«, sagte Flint langsam und zog dabei jeden einzelnen Vokal in die Länge.

Flint schien zu den Südstaatlern zu gehören, die glaubten, die ganze Welt durch ihre Sprechweise zu bezaubern. Auf Urbino machte Flints übertriebener Südstaatenakzent allerdings nicht den gewünschten Eindruck, obwohl er dem gutaussehenden Mann gegenüber in diesem Punkt, wie auch in vielen anderen, womöglich in unfairer Weise voreingenommen war. Mit vermutlich genausoviel Überlegung wie Flint hatte Urbino nämlich die entgegengesetzte Anstrengung unternommen und sich nach Kräften bemüht, seinen eigenen New-Orleans-Akzent loszuwerden.

»Ich würde kein einziges davon je verkaufen. Sie sind ein Geschenk«, sagte Urbino.

»Natürlich von Barbara. Ja, Frauen sind ziemlich empfindlich, was den Verkauf ihrer Geschenke anbelangt, aber ein Geschenk gehört der Schenkenden nun mal nicht mehr, sobald es ihre Hände verlassen hat.«

Urbino enthielt sich eines Kommentars und führte Flint in den Salon. Das erste, was Flints Aufmerksamkeit fesselte, war die Stuckdecke aus dem Barock. Dann musterte er das von Bronzino gemalte Porträt einer perlen- und brokatgeschmückten florentinischen Dame, das über dem Sofa hing.

»Eine freizügige Frau, nicht wahr?« sagte Flint, was Urbino im ersten Augenblick verwirrend fand, denn die Bronzino-Frau kam ihm eher sittsam als liederlich vor. »Oriana hat auch ein großes Herz, aber keine ganz so große Brieftasche. Wenn ich nicht wüßte, daß Sie dieses Haus geerbt haben, würde ich vermuten, daß Barbara es Ihnen geschenkt hat, weil sie nichts Besseres damit anzufangen wußte.«

»Lassen Sie mich eines klarstellen. Barbara und ich sind nur Freunde.«

»Man kann immer auf mehr hoffen – nur im Moment vielleicht nicht, wo doch der Baron auf der Bildfläche erschienen ist.«

Flint holte ein seidenes Taschentuch hervor und wischte

sich die Nase ab, die während der letzten Minuten zu laufen begonnen hatte. Ein feines Netz aus roten Äderchen schmälerte ihr perfektes Aussehen.

»Nun ja, dieses Haus ist nicht allzu groß. Wenn die Leute hören, daß Sie in einem Palazzo wohnen, denken sie wahrscheinlich an etwas in der Art von Barbaras Domizil.«

»Für mich ist es groß genug.« Urbino hoffte, die Contessa würde nicht länger Gegenstand ihrer Unterhaltung sein. »Das Obergeschoß habe ich meiner Haushälterin und ihrem Mann überlassen. Ich wohne lediglich auf dieser Etage.«

»Was ist mit dem Untergeschoß? Feucht und kalt?«

»Nicht im mindesten. Ich habe dort eine Werkstatt zur Restauration von Kunstwerken eingerichtet. Ich bin aber nur Amateur. Das Gemälde einer cremonesischen Dame, das Sie in der Bibliothek gesehen haben, wurde ebenfalls von mir aufgearbeitet.«

»Sicherlich auch ein Geschenk von Barbara. Übrigens, Oriana wußte nicht genau, von wem Sie dieses Gebäude geerbt haben.«

»Von der Familie meiner Mutter«, sagte Urbino und bemühte sich, nicht die Geduld zu verlieren. »Leider hat sie selbst es nie gesehen. Sie wurde in New Orleans geboren und wollte immer nach Italien reisen, aber sie ist nie dazu gekommen. Es ist nicht ganz einfach, das Haus in Schuß zu halten, die ganzen Restaurationen, Reparaturen und so weiter. Ich bemühe mich nach Kräften, aber vieles bleibt einfach unerledigt. Wenn Sie genau hinsehen, werden Sie verstehen, was ich meine. Am Kronleuchter fehlen ziemlich viele Teile, und die Porträts an der Wand dort müßten unbedingt mal gereinigt werden.«

»Es bricht mir das Herz! Ein nicht ganz perfekter Murano-Kronleuchter und verschmutzte Porträts!«

»Sie stammen alle von unbedeutenden venezianischen Malern.«

»Ja, aber allein die Rahmen sind schon Kunstwerke. Die könnten ganz schön was einbringen. Doch ich habe schon genug von Ihrer Zeit in Anspruch genommen, Urbino. Denken Sie daran. Falls Sie wegen dieser Bücher je Ihre Meinung ändern, könnte ich Ihnen zu so viel Geld verhelfen, daß es für mehr als nur ein paar Reparaturen reichen würde! Es tut mir ja so leid, daß Sie inmitten einer solchen Verwahrlosung hausen müssen!«

15

Bei der Abschlußvorstellung von *Granatapfel* schienen sich einige der Nebelschleier, die durch die Gassen der Stadt. zogen, auch über Bobos Darbietung gelegt zu haben. Der Baron wirkte abgelenkt und verwirrt.

»Ich habe noch etwas zu erledigen, Barbara«, sagte Bobo im Anschluß. »Ich bin in einer Stunde bei dir und Urbino.«

Während der Fahrt auf dem Canal Grande, über dem der Nebel in dichten Schwaden hing, machte die Contessa nur hin und wieder eine beiläufige Bemerkung, und schließlich verstummten die beiden Freunde vollends. Aber sobald die Tür des *salotto blu* sich hinter ihnen geschlossen hatte, sagte die Contessa mit matter, ausdrucksloser Stimme: »Irgend etwas stimmt nicht. Ich habe es in Bobos Augen gesehen. Er hatte ursprünglich vor, direkt mit uns zurückzufahren. Vielleicht gibt es eine neue Drohung! Ihnen ist doch auch aufgefallen, daß seine heutige Vorstellung nicht besonders gut war.«

Sie sah ständig auf die Uhr, die auf dem Kaminsims stand.

Normalerweise hielt sie sich lange an ihrem Wein fest, aber an jenem Abend trank sie schnell und goß sofort nach. Sie ging rastlos im Raum auf und ab, verwandte jedoch wenig ihrer Energie auf das Gespräch. Urbino blätterte in einigen Zeitschriften und begnügte sich damit, ihr ein schweigsamer und verständnisvoller Gefährte zu sein, aber je zäher die Zeit verging, desto mehr fühlte er sich wie bei einer gemeinsamen Nachtwache.

Nach einer Stunde war Bobo noch nicht da und nach eineinhalb Stunden auch nicht. Es gab keine Nachricht, keinen Anruf. Die Nervosität der Contessa übertrug sich schließlich auf Urbino. Es war fünfzehn Minuten vor Mitternacht, als Lucia meldete, die Contessa werde am Telefon verlangt. Eilends verließ die Contessa den Raum, denn aus ihrem *salotto* hatte sie alle Telefone verbannt.

»Wie seltsam«, sagte sie, als sie zurückkam. »Das war dieser junge Künstler, Hugh Moss, ausgerechnet der! Er besteht darauf, zu dieser unchristlichen Zeit noch herzukommen! Er klang betrunken. Warum, um alles in der Welt, will er *mich* bloß treffen?«

»Bei Bobos Signierstunde gestern wollte er zu Ihnen gehen, aber seine Freundin hat ihn zurückgehalten. Und unmittelbar davor, als Moss mit ihm sprach, schien Bobo erschrocken zu sein, und Moss sah aus, als ob ...«

Er hielt inne. Wie sollte er Moss während jener Momente mit Bobo beschreiben?

»Er sah aus, als ob *was?*« fragte die Contessa voller Ungeduld.

»Als ob es ihm gefalle, daß Bobo unbehaglich zumute war. Als habe er zu diesem Zweck mit ihm gesprochen und zu ihm gesagt, was auch immer er gesagt haben mag. Und dann war da noch die Art, wie beide Sie angesehen haben, als seien Sie ein wesentlicher Grund für Moss' Genugtuung und ... und für Bobos Angst und Unruhe.«

»Sie haben zu oft Henry James gelesen! Nicht ein Wort der Unterhaltung mitgehört und doch so viel in sie hineingedeutet! Marie Quimper hat neulich abends etwas davon gesagt, Moss wolle mein Porträt und vielleicht auch den Blick von der Loggia malen. Ich bin sicher, das ist alles, worum es ging.«

Die nächste Dreiviertelstunde gab die Contessa sich beleidigt und sprach kein Wort. Erst als in der Halle Schritte erklangen, kam wieder Leben in sie.

»Bobo!« rief sie und sprang auf.

Aber es war nicht Bobo, sondern Harriet, eine Strickmütze tief ins Gesicht gezogen und erschöpft wirkend. Sie schien außer Atem zu sein.

»Harriet! Kommen Sie gerade nach Hause, oder wollen Sie soeben gehen?«

»Ersteres. Ich ... ich war bei Marco und habe mich dann im Nebel verlaufen. Gute Nacht.«

Die Contessa nahm wieder auf ihrem Sessel Platz und versank aufs neue in düsterer Nachdenklichkeit. Urbino fragte sich, ob sie beide die ganze Nacht hier so sitzen würden.

Doch zehn Minuten später waren erneut Schritte aus der Halle zu vernehmen. Diesmal war es Bobo. Er blieb in der Tür des *salotto* stehen und blickte herein, als würde er jemanden oder etwas suchen und Angst vor dem haben, was ihn erwartete. Die Contessa ging zu ihm. Das erleichterte Lächeln auf ihrem Gesicht verwandelte sich in blankes Entsetzen.

»Bobo! Du blutest!«

Das eine Ende seines Schals war in der Tat blutbefleckt. Er blickte darauf herab, als habe es nicht das geringste mit ihm zu tun.

16

Auf der anderen Seite des Canal Grande verirrte sich eine Touristin auf dem Rückweg zu ihrem Hotel. Vor ihrem inneren Auge zogen schreckliche Bilder vorbei.

Hatte man ihm außer Nase und Ohren auch die Lippen abgeschnitten?

Sie konnte sich nicht erinnern. Sie hatte versucht, nicht mehr daran zu denken, aber jetzt, während sie durch die Dunkelheit und den Nebel irrte, wurde ihr klar, daß es ihr nicht gelingen würde.

Bei lebendigem Leibe gehäutet, das wußte sie mit Sicherheit, aber hatte dieser eklige kleine Mann in der Kirche tatsächlich etwas davon erzählt, man habe die Haut mit Erde – oder war es Stroh? – gefüllt und auf einer Kuh durch die Straßen getrieben?

»Und sie ist genau da drin«, sagte er und deutete auf die Urne unter der Büste des unglückseligen Generals.

»*Wer* ist da drin?«

»Die Haut! Wir haben sie den verdammten Türken gestohlen!«

Sie hatte ihm ein paar Lire in die Hand gedrückt und war aus der Kirche geeilt. Dann hatten die Erinnerung an diese Begegnung und die Angst, daß der Mann ihr vielleicht folgen würde, sie in dem Labyrinth der Gassen vom Weg abkommen lassen.

Sie blieb stehen. Sollte sie weiter geradeaus gehen oder nach links oder rechts abbiegen? Vor ein paar Minuten hatte sie die Rialtobrücke überquert und sich gewundert, wie verlassen die Gegend war. Am Tag herrschte hier rege Betriebsamkeit, und an jeder Ecke konnte man in den Geschäften und Kiosken Gemüse und Souvenirs kaufen.

Sie hörte Schritte hinter sich, aber anstatt erleichtert zu sein, hatte sie noch mehr Angst als zuvor. Das war bestimmt der Mann aus der Kirche! Einem Impuls folgend, wandte sie sich nach rechts und hastete über die rutschigen Pflastersteine. Hier war es sogar noch dunkler und nebliger. Einen Moment später hielt sie an und lauschte. Genau wie sie befürchtet hatte, nahmen die Schritte dieselbe Abzweigung.

Sie rannte. Außer Atem und mit dem Pochen des eigenen Herzschlags in den Ohren, fand sie sich in einem abgeschlossenen Bereich wieder, umgeben von Gebilden, die wie Käfige aussahen. Einen Augenblick lang dachte sie, sie wäre in einem Zoo gelandet, aber die Stadt hatte gar keinen Zoo, oder? Und sie hörte keine Tiere, Gott sei Dank! Die Schritte hinter ihr waren verstummt. Sie hörte Wasser plätschern und ein Boot vorbeituckern, dann das entfernte Lachen einer Frau. Sie beruhigte sich und mußte über ihre eigene Einfältigkeit schmunzeln.

Sie würde sich an dem Lachen der Frau orientieren und die entsprechende Richtung einschlagen. Dort würden Licht und Leben sein. Sie drehte sich zu schnell um und rutschte auf irgend etwas aus. Sie fiel auf die Knie und verlor ihre Handtasche. Auf Händen und Knien tastete sie auf dem Pflaster danach. Sie berührte etwas Ledernes, aber es war nicht ihre Tasche, sondern kleiner, mit festen Kanten. Sofort zog sie ihre Hand zurück. Was war das? Ängstlich und vorsichtig streckte sie abermals den Arm aus. Diesmal berührte sie kein Leder, sondern die Finger einer Hand. Sie schrie und sprang auf.

Jetzt erkannte sie eine dunkle Gestalt, die auf den Steinen lag und sich nicht bewegte. Die Touristin rannte nur ein kurzes Stück, dann stolperte sie über ein Hindernis und fiel erneut.

Wenige Zentimeter von ihrem Gesicht entfernt befand sich ein anderes Gesicht – oder was davon übrig war, denn jetzt war es eine Masse aus Blut und Gewebe. Ihre Hände rutschten in einer Flüssigkeit aus. Sie hob eine Handfläche vor die Augen. Ein kleiner Gegenstand klebte daran. Ein Kiesel, dachte sie. Sie entfernte den Stein und wollte ihn gerade zurück auf den Boden werfen, als sie genauer hinsah. Voller Entsetzen erkannte sie, was es wirklich war. Ein Zahn.

Teil II

Der Granatapfelbaum

1

Am nächsten Morgen saßen Urbino und die Contessa im *salotto blu.* Die Contessa blätterte beiläufig in D'Annunzios *Feuer.*

»Bobo ist oben. Wir haben ihn aus dem Gritti ausgecheckt«, fügte sie hinzu. Sie klang ein wenig trotzig. »Die Drohung bei der Signierstunde hat ihn schwer getroffen, aber er gibt sich nach wie vor gelassen.«

»Hat er gesagt, wo er gestern abend gewesen ist?«

»Er und Livia haben in Harry's Bar noch etwas getrunken, und dann hat er einen Spaziergang gemacht. Nach einer Vorstellung ist er immer so energiegeladen.«

»Und das Nasenbluten?«

»Sicher ein Zeichen seines Temperaments.« Nachdem sie diese zweifelhafte medizinische Einschätzung vorgenommen hatte, trank sie einen Schluck Tee und nahm erneut den Roman von D'Annunzio zur Hand. Als sie einige Zeilen gelesen hatte und bemerkte, daß Urbino sie unverwandt ansah, sagte sie: »Was gucken Sie denn so? Immerhin lese ich hier nicht gerade *Lady Chatterleys Liebhaber*! Und mir gefällt beileibe nicht alles, was D'Annunzio getan oder geschrieben hat. Aber seine Leidenschaft fasziniert mich. Er hat so viele Dinge mit Hingabe betrachtet – und Hingabe ist eine der wichtigsten menschlichen Qualitäten, meinen Sie nicht? Hingabe und Aufrichtigkeit – gibt es sonst noch etwas?«

»Nein, Barbarina«, erklang die Stimme des Barons aus Richtung der Tür, wenngleich weniger schwungvoll als üblich, »sonst nichts – außer der Liebe!«

»Bobo! Ich hoffe, du hast all deine Sachen gut verstauen können.«

»Ach, ich hab's irgendwie hinbekommen«, sagte er mit gekünsteltem Lachen. Seine Augen waren schwer vor Müdigkeit. Er ging zur Bar hinüber und goß sich einen Anisette ein. Als er das Glas an die Lippen setzte, landeten ein paar Tropfen der klaren Flüssigkeit auf seinem weißen Hemd.

»Orlando geht es gut«, sagte die Contessa. »Ich habe vorhin mit ihm gesprochen. Ich habe ihm gesagt, wir alle würden an Allerseelen seiner geliebten Rosa gedenken. Sie ist ungefähr an jenem Tag gestorben, nicht wahr? Wann genau?«

»Am achtundzwanzigsten oder neunundzwanzigsten. Ich ... ich weiß nicht mehr.« Dann, mit größerer Bestimmtheit: »Weißt du, sie ist sehr spät abends gestorben. Kurz vor oder nach Mitternacht.«

Er trank seinen Anisette aus. Für einen kurzen Moment wirkte die Contessa überrascht. Sie war eine Frau, die nicht nur das Jahr und den Tag, sondern auch die genaue Todeszeit derjenigen kannte, die ihr am Herzen lagen. Ihre Entscheidung, die alte venezianische Allerseelen-Tradition der Bootsbrücke zur Friedhofsinsel wiederzubeleben, entsprang im gleichen Maße ihrer tiefen Verehrung der Toten wie ihrer Liebe für alles, was mit Venedig zusammenhing. Sie warf einen kurzen Blick in Urbinos Richtung und sagte dann: »Ja, ich finde, es ist manchmal schwierig, sich schmerzvolle Momente ins Gedächtnis zu rufen. Der Verstand wehrt sich dagegen.« Dann, mit mehr Nachdruck und einem teilnahmsvollen Lächeln für Bobo: »Aber wie auch immer das genaue

Datum lauten mag, es hat zur Folge, daß unsere Prozession um so bedeutungsvoller sein wird. Wir alle werden uns an Rosa erinnern. Sie scheint immer eine solch liebe Frau gewesen zu sein.«

Das wäre Bobos Gelegenheit gewesen, seine peinliche Gedächtnislücke wettzumachen, aber er sagte nichts.

Bevor einer der Anwesenden das unbehagliche Schweigen beenden konnte, sprang die Tür des *salotto blu* auf. Es waren Oriana und Flint.

»Wenn du hier noch immer so ruhig mit einem Buch auf dem Schoß sitzen kannst, Barbara, dann hast du die schrecklichen Neuigkeiten garantiert noch nicht gehört.« Oriana ließ sich reichlich theatralisch auf einem der Louis-Quinze-Stühle nieder. »Erzähl es ihnen, John, mein Lieber. Ich bin nervlich am Ende. Heute ist einer der schrecklichsten Tage meines Lebens.«

Flints Blick taxierte kurz die Einrichtungsgegenstände und Accessoires.

»Oriana übertreibt nicht. Es sind *wirklich* schlimme Neuigkeiten. Wir haben es gerade im Flora gehört.«

»Orlando!« rief die Contessa aus. »Oh, bitte sagt nicht, daß der arme Mann gestorben ist!«

»Orlando? Tot?«

Bobos Stimme hatte einen merkwürdigen Unterton. Flint beobachtete die Reaktion des Barons mit eigentümlichem Interesse. Noch bevor er oder Oriana Gelegenheit hatten, Näheres zu berichten, drang lautes Stimmengewirr aus der Halle herein, gefolgt von Schritten.

Ein Mann Ende Vierzig, mit olivfarbenem Teint und gekleidet in einen dunkelgrauen Anzug mit gleichfarbiger Krawatte, erschien neben Mauro, dem Majordomus, in der Türöffnung. Hinter ihnen stand ein blau uniformierter Polizist. Der erste Mann verschaffte sich einen schnellen Überblick über den Raum. Er runzelte die Stirn, als er Oriana und Flint entdeckte. Seine Miene verdunkelte sich sogar noch mehr, als er den Baron erkannte, der sich gerade einen weiteren Anisette eingoß.

»Bitte entschuldigen Sie die Störung, Contessa, aber ich würde gern unter vier Augen mit dem Baron Casarotto-Re sprechen.«

»Darf ich fragen, was dieses Eindringen hier zu bedeuten hat?«

»Es ist schon in Ordnung, Barbara. Was immer Sie mir zu sagen haben, Commissario, können Sie mir auch vor meinen Freunden mitteilen.«

Bobo mußte bezweckt haben, auf diese Weise seine Ungerührtheit kundzutun. Seine Stimme klang zwar überheblich, doch zugleich auch hohl und ängstlich.

»Nun gut. Ich bin Commissario Roberto Gemelli vom hiesigen Polizeipräsidium. Wir möchten, daß Sie uns nach San Lorenzo zur Questura begleiten, um einige Fragen im Zusammenhang mit den Morden an Hugh Moss und Marie Quimper zu beantworten, die letzte Nacht auf der Erberia des Rialto erschossen wurden.«

Bobo erbleichte.

»Tot? Alle beide?«

»Mein Gott!« sagte die Contessa. »Moss hat mich ungefähr um Viertel vor zwölf gestern abend angerufen und wollte noch vorbeikommen. Jetzt begreife ich, warum er nicht mehr aufgetaucht ist! Und ich habe mich noch darüber geärgert!«

Gemelli wollte etwas sagen, als Oriana einwarf: »Es ist viel zu spät passiert, um heute schon in der Zeitung zu stehen! Wir sind zum Flora gegangen, um Hugh und Marie zu fragen, ob sie mit uns nach Chioggia fahren wollten. Hugh hatte das Gemälde von Vittore Carpaccio dort erwähnt. Und...«

Oriana verstummte, weil Gemelli ihr einen strengen Blick zuwarf.

»Sie und Signor Flint werden Ihre Aussagen später in der Questura zu Protokoll geben, Signora Borelli. Bitte, Baron. Unser Boot wartet.«

2

»Ich werde es Ihnen niemals verzeihen, wenn Sie nichts unternehmen, um Bobo zu helfen!«

Urbino stärkte sich mit einem Campari Soda, und die Contessa war auch ohne Hilfsmittel so aufgeregt, daß sie vorerst nicht zur Ruhe kommen würde. Sie hatte Oriana und Flint wenig liebenswürdig hinauskomplimentiert und dann in der Questura beim Polizeichef angerufen, um sich über die Art und Weise zu beschweren, wie Gemelli den Baron abgeholt hatte.

»Ich habe keine Ahnung, was ich tun könnte, Barbara.«

»Nun, ich schon! Habe ich nicht bereits den ersten Schritt gemacht? Sie können helfen, Gemelli davon zu überzeugen, daß Bobo absolut nichts über dieses Paar weiß!«

»Bobo wird Gemelli schon erzählen müssen, was er tatsächlich von dem Paar weiß. Es könnte mehr sein, als Sie glauben.«

»Er weiß sogar noch weniger über die beiden als ich, und was ich weiß, paßt in eines dieser Dinger dort drüben«, sagte sie und nickte in Richtung ihrer Sammlung viktorianischer Fingerhüte. »Oh, wie konnte Oriana uns das nur antun! Wenn sie nicht gewesen wäre, hätten wir Moss und Quimper niemals kennengelernt. Und jetzt wird jeder einzelne meiner Gäste nach San Lorenzo geschleppt und auf kleiner Flamme geröstet werden.«

Urbino mußte bei dieser versehentlichen Anspielung unwillkürlich grinsen. Der Name des Viertels, in dem die Questura lag, war außerdem der Name eines Heiligen, der an einem Spieß über offenem Feuer den Märtyrertod gestorben war.

»Ich kann all das nicht so witzig finden wie Sie! Bitte, Urbino, versuchen Sie, diese kindische Abneigung gegen Bobo zu überwinden. Ich brauche dringend Ihre Hilfe. Erst diese Drohungen und jetzt dieser neue Ärger. Sie haben gesehen, wie Gemelli Bobo behandelt hat! Als ob er etwas zu verbergen hätte! Gehen Sie zur Questura, und sehen Sie, was Sie für ihn tun können.«

Urbino rief sich noch einmal Bobos seltsames Verhalten vom Vorabend ins Gedächtnis, seinen blutigen Schal und die Tatsache, daß Moss sich nach seinem Anruf nicht mehr in der Ca' da Capo-Zendrini eingefunden hatte. Wollte er womöglich mit Bobo sprechen? Aber anstatt zur Ca' da Capo zu kommen, war er mit Marie Quimper zum menschenleeren Markt des Rialto gegangen, wo die beiden dann ermordet wurden.

»Sie haben Oriana und Ihre anderen Gäste erwähnt«, sagte Urbino, »aber Gemelli wird sich vor allem sehr für Moss' gestrigen Anruf bei Ihnen interessieren. Das bringt die Sache noch mehr mit Ihnen in Verbindung – und mit Bobo.«

»Und genauso mit Ihnen!« fuhr sie ihn an. »Vielleicht wußte er, daß Sie hier waren, und wollte mit *Ihnen* reden!«

»Es ging um Sie, Barbara. Sie werden langsam anfangen müssen, der Wahrheit ins Gesicht zu sehen.«

Als die Contessa nach einer kurzen Weile antwortete,

sprach sie mit einem bedauernden Lächeln, das freundlich um ihre grauen Augen spielte. Der Zorn von gerade eben schien vergessen.

»Ich habe Sie aus dem Schlamm von Abano geholt, so daß Sie eine Ihrer Lieblingsrollen spielen konnten, erinnern Sie sich noch? Mein Ritter in strahlender Rüstung, der auf seine eigene leise Art zu meiner Rettung eilt. Enttäuschen Sie mich nicht. Nach diesen Morden steht viel mehr auf dem Spiel als zuvor.« Dann, in ruhigem, aber eindringlichem Tonfall: »Und hüten Sie sich vor Ihrer Aversion gegen Bobo. Sie ist so deutlich, *caro*, oh, so überdeutlich!«

3

Einige Stunden später gab Urbino in der Questura bei Commissario Gemelli im Beisein eines Stenographen seine Aussage zu Protokoll. Er schilderte, wie er Hugh Moss und Marie Quimper in Harry's Bar durch Oriana und Flint kennengelernt hatte.

»Marie hat mich gebeten, ein Exemplar meines Buches über Proust für sie zu signieren. Sie sagte, sie hätte es gelesen, aber in dem Buch steckte ein Kassenbon der Libreria Sangiorgio, der bewies, daß sie den Band erst am gleichen Tag gekauft hatte, was vermuten läßt, daß das Buch nur ein Vorwand gewesen sein könnte, um mich zu treffen. Oriana Borelli und Flint hatten die beiden auf der Ausstellung im Palazzo Grassi kennengelernt. Später an jenem Tag bin ich auf der Piazza San Marco über sie gestolpert. Sie standen unter den Arkaden vor dem Chinesischen Salon.«

»Haben sie den Baron und die Contessa beobachtet?«

»Vielleicht. Die beiden saßen noch drinnen. Moss hatte

mich zuvor in Harry's Bar gefragt, ob die Contessa zusammen mit mir dort sei.«

Dann beschrieb er die Kommentare der beiden über ihren *Baedeker*.

»Haben Sie sich das Buch zufällig genauer ansehen können?«

»Nein. Quimper war nervös. Moss schaltete sich ein und sagte, das Buch sei sehr teuer gewesen. Dann unterbrach er sie ein weiteres Mal, als ich fragte, ob dies ihre erste Reise nach Venedig sei. Er sagte ja, aber ich hatte den Eindruck, Quimper hätte mir gerade etwas anderes erzählen wollen. Das nächste Mal sah ich die beiden dann am gleichen Abend. Der Baron und ich saßen gegen zehn Uhr auf der Terrasse des Gritti Palace. Moss und Quimper stiegen an der benachbarten Anlegestelle aus einer Gondel. Sie blickten zu mir hoch und redeten kurz miteinander. Ich winkte, und sie erwiderten den Gruß.«

»Vielleicht waren sie an Casarotto-Re interessiert oder sogar an Ihrem Verhältnis zu ihm. Schließlich hatten die beiden Sie dreimal an jenem Tag getroffen, zweimal davon in der Nähe von Casarotto-Re. Und sie waren bei seiner Vorstellung und auf dem Empfang der Contessa. Entweder kannten sie ihn persönlich, oder sie wußten zumindest, wer er war.«

»Moss hatte keine allzu hohe Meinung von der Vorstellung. Vielleicht war er auf den Baron eifersüchtig. Er war der Typ dafür. Er schnauzte Quimper an, als sie irgend etwas uber mein Foto auf dem Buchumschlag sagte, und Oriana erwähnte, wie sehr er sich wegen Flint über sie aufgeregt hatte.«

»Flint hat etwas Verschlagenes an sich – und es würde mich nicht wundern, wenn er irgendwelche Drogen nähme. Andererseits sieht er wirklich sehr gut aus. Er könnte Quimper mit Leichtigkeit den Kopf verdreht haben. Sie war nicht unbedingt eine Schönheit. War sie kokett?«

»Nicht, daß es mir aufgefallen wäre, aber wer weiß?«

Er beschrieb, wie Moss den Baron auf dem Empfang der Contessa angestarrt hatte, seine Begegnung mit dem Paar im Garten der Contessa und Moss' Verhalten in der Buchhandlung. Und zuletzt berichtete er Gemelli dann von Moss' mitternächtlichem Anruf bei der Contessa.

»Die Contessa glaubt, er habe wahrscheinlich in der Ca' da Capo-Zendrini malen wollen.«

»Vermute ich richtig, daß sie außerdem glaubt, der Mord an den beiden sei lediglich ein Zufall?«

Gemelli stand auf und ging zum Fenster. Grübelnd starrte er hinab auf das Wasser des Kanals.

»Wenn Moss so eifersüchtig war, könnte ihrer beider Tod etwas mit einem anderen Mann zu tun haben«, sagte er. »Aber mit wem? Casarotto-Re? Er hat die Theorie geäußert, Moss habe erst Quimper und dann sich selbst erschossen. Allerdings weiß er nicht – oder vielleicht weiß er es nur zu gut –, daß bei den Leichen keine Waffe gefunden wurde. Genaugenommen hat man nirgendwo in der Stadt eine Waffe gefunden. Casarotto-Re versichert nachdrücklich, er hätte Moss und Quimper noch nie gesehen, bevor er ihnen auf dem Empfang vorgestellt wurde. Er sagte nichts davon, daß er sie zuvor schon in jener Gondel gesehen hatte.«

Gemelli wandte sich vom Fenster ab.

»Casarotto-Re und Sie scheinen nicht besonders viel füreinander übrig zu haben. Es ist bestimmt nicht sehr angenehm, sich an den Rand gedrängt zu fühlen und Ihrer Contessa dabei zuzusehen, wie sie mit einem Mann in der Gegend herumzieht, den Sie unerträglich finden! Hören Sie, Macintyre! Ich finde ihn auch *antipatico*, aber der Unterschied zwischen Ihnen und mir liegt darin, daß Sie sich deshalb verdammt schuldig fühlen. *Ich* bin der festen Überzeugung, daß man ihm nicht trauen kann und daß er zu beweisen versucht, er wäre schlauer als ich. Er hat etwas zu verbergen – und er hat Angst.«

Dies entsprach so ziemlich Urbinos eigener Meinung, aber er war vielleicht ein wenig vorsichtiger als Gemelli, der sich nicht ganz bewußt zu machen schien, wie sehr der Baron als Schauspieler in der Lage war, die Art seines Auftretens zu kontrollieren. Wie bei allen begabten Mimen – und daß der Baron begabt war, gestand Urbino ihm vorbehaltlos zu – mußte man sich ständig fragen, ob das, was man sah und worauf man reagierte, der Wahrheit entsprach oder lediglich Theater war.

Als Urbino noch einmal Revue passieren ließ, was er Gemelli erzählt hatte, kam ihm seine Aussage fast wie ein Verrat vor – oder zumindest wußte er, daß die Contessa so darüber denken würde. Aber er würde ihr – und auch Bobo, falls er unschuldig war – doch sicherlich am besten helfen können, indem er nichts für sich behielt, oder?

Es klopfte leise an der Tür. Ein junger Beamter gab Gemelli eine Akte und ging wieder. Gemelli besah sich einige Fotos in jener Akte und las dann zwei maschinengeschriebene Seiten. Er nickte, klappte die Akte zu und legte sie auf seinen bereits völlig überladenen Schreibtisch. Dann entließ er den Stenographen.

»Wir haben in der Vergangenheit so manche Differenzen gehabt, Macintyre«, sagte er. »Aber ich hoffe, daß all dies inzwischen beigelegt ist. Sie haben mir geholfen. Ich gebe zu, daß mir so manches als Verdienst angerechnet wurde, was in Wirklichkeit Sie getan haben. Ich würde sogar sagen, Sie haben sich mir gegenüber sehr großmütig verhalten. Stimmen Sie mir zu?«

Er wartete Urbinos Antwort nicht ab.

»Wir wollen beide herausfinden, ob Casarotto-Re mit dem Tod dieser beiden Leute irgend etwas zu tun hat. Es handelt sich zweifellos um Mord.« Er nickte in Richtung der Akte. »Das ist der vorläufige medizinische Bericht. Sehen Sie sich die Fotos an. Die dürften Sie interessieren.«

Urbino hatte dem gewaltsamen Tod selten direkt ins Gesicht gesehen. Eine Ertrunkene, die man aus dem Canal Grande gezogen hatte, und ein Mann mit einem nahezu absurd sauberen Einschußloch in der Mitte seiner breiten Stirn waren in dieser Hinsicht bislang alles gewesen. Aber diese Fotos waren anders. Marie Quimpers ins Leere starrende Augen und ihr verzerrter, mit blutigem Schaum gefüllter Mund waren schreiende und zugleich stumme Zeugnisse der grausigen Brutalität eines plötzlichen gewaltsamen Todes. Moss sah noch schlimmer aus. Sein Gesicht war nicht wiederzuerkennen, eine Masse aus Blut, Gewebe und Knochen. Urbino gab Gemelli die Fotos zurück.

»Sie wurden eine halbe Stunde nach Mitternacht bei den Lagerhäusern des Gemüsemarktes gefunden, von einer Touristin, die sich im Nebel verlaufen hatte. Der Mann, der für das Verschließen des Zugangs verantwortlich ist, nimmt seine Aufgabe nicht sonderlich ernst, und so stand das Tor in jener Nacht weit offen. Die beiden müssen im Nebel aus Versehen dort gelandet sein, genau wie die Frau, die ihre Leichen gefunden hat – oder sie hatten vielleicht etwas anderes im Sinn. Der Ort dort ist voller versteckter kleiner Ecken und Sackgassen, ganz hervorragend geeignet für ein bißchen Sex oder ähnliches – oder, wie in diesem Fall, für Mord.

Auf Moss wurde aus einer Entfernung von ein bis anderthalb Metern zweimal mit einer 32er Walther-PPK-Automatik geschossen. Eine der Kugeln durchbohrte sein Herz, die andere zerschmetterte seinen Kiefer. Es ist unmöglich, daß er erst Quimper und dann sich selbst erschossen hat. Und Quimper hätte nie ihn zuerst und dann sich erschießen können. Sie wurde mit derselben Waffe einmal in den Rücken geschossen, als sie offenbar zu fliehen versuchte. Schlimm. Der Gerichtsmediziner sagt, alle beide seien sofort tot gewesen, und zwar etwa um fünfzehn Minuten nach Mitternacht. Das paßt zeitlich zu Moss' Anruf bei der Contessa um Viertel vor zwölf und der Entdeckung ihrer Leichen um halb eins. Zwei Leute haben in der Gegend um ungefähr zehn oder fünfzehn Minuten nach Mitternacht etwas gehört, das sie für Feuerwerkskörper hielten. Sie haben sich nichts dabei gedacht, weil einige Spinner in der letzten Zeit dort öfter Knallkörper abgebrannt haben. In ein paar Tagen wissen wir mehr. Wollen Sie, daß der oder die Verantwortliche« – er nickte grimmig in Richtung der Fotos – »einfach davonkommt?«

»Natürlich nicht«, sagte Urbino, aber ihm kam die neue Kooperationsbereitschaft, die der Commissario an den Tag legte, dennoch verdächtig vor.

»Diesmal, Macintyre, werde ich mein Wissen mit Ihnen teilen«, sagte Gemelli. »Diese Fotos sind nur der Anfang. Mit vereinten Kräften haben wir eine wesentlich bessere Chance, den Schweinehund zu ermitteln, der das hier getan hat. Die Tatsache, daß Sie Casarotto-Re nicht leiden können, wird sich zu unserem beiderseitigen Vorteil auswirken. Da Sie so offensichtlich voreingenommen sind, werde ich darauf vertrauen können, daß die Ergebnisse Ihrer Nachforschungen verläßlich sind. Sie werden sehr gewissenhaft vorgehen.«

Gemelli zeigte ihm einen Weg, seine Abneigung gegen den Baron und sein Versprechen gegenüber der Contessa miteinander in Einklang zu bringen.

»Und falls Ihr Gerechtigkeitssinn Sie im Stich lassen sollte«, fuhr Gemelli fort, »wird Ihre Wertschätzung für die Contessa da Capo-Zendrini Sie von voreiligen Schlüssen abhalten, so oder so. Sie wollen um ihretwillen die Wahrheit über Casarotto-Re herausbekommen, denn *sie* findet ihn nicht im mindesten *antipatico*. Das ist unverkennbar.«

Er nahm ein zerdrücktes Päckchen Zigaretten, zog eine heraus und strich sie gerade. Dann warf er das Päckchen zurück auf den Tisch. Er zündete sich die Zigarette an, lehnte sich an den Aktenschrank hinter ihm und stand rauchend eine Weile da.

»Es ist nicht nur meine Berufserfahrung, die mir sagt, daß mit unserem Baron etwas nicht stimmt, sondern auch die Funde, die wir bei unserer Durchsuchung von Moss' und Quimpers Zimmer im Hotel Flora gemacht haben.«

Er nahm ein Buch von seinem Schreibtisch, das Urbino in all dem Durcheinander zuvor gar nicht aufgefallen war. Sein roter Ledereinband war verwaschen und abgenutzt, der marmorierte Buchschnitt an mehreren Stellen befleckt. Das zerfranste Ende eines schmalen dunkelblauen Lesebändchens schaute unten aus dem Buch heraus. Auf dem vorderen Umschlag stand in verblaßten goldenen Buchstaben *Baedeker Norditalien*.

Gemelli reichte den Reiseführer an Urbino weiter.

»Das ist eines der Dinge, die wir in dem Zimmer gefunden haben. Schlagen Sie Seite 363 in dem Abschnitt über Venedig auf.«

Urbino kam seiner Aufforderung nach und sah mehrere rot unterstrichene Textzeilen:

SALA DELLA BUSSOLA, Vorzimmer der drei Inquisitoren der Republik (Blick in den Gefängnishof, S. 367).

In der Wand neben dem Ausgang (vormals der Eingang) befindet sich eine Öffnung, die ehemals mit einem Löwenkopf aus Marmor verziert war, in dessen Maul *(Bocca di Leone)* anonyme Denunziationen geworfen wurden.

Urbino blätterte den Rest des Buches flüchtig durch. Ihm fiel keine weitere unterstrichene Stelle auf.

»Außerdem haben wir die hier gefunden«, sagte Gemelli.

Urbino legte den *Baedeker* auf den Tisch, denn Gemelli reichte ihm mehrere rote Blätter in der Größe von Schreibmaschinenpapier. Auf jedem stand in italienischer Sprache und in Großbuchstaben Wort für Wort die gleiche Drohung, die man in der *bocca di leone* des Dogenpalastes hinterlassen und an den *Gazzettino* geschickt hatte.

»Verstehen Sie, was all das bedeutet? Das gleiche Papier. Der gleiche Wortlaut. Die gleichen Buchstaben. Moss und Quimper – oder vielleicht auch nur einer der beiden – haben die Drohungen gegen Casarotto-Re in Umlauf gebracht. Als ich ihm das Buch und diese Blätter zeigte, sagte er, er hätte keine Ahnung gehabt, daß das Pärchen in die Angelegenheit verwickelt war, aber er wußte sehr wohl davon, und zwar bereits vor dem Empfang. Er wurde erpreßt. Er wollte dem ein Ende machen, aber dabei keinesfalls die Polizei – oder auch Sie – hinzuziehen.«

»Aber hätte nicht auch jemand anderer diese Blätter in ihrem Zimmer hinterlassen und die Passage in dem Buch unterstreichen können?«

»Dieselbe Person, die Moss und Quimper umgebracht hat? Oder ist vielleicht *noch* jemand anderer zufällig vorbeigekommen und hat sie ermordet? Normalerweise ist die einfachste Erklärung auch die richtige. Diese Beschuldigung könnte eine Warnung gewesen sein. Schließlich geht nicht allzuviel daraus hervor, nicht wahr? Vielleicht sollte sie provozierend wirken, eine Drohung, was folgen könnte – und würde –, falls Casarotto-Re nicht bezahlte. Vermutlich sollte er ziemlich tief in die Tasche greifen. *Er* würde schon wissen, womit man ihm drohte. Die Frage lautet: Was wußte das Paar über ihn, daß es dieses Wissen mit dem Leben bezahlen mußte? Die britischen und französischen Konsulate werden uns Auskünfte über die beiden erteilen. Aber es ist unbedingt erforderlich, mehr über Casarotto-Re herauszufinden.«

Gemelli zog ein letztes Mal an seiner Zigarette und drückte sie dann in dem überquellenden Aschenbecher auf seinem Schreibtisch aus.

»Er hat kein Alibi für die Zeit zwischen Viertel vor elf, als er sich von Livia Festa im Flora verabschiedete, nachdem sie in Harry's Bar etwas getrunken hatten, bis zu dem Zeitpunkt zwei Stunden später, als er in der Ca' da Capo-Zendrini eintraf. Er sagt, er sei allein spazierengegangen und habe Nasenbluten bekommen. Wir werden seine Arztunterlagen daraufhin überprüfen, ob er tatsächlich öfter darunter leidet, wie er behauptet. Wir hoffen, daß die Waffe noch auftaucht, aber wenn sie in den Canal Grande oder in die Lagune geworfen wurde, ist das eher unwahrscheinlich. Casarotto-Re hat mehr als zwölf Stunden gehabt, um jegliches Belastungsmaterial zu verbergen oder zu vernichten. Er hat fast alle seine Sachen aus dem Gritti Palace ins Haus der Contessa mitgenommen, und seine Suite wurde zwischenzeitlich vollständig gereinigt, aber die Spurensicherung sieht sich dort trotzdem noch einmal gründlich um. Einige meiner Leute überprüfen sein Zimmer in der Ca' da Capo-Zendrini. Dort ist auch Casarotto-Re im Augenblick.«

»Sie sagten, er habe *fast* alle seine Sachen aus dem Gritti mitgenommen. Was hat er dagelassen?«

»Die Wildlederjacke, den Schal und die Handschuhe, die er gestern abend getragen hat. Er hatte sie bereits beim Reinigungsservice des Hotels abgegeben.«

4

Als Urbino wieder in der Ca' da Capo-Zendrini eintraf, befand sich die Contessa gerade im Arbeitszimmer und diktierte Harriet mit gedankenverlorenem Blick einige Briefe.

»Endlich! Ich bin fast verrückt geworden. Das ist alles, Harriet. Ich kann mich einfach nicht konzentrieren. Vergessen Sie nicht, die Stadtverwaltung wegen des Festzugs anzurufen. Sie *müssen* gestatten, daß er um Mitternacht beginnt. So lautete unsere Vereinbarung.«

Harriet hatte nach ihrer spätabendlichen Rückkehr von Zeoli offenbar kaum geschlafen. Um ihre Augen lagen dunkle Ringe. Urbinos prüfender Blick war ihr unangenehm, und sie eilte aus dem Raum.

»Wissen Sie, was hier los gewesen ist, seit Sie vorhin gegangen sind?« fragte die Contessa in vorwurfsvollem Tonfall.

»Ich weiß, daß einige Polizeibeamten hergekommen sind und Bobos Zimmer durchsucht haben. Aber er war damit einverstanden.«

»Damit einverstanden! Als ob er eine Wahl gehabt hätte! Und was ist mit mir? Die Polizei ist zweimal an einem Tag in die Ca' da Capo eingedrungen!«

»Oh, Barbara, sind Sie jetzt nicht ein wenig melodramatisch?«

Die Contessa lehnte sich in dem Stuhl vor ihrem Sekretär zurück.

»Melodramatisch? Denken Sie so über meinen Kummer? Meine Entrüstung? Ist es schon so weit gekommen?«

Diese Worte – und die theatralische Art, in der sie hervorgestoßen wurden, verbunden mit einem ungläubigen Ausdruck in den weit aufgerissenen Augen – waren mindestens genauso, wenn nicht noch in sehr viel größerem Maße melodramatisch als ihre vorhergehende Unmutsäußerung.

»Wo ist Bobo?« fragte Urbino, während er Platz nahm.

»Gott sei Dank nicht in irgendeiner feuchten Zelle! Er ruht sich aus. Er ist direkt in sein Zimmer gegangen. Er hatte nicht einmal mehr die Kraft, mir zu erzählen, was in der Questura vorgefallen ist. Nach allem, was er durchgemacht hat, würde sogar ein nur halb so alter Mann wie er einen Zusammenbruch erleiden. Keiner von uns beiden hatte Zeit, auch nur einen Bissen zu essen.«

Sie bat Lucia, ein paar *tramezzini* zu bringen. Während sie warteten, hüllte sie sich demonstrativ in Schweigen und sortierte geräuschvoll die Papiere und Gegenstände in ihrem Sekretär. Nachdem Lucia das Tablett gebracht hatte, nahm die Contessa eines der krustenlosen Sandwiches, legte es aber gleich wieder auf ihrem Teller ab. Urbino nahm ein Gorgonzola-Sandwich und begann mit beträchtlichem Genuß zu essen, bis er bemerkte, wie die Contessa ihn ansah.

»Es freut mich zu sehen, daß Sie nach wie vor über einen gesunden Appetit verfügen. Normalerweise verhält es sich umgekehrt, wenn Sie Gemelli gesehen haben. Warum ist es diesmal anders?«

Der Ausdruck auf dem Gesicht der Contessa – besorgt, ein wenig streitbar, aber zugleich auch verletzlich – erinnerte ihn daran, wie heikel seine Position war. Seit Urbinos Rückkehr aus Abano hatte alles, was im Zusammenhang mit dem Baron stand, Taktgefühl und Geduld erfordert. Jetzt war die Situation noch wesentlich schlimmer.

»Gemelli scheint neuerdings sehr auf Zusammenarbeit bedacht zu sein. Wir werden diesmal nicht ganz so viele Beziehungen wie sonst spielen lassen müssen. Er hat mir bereits den Bericht des Gerichtsmediziners gezeigt. Moss und Quimper wurden definitiv ermordet.«

»Gemelli ist kooperativ. Wie interessant! Und was, wenn ich fragen darf, ist der Grund dafür?«

»Er will meine Hilfe. Ich war mit Moss und Quimper bekannt, und mir sind ein paar Dinge an ihnen aufgefallen...«

»Und manche dieser Dinge haben mit Bobo zu tun! Darum geht es in Wirklichkeit! Ich bin doch nicht begriffsstutzig! Insgeheim wollen Sie ihn reinlegen! Es ist eine Verschwörung!«

»Mit dieser Einstellung werden Sie Bobo mehr schaden als nützen! Moss hat Sie kurz vor seiner Ermordung angerufen. Aus Gemellis Sicht sind Sie selbst in die Geschichte verwikkelt, und glauben Sie ja nicht, das täte ihm sonderlich leid!«

»Ich pfeife darauf, was er von mir denkt! Und Bobo hatte nicht das geringste mit diesen Morden zu tun! Sie sind eine fünfte Kolonne, ein Quisling, ein ... ein ...«

Für einen Moment verwandelte sich der Zorn auf dem Gesicht der Contessa in Verwirrung, aber dann erlangte sie ihre Fassung zurück und nickte befriedigt.

»Oh, wie kann ich Ihnen vertrauen? Wie können *wir* Ihnen vertrauen?«

Sie blickte verzweifelt zur Tür, als würde sie den von allen verratenen Baron dort erwarten, der vielleicht gerade eben nach unten gekommen war, um herauszufinden, warum hier eine solche Aufregung herrschte.

»Sie *können* mir trauen, Barbara. Aber Sie haben recht. Ich mag Bobo nicht! Ich weiß nicht, ob es an ihm allein liegt oder ... oder an *Ihnen* und ihm. Schon bevor er auf der Bildfläche erschien, war ich nicht ganz auf der Höhe. Ich bin es noch immer nicht und mache mir ständig Sorgen wegen dieser verdammten Gicht, auch wenn Ihnen das dumm und schwach vorkommen mag. Und daß Sie dermaßen von Bobo in Anspruch genommen sind, macht alles noch schlimmer. Ich freue mich für Sie, aber ich möchte nicht, daß Sie irgendwie verletzt werden. Und ich lande immer wieder bei der Erkenntnis, daß ich Bobo einfach nicht traue, und das Verrückte ist, daß ich meiner eigenen Reaktion auch nicht allzuviel Vertrauen entgegenbringe!«

»Ach, Sie sind eifersüchtig!« sagte die Contessa mit einem unpassenden, aber dennoch sehr strahlenden Lächeln. »Sie süßer, lieber, kleiner Mann! Ich möchte zu Ihnen gehen und Ihnen einen Kuß geben!«

Das tat sie nicht, sondern warf ihm statt dessen fortwährend warmherzige Blicke zu, als sei er ein freches kleines Kind.

»Sie sehen also, Barbara, gerade *weil* ich mir meiner Abneigung bewußt bin, werde ich mich nach Kräften bemühen, absolut fair zu sein.«

Das klang auch in seinen eigenen Ohren ziemlich glatt und oberflächlich, um nicht zu sagen naiv. Die Contessa wirkte nicht überzeugt.

»Um Ihnen zu verdeutlichen, wie ernst es für Bobo aussieht, sollten Sie wissen, daß man im Zimmer von Moss und Quimper im Hotel Flora Exemplare der Drohbriefe und weiteres Beweismaterial gefunden hat, darunter ein Baedeker-

Reiseführer, in dem ein Abschnitt über die *bocca di leone* im Dogenpalast rot angestrichen war.«

Die Contessa war wie gelähmt.

»Es gibt drei Möglichkeiten, Barbara, und zwar nur diese drei. Erstens: Moss und Quimper wurden aus irgendeinem unbekannten Grund von jemandem ermordet, der dann diese Sachen in ihr Zimmer geschmuggelt hat, um Bobo in die Angelegenheit zu verwickeln. Zweitens: Sie wurden von jemandem ermordet, aber die Blätter und der Reiseführer wurden von jemand anderem hinterlassen, der sich die Morde zunutze machen wollte, um Bobo in Schwierigkeiten zu bringen. Diese Person hat Bobo erpreßt und die relevante Passage in dem Reiseführer unterstrichen. Drittens: Moss und Quimper haben Bobo bedroht und wurden deswegen ermordet. Machen Sie sich nichts vor, Barbara. Bobo ist in die Sache verwickelt – auf die eine oder andere Weise. Die einzige Frage lautet: wie tief.«

»Ich überlasse es Ihnen, die Alternativen gegeneinander abzuwägen. Ich werde mich zurückziehen und mir eine kalte Kompresse aufs Gesicht legen. Und bitte lassen Sie Bobo ein wenig ruhen, bevor Sie ihn mit Fragen bedrängen. Bleiben Sie hier, falls Sie mögen, aber nutzen Sie Ihre Zeit gut, und überdenken Sie einige Ihrer haarsträubenden Theorien.«

5

»Ja, zwei Polizisten sind erneut hergekommen und haben mein Zimmer durchsucht«, sagte Bobo zu Urbino eine Stunde später im *salotto blu.* »Ich habe ihnen gesagt, sie könnten ruhig alles auf den Kopf stellen, solange sie nicht die Bilder aus den Rahmen schneiden oder die Keramikpalmen zerbrechen würden. Sie waren wirklich ziemlich gründlich. Sie wollten wissen, welche Sachen ich gestern abend getragen habe. Ich sagte ihnen, daß ich meine Wildlederjacke, den Schal und die Handschuhe bei der Haushälterin des Gritti abgegeben hatte. Dann, als ich erwähnte, daß Barbaras Hausmädchen bereits einige meiner anderen Sachen gewaschen hatte, benahmen sie sich, als hätte ich das arme Mädchen mitten in der Nacht zu etwas gezwungen. Es ist doch ihr Job!«

Bobo aß einen der *tramezzini* und leerte dann sein Weinglas. Während Urbino ihre Gläser aus einer Flasche Bardolino nachfüllte, sagte er: »Ihnen scheint das alles ziemlich gleichgültig zu sein, aber Gemelli meint es sehr ernst. Es hat zwei Morde gegeben.«

»Dessen bin ich mir bewußt, aber warum sollte ich mir deswegen Sorgen machen, wenn ich doch weiß, daß ich unschuldig bin, verstehen Sie?«

»Wenn man mich zu Unrecht beschuldigen würde, wäre ich äußerst bestürzt.«

»Ich genauso, aber man hat mich nicht beschuldigt«, erinnerte Bobo ihn. »Mir fallen eine ganze Reihe von Leuten ein, die genausoviel Kontakt zu Moss und Quimper hatten wie ich.« Er hob sein Glas. »Ich bin unschuldig wie ein Lamm, Urbino, im wahrsten Sinne des Wortes.« Er trank einen kleinen Schluck und nickte, als wolle er entweder dem Bardolino oder seiner Aussage anerkennend beipflichten. »Aber auch wenn ich ein Lamm bin, habe ich nicht vor, mich zur Schlachtbank führen zu lassen – von niemandem!«

»Das bedeutet also, Sie werden so ausführlich wie möglich erläutern, in welcher Beziehung Sie zu Moss gestanden haben. Nur auf diese Weise können Sie sich schützen.«

»Lassen Sie sich versichern, daß ich in *keinerlei* Beziehung zu ihm oder dem Mädchen gestanden habe. Davon müssen Sie – *wir* – Ihren Freund, den Commissario, überzeugen. Ich habe vor Barbaras Empfang keinen der beiden je gesehen.«

Der unerschrockene Blick, den er Urbino zuwarf, zitterte ein wenig. Angst hing in der Luft. Welches Geheimnis Bobo auch immer hegte, er war intelligent genug, um zu wissen, daß die Ermittlungen in einem Mordfall es vermutlich ans Licht bringen würden.

Urbino kam auf den Abend zu sprechen, an dem Moss und Quimper in einer Gondel unterhalb der Terrasse des Gritti Palace vorbeigefahren waren.

»Ich kann mich an das Paar in der Gondel zwar noch vage erinnern, aber ich habe nicht erkannt, daß es die beiden gewesen sind. Ich bin verblüfft, daß sie mit diesen Drohungen zu tun gehabt haben sollen. Ist Ihnen schon einmal der Gedanke gekommen, daß der Mörder die Blätter in ihr Zimmer geschmuggelt haben könnte, um mich in die Sache hineinzuziehen?«

»Aber falls *das* geschehen sein sollte, haben Sie ein *anderes* Problem – genauso schlimm, wenn nicht noch schlimmer. Es würde bedeuten, daß die Person, die Sie bedroht, darüber hinaus ein Mörder ist, der Moss und Quimper vielleicht aus einem Grund umgebracht hat, der mit Ihnen zusammenhängt. Falls Sie etwas für sich behalten, ob nun über die beiden oder über jemand anderen, ganz gleich wie unbedeutend es Ihnen vorkommen mag, wäre es besser, tunlichst jetzt als irgendwann später davon zu erzählen – um so mehr, wenn Sie unschuldig sind.«

»›Etwas für mich behalten‹, sagen Sie?« Bobo lachte matt auf und enthüllte dabei seine unerhört weißen Zähne. »Ich habe dem Commissario bereits alles gesagt.«

»Aber Sie haben nicht erwähnt, daß Sie während Ihrer

Signierstunde mit Moss gesprochen haben, und zwar über etwas, das anscheinend mit Barbara zu tun hatte.«

»Mit Barbara? Wie grotesk!« Wieder das matte Lachen. »Ich weiß nicht mehr, worüber wir gesprochen haben. Was bedeutet, daß es um nichts Wichtiges gegangen sein kann.«

»Ich hatte einen ganz anderen Eindruck.«

»Tja, das ist nun mal das Problem mit Eindrücken, nicht wahr? Sie sind so oft falsch.«

»Was haben Sie und Livia nach der Vorstellung gemacht?« fragte Urbino und wechselte damit abrupt das Thema.

»Wir sind in Harry's Bar gegangen, um unseren Erfolg zu feiern.«

»Wie lange sind Sie dageblieben?«

»Ungefähr eine halbe Stunde – bis halb elf.«

»Nicht gerade lang für eine Feier. Was haben Sie dann gemacht?«

»Ich habe Livia zum Flora begleitet und bin dann gegangen. Nein, warten Sie. Vorher habe ich noch über das Haustelefon mit ihr gesprochen und sie gebeten, nach Orlando zu sehen. Ich hatte vergessen, Sie darauf anzusprechen.«

Das Flora lag zu Fuß etwa zehn Minuten von Harry's Bar entfernt. Bobo war ungefähr um Viertel vor eins in der Ca' da Capo-Zendrini angekommen. Selbst ein langsamer Spaziergang oder der örtliche Vaporetto hätten ihn mindestens eine Stunde früher eintreffen lassen.

»Moss hat Barbara gegen Mitternacht angerufen. Er wollte noch vorbeikommen. Wissen Sie irgend etwas darüber?«

»Absolut nichts. Warum sollte ich?«

»Moss und Quimper haben im Flora gewohnt. Sie hätten die beiden treffen können, als Sie Livia dorthin begleiteten.

Moss hätte Ihnen erzählen können, daß er noch vorhatte herzukommen.«

Bobo bedachte Urbino mit einem eisigen Blick.

»Ich habe Moss nach der Signierstunde nicht mehr gesehen. Ich war nur kurz im Flora. Wir haben einander eine gute Nacht gewünscht, und dann habe ich mich zu Fuß hierher auf den Weg gemacht. Ich habe mich verlaufen und bin schließlich auf dem Damm gegenüber der Friedhofsinsel gelandet.

Das überraschte Urbino. Obwohl man sich in Venedig leicht verirren konnte, war es ungewöhnlich, daß man so weit vom Weg abkam, wenn man zu einem Palazzo am Canal Grande unterwegs war.

»Und Ihr Nasenbluten?«

»Ach, das! Ich bin auf einer der Brücken gestolpert. Zwar habe ich mir nicht die Nase gestoßen, aber das Stolpern allein hat ausgereicht. Ich bin in dieser Hinsicht ziemlich anfällig.«

»Sind Sie sicher, daß Sie auf Ihrem Irrweg nicht über den Markt des Rialto gegangen sind?«

»Absolut sicher!« Dann fügte er in einem Tonfall, der offenbar betont sachlich wirken sollte, hinzu: »Hören Sie, Urbino, und hören Sie gut zu: Ich möchte, daß der Mörder so schnell wie möglich gefunden wird. Und zwar nicht nur deshalb, weil es Ihrer Meinung nach im Moment nicht gut für mich aussieht. Diese Person ist verrückt! Wer weiß, wen von uns es als nächsten erwischen könnte?« Als er einen Schluck trank, zitterte seine Hand sichtlich. »Allein zu wissen, daß noch jemand anderer als der wichtigtuerische Commissario in der Sache ermittelt, ist ein Trost. Barbara sagt, daß er Sie um Hilfe gebeten hat. Aber nehmen Sie sich bloß vor seiner Hinterlist in acht! Ich gebe Ihnen eine *carte blanche*, mit jedem zu reden, den Sie sprechen wollen. Ich habe nichts zu verbergen. Sie werden in mir den Inbegriff von Verständnis und Geduld vorfinden. Schließlich verfolgen wir beide die gleiche Absicht, nicht wahr?«

6

Nachdem Urbino gegangen war, rief Bobo von seinem Zimmer aus im Hotel Flora an. Er verstellte seine Stimme, um die ohnehin geringe Wahrscheinlichkeit auszuschließen, daß man ihn erkennen würde, und bat um eine Verbindung mit Livia Festas Zimmer. Ungeduldig wartete er, während das Telefon klingelte. Er wollte gerade wieder auflegen, als Livia den Hörer abnahm.

Bobo sprach leise und eindringlich. Jemand direkt vor seiner Tür hätte auf keinen Fall etwas mithören können, bis er gegen Ende des Gesprächs seine Stimme erhob und ärgerlich sagte: »Wenn du nicht willst, daß alles herauskommt, wirst du gefälligst den Mund halten! Denk daran: Nachdem wir uns eine gute Nacht gewünscht hatten, habe ich dich noch einmal angerufen. Wir haben ein oder zwei Minuten miteinander geredet. Ich habe dich darum gebeten, nach Orlando zu sehen.« Bobo lauschte ihrer Antwort und sagte dann: »Das brauchst du nicht zu wissen. Vergiß einfach nicht, was ich gesagt habe. Und dieses Gespräch hier hat nie stattgefunden. Genaugenommen haben wir seit gestern abend nicht mehr miteinander gesprochen.«

Bobo legte auf und fragte sich, ob er irgend etwas vergessen hatte.

7

Am nächsten Morgen im Florian nahm Urbino den *Gazzettino* vom Ständer und bestellte einen *caffelatte.* Ein Artikel über die Morde verriet ihm nichts Neues. Die Drohungen gegen den Baron oder die Gegenstände, die man im Zimmer des Pärchens gefunden hatte, wurden nicht erwähnt.

Urbino blickte hinaus auf die Piazza San Marco und dachte über die verschiedenen Aspekte des Falls nach. Die Eile, mit der Bobo seine Sachen bei der Haushälterin des Gritti und dem Mädchen der Contessa zur Reinigung abgegeben hatte, war befremdlich. Sagte dies mehr über Bobo aus, als daß er penibel war?

Dann war da die beiläufige Art, mit der Bobo seine Unterhaltung mit Moss während der Signierstunde abtat. Warum hätte Moss ohne zwingenden Grund dort auftauchen sollen? Natürlich, man hatte einen Drohbrief hinterlassen. Vielleicht war das schon die Erklärung für Moss' und Quimpers Anwesenheit, aber irgendwie bezweifelte Urbino das. Und die Drohung hätte auch jeder andere während der Signierstunde dort zurücklassen können.

Während des kurzen Spaziergangs zum Hotel Flora sah Urbino die Contessa. Sie kam gerade aus der Banca Commerciale Italiana. Ihr Gesicht wirkte angespannt, und sie hielt ihre Gucci-Tasche fest unter den Arm geklemmt. Als sie Urbino entdeckte, zuckte sie zusammen.

»Urbino! Sie sollten sich nicht so an die Leute heranschleichen! Was machen Sie hier?« Da »hier« das Zentrum Venedigs war, mußte ihr die Eigenartigkeit ihrer Frage klargeworden sein, und so fügte sie eilig hinzu: »So früh wie üblich auf den Beinen, wie ich sehe. Ich hoffe, der Grund dafür sind

Ihre Bemühungen in Bobos Interesse.« Sie hielt inne, wirkte unangenehm berührt. »Nun, ich muß gehen. Ich bin auf dem Weg zum Venetia Studium«, sagte sie und benannte damit ein Geschäft, in dem handbedruckte Stoffe und Plisseetücher nach Fortuny-Art verkauft wurden.

Sie eilte davon. Urbino sah ihr nach, bis sie in den Laden hastete.

8

»Mademoiselle Quimper war recht nett, aber ihr Freund war unmöglich!« sagte der Portier des Hotel Flora. »Er hat sich ständig beschwert – über das Zimmer, unsere Preise, das Frühstück, Geräusche aus dem Garten, alles! Er war wirklich überempfindlich und sehr schnell verärgert – aber verstehen Sie mich nicht falsch. Niemand verdient es, so zu sterben. Mein Schwager bei der Polizei hat mir alle Einzelheiten berichtet.«

»Haben Moss oder Quimper am Abend ihrer Ermordung von ihrem Zimmer aus telefoniert?«

»Nein – und sie sind auch nicht angerufen worden. Ich hatte Dienst. Es ist nicht meine Schicht, aber jemand aus der Belegschaft ist krank geworden.«

»Ich bin sicher, Sie sind das alles schon mit der Polizei durchgegangen, aber wären Sie so freundlich, mir zu verraten, ob Sie in jener Nacht irgend etwas Ungewöhnliches bemerkt haben?«

»Eigentlich nicht, aber, na ja«, sagte er zögernd, »da *war* etwas mit dem Baron Casarotto-Re. Ich habe der Polizei nichts gesagt, weil ich in dem Moment nicht daran gedacht habe. Mein Schwager hat mir heute morgen erzählt, sie hätten im Zimmer des Pärchens etwas gefunden, woraus man schließen könnte, daß die beiden den Baron nicht sonderlich gemocht haben.«

Falls Gemelli herausfand, daß einer seiner Leute wichtige Details einer Morduntersuchung ausplauderte, würde er aus der Haut fahren. Urbino mußte vorsichtig sein.

»Davon weiß ich nichts«, sagte er.

»Ich auch nicht«, beeilte der Portier sich zu versichern, »aber Sie haben gefragt, ob ich in der Mordnacht etwas Ungewöhnliches bemerkt hätte, und der Baron traf gegen Viertel vor elf mit Signora Festa hier ein. Er hat einen Anruf am Haustelefon getätigt.«

Er nickte in Richtung des kleinen Raums nebenan.

»Wissen Sie, in welchem Zimmer er angerufen hat?«

»Leider nein«, sagte der Portier bedauernd. »Es war, kurz nachdem Signora Festa im Aufzug nach oben gefahren war. Er sprach einige Minuten und ging dann. Etwa fünf Minuten später haben Moss und seine Freundin zusammen das Hotel verlassen. Da habe ich sie zum letzten Mal gesehen. Ungefähr weitere zehn Minuten darauf kam Signora Festa mit ihrem Hund nach unten.«

»Wissen Sie, wann sie zurückgekommen ist?«

»Nein.«

Urbino bedankte sich bei ihm und rief über das Haustelefon in Orlando Gavas Zimmer an. Gava bat ihn, nach oben zu kommen. Er öffnete ihm in einer schwarzen Jacke die Tür. Die schwarze Armbinde war nach wie vor an ihrem Platz. Sein einfaches Gesicht mit der hängenden Unterlippe war geprägt von Traurigkeit. Er führte Urbino in ein mit antiken Möbeln eingerichtetes Zimmer, das oberhalb des Gartens lag. Gava setzte sich auf das Sofa neben ein paar verstreute Exemplare von *Gente*, *Oggi*, dem *Gazzettino* sowie Zeitungen aus Rom und Mailand. Auf einem kleinen Tisch standen mehrere kunstvoll gerahmte Porträtfotos und eine flackernde Votivkerze. Daneben lag ein kleiner Aerosol-Inhalator aus Plastik. Urbino nahm auf einem Sessel Platz, nachdem er zuvor ein abgenutztes ledernes Buch mit daraus hervorstehenden ledernen Buchstabenreitern von der Sitzfläche genommen hatte.

»Wie geht es Ihnen, Signor Gava?«

»Es geht. Asthma. Das liegt bei uns in der Familie. Jede Sekunde kann ein Anfall drohen«, sagte er ernst und nickte. »Dieser Raum ist voller kleiner Teilchen, die bei mir so schnell einen Anfall auslösen könnten, daß mir nicht mal mehr die Zeit für ein Stoßgebet bliebe!« Er ließ seinen seltsam zittrigen Blick im Zimmer umherschweifen, als wolle er die tödliche Bedrohung abschätzen. »Staub, der Rauch in den Vorhängen, sogar die Druckerschwärze! Ich schätze, ich habe Glück gehabt – bis jetzt. Nicht so wie Rosa. Ganz allein und erst sechsundvierzig. Vor genau zehn Jahren. Es versetzt mich in eine solche Stimmung, daß ich wünschte ...«

Er kleidete seinen düsteren Wunsch nicht in Worte, sondern blickte jetzt auf die Fotos. Urbino erinnerte sich, wie er gesagt hatte »Ich komme, Rosa«, bevor er zum zweiten Mal ohnmächtig wurde.

»Nun, Sie sind nicht allein, Signor Gava. Sie haben ja Livia Festa, die sich um Sie kümmert.«

»Um mich kümmert? Wie kommen Sie denn darauf? Wer will denn, daß sie und ihr Hund hier herumschnüffeln?«

»Sie haben doch von dem jungen Pärchen gehört, das ermordet wurde, nicht wahr? Die beiden haben hier im Hotel gewohnt. Sie haben sie vielleicht beim Empfang der Contessa getroffen.«

»Schon davor, hier im Hotel. Zuerst waren es kaum mal ein

Nicken und ein *buon giorno,* aber der Mann wurde sehr viel freundlicher, nachdem er Bobo und mich zusammen gesehen hatte. Bobo erweckt jedermanns Aufmerksamkeit. Ein Schauspieler bis in die Zehenspitzen! Das wird so bleiben, bis für ihn der letzte Vorhang fällt.«

Verstohlen warf er Urbino aus seinen blutunterlaufenen Augen immer wieder abschätzende Blicke zu.

»Wann hat der Mann angefangen, sich freundlicher zu verhalten?«

»Ein paar Tage vor dem Empfang der Contessa. Bobo und ich waren in der Hotelbar. Der junge Mann und seine süße kleine Freundin kamen herein. Er starrte uns die ganze Zeit an und sagte etwas zu ihr. Sie wirkte nervös, aber sie sah eigentlich immer nervös aus, wie ein Kaninchen, das gebannt auf die Schlange starrt, das arme Ding. Wenn er beim Frühstück den Finger an die Lippen hob, gab sie keinen Laut mehr von sich. Eine Heilige. Sie hat mich an meine Schwester erinnert. Aber ich wollte Ihnen ja von Bobo und dem jungen Mann erzählen, nicht wahr? Nun, an jenem Abend kam der junge Mann zu mir herüber, nachdem Bobo gegangen war, und ...«

Gava verstummte abrupt, als sei ihm plötzlich etwas klargeworden. Er starrte Urbino an, und seine Unterlippe hing noch schlaffer herab als üblich. Auf seinem kahlen Kopf spiegelte sich das Sonnenlicht, das durch die Fenster ins Zimmer drang. Erneut fühlte Urbino sich, genau wie vorher im Thermalbad, an die Karikatur eines korrupten römischen Senators aus der Zeit der Cäsaren erinnert.

»Was hat er gesagt?«

Gava nickte langsam mit seinem großen Kopf.

»Sie interessieren sich sehr für ihn, nicht wahr? Hat es etwas mit Ihrer Vorliebe für Kriminalfälle zu tun – zum Beispiel mit diesen Drohungen gegen Bobo?«

»Ein Commissario der hiesigen Questura hat mich gebeten, der Polizei auf jede mir mögliche Weise behilflich zu sein.«

»Ich habe denen bereits erzählt, was ich weiß«, sagte Gava argwöhnisch.

»Ich bin sicher, das haben Sie, aber falls es Ihnen keine großen Umstände bereitet, würde ich es gern noch einmal hören. Es könnte Ihrem Schwager helfen.«

Urbino war sich nicht sicher, ob diese Aufforderung Gavas Zunge lockern oder ihm eher den Mund verschließen würde.

»Natürlich möchte ich Bobo helfen«, beeilte Gava sich zu versichern. »Lassen Sie mich nachdenken. Was genau hat der junge Mann gesagt? Irgend etwas wie ›Ich sehe, daß Sie den Baron Casarotto-Re kennen. Meine Freundin und ich sind große Bewunderer seiner Kunst.‹ Erst danach hat er sich mir vorgestellt. Sein Italienisch war nicht besonders gut, also habe ich ihm auf englisch geantwortet. Ich stellte mich vor und sagte, der Baron sei mein Schwager. Als ich meinen Namen nannte, hellte sein Gesicht sich auf, und er wollte wissen, ob meine Schwester, die Frau des Barons Casarotto-Re, sich ebenfalls in Venedig befand. Ich sagte, sie sei seit zehn Jahren tot. Aber als er davon anfing, wie traurig es doch sei, daß sie so jung – und womöglich so plötzlich – gestorben ist und wie schwierig es für den Baron gewesen sein muß, habe ich mich entschuldigt und bin gegangen. Das ging ihn überhaupt nichts an!«

Urbino fragte, ob er Moss jemals erzählt hatte, daß Bobo mit seiner Schwester verheiratet gewesen war.

»Ich habe bloß gesagt, er sei mein Schwager.«

Urbino dachte einen Augenblick nach. Nur weil Bobo Gavas Schwager war, mußte das nicht automatisch bedeuten, daß er seine Schwester geheiratet hatte. Genausogut hätte Gavas Bruder oder Schwester eines von Bobos Geschwistern geheiratet haben können. Jede dieser Kombinationen hätte sie zu Schwägern gemacht. In Italien war man normalerweise nicht ganz so penibel, was diesen Verwandtschaftsgrad anging. Aber Moss schien gewußt zu haben, daß Gava und der Baron deshalb Schwäger waren, weil der Baron Gavas Schwester geheiratet hatte. Das könnte der Grund dafür gewesen sein, daß er Gavas Namen wiedererkannte – wegen Gavas Schwester.

»Vielleicht hat ihm irgend jemand erzählt, daß Bobo eine Gava geheiratet hat«, sagte Urbino, »und dieser Jemand hat ihm auch verraten, daß Sie der Schwager sind.«

»Aber bevor er mich mit Bobo gesehen hat, ließ er durch nichts erkennen, daß er wußte, wer ich bin. Bobo war der ausschlaggebende Faktor«, sagte er voller Überzeugung.

»Ist in der letzten Zeit der Mädchenname Ihrer Schwester in irgendwelchen Artikeln über Bobo erwähnt worden?«

»Nicht daß ich wüßte. Und falls es doch der Fall war, dann nicht, weil er wollte, daß man sich an Rosa erinnert!« sagte Gava wütend. »Er hat seit ihrem Tod kaum einen Gedanken an sie verschwendet, außer wenn er an das Geld dachte, das sie ihm hinterlassen hat.«

»Was genau ist ihr zugestoßen?«

»Sie war eine Asthmatikerin, wie ich bereits sagte, und auf ihren Inhalator angewiesen. Eines Nachts, als sie allein war, bekam sie einen Anfall. Vermutlich waren ihre Medikamente aufgebraucht. Sie verlor das Bewußtsein und fiel ins Koma. Sie ist nie wieder aufgewacht. Ich bin vor Schmerz fast selbst gestorben. Und vor Schuld.«

»Aber warum sollten Sie sich schuldig fühlen?«

»Weil ich an jenem Abend mit Bobo und Livia ausgegangen war! Wir haben in einem der teuersten Restaurants von Taormina gegessen. Ich wollte erst nicht gehen, aber die beiden haben mich überredet und gesagt, Rosa würde in den paar Stunden schon nichts passieren. Sie hat mich sogar selbst ermuntert, mit den beiden auszugehen, aber das bloß deshalb, weil sie sah, wie sehr die anderen das wollten. Jedesmal wenn sich ihr Todestag jährt, so wie jetzt, dann ...« Er schüttelte langsam den Kopf, und als er Urbino ansah, lag ein tiefer, dunkler Schmerz in seinem Blick. »Das hier ist meine Rosa.«

Gava nahm eines der Fotos vom Tisch und reichte es Urbino. Es war das Dreiviertelbild einer hübschen Frau von etwa vierzig Jahren. Sie trug ein schwarzes Kleid und eine Perlenkette. Ihr blondes Haar war schmucklos frisiert, und sie lächelte zurückhaltend. Die größte Ähnlichkeit mit ihrem Bruder waren ihre traurigen Augen und der generelle Eindruck einer angegriffenen Gesundheit.

»*Simpatica*«, sagte Urbino und gab ihm das Foto zurück.

»*Moltissimo!*« Gava küßte das Bild und stellte es zurück zu den anderen. »Das hier sind meine geliebten Verstorbenen: Rosa, unsere Mutter, unser Vater, unsere Großeltern, die Schwester meiner Mutter – meine Patentante. Sie begleiten mich überallhin. Sie sind mein tragbarer Friedhof«, sagte er mit einem Lächeln, das seinem Gesicht nur noch mehr Kummer verlieh. »Wer wird an mich denken, möchte ich wissen? Die einzige Unsterblichkeit, die wir haben, liegt im Gedächtnis der Lebenden! Vergessen Sie das nicht, junger Mann! Irgend jemand wird daherkommen und all diese Bilder einfach wegwerfen, verlassen Sie sich darauf! Und dieser Tag wird bald schon kommen! Sehr bald!« sagte er düster, während sein Blick abermals auf Rosas Foto ruhte.

»Wie hat Bobo den Tod Ihrer Schwester aufgenommen?«

Gavas Kopf schoß empor.

»Ich dachte, Sie würden sich für das junge Pärchen interessieren! Warum erkundigen Sie sich nach Rosa und Bobo?«

»Sie haben selbst die Sprache darauf gebracht, Signor Gava.«

»Sie können genauso glatt sein wie Bobo! Er hat mir gesagt, ich solle mich vor Ihnen in acht nehmen. Wie ich sehe, hatte er recht.«

»Wann hat Bobo mich erwähnt? Hat er Sie in der Nacht angerufen, in der das Paar ermordet wurde?«

»Schon wieder! Fragen anstelle von Antworten! Ich kann verstehen, warum Bobo Angst vor Ihnen hat. Ja, Angst! Nein, er hat mich nicht in jener Nacht angerufen, sondern gestern abend, um mich davor zu warnen, daß Sie auftauchen und Fragen stellen würden. *Ich* habe nichts, wovor ich mich fürchten müßte! Bobo hat eine Heidenangst davor, mit diesen Morden in Verbindung gebracht zu werden. Und das aus gutem Grund! Erst erhält er Drohungen. Dann interessiert sich dieser junge Mann für ihn und wird zusammen mit seiner Freundin ermordet. Und jetzt erzählt mir Bobo, daß Sie vermutlich Fragen über ihn stellen würden und ich darauf achtgeben sollte, was ich sage. O ja, Bobo hat Angst! Ein so guter Schauspieler ist er nicht, daß er *das* verbergen könnte!«

Wußte Gava etwas Belastendes über Bobo? Gava, so hatte der Baron gesagt, wußte mehr über sein Leben als er selbst. Welche Macht mochte dieser Umstand dem kränklichen Mann verleihen? War er der Typ, dieses Wissen zu mißbrauchen? Er hatte sehr schnell jegliche Beteiligung an den Drohbriefen gegen Bobo bestritten, aber er hatte auf dem Empfang auch seinen Unmut über D'Annunzio geäußert, einen Unmut, wie er sich auch in den Drohungen wiederfand.

»Wenn Sie mehr über das arme Pärchen wissen wollen, fragen Sie Livia. Sie kennt sie von irgendwoher. Sie weiß viel über Leute. Eine listige, verschlagene Frau! Ich frage mich, wie sie sich wohl fühlen würde, wenn jemand genausoviel über *sie* wüßte.«

Gava schien diese Vorstellung nicht sonderlich erheiternd zu finden, ganz im Gegenteil.

9

Urbino und Livia Festa nahmen ihre Drinks von der Bar mit in den sonnenüberfluteten Garten des Flora. Das Wetter verbreitete erneut goldene Pracht, aber die kühle Frische der Luft war wie eine Mahnung der Vergänglichkeit. Peppino schnüffelte unter dem nachsichtigen Blick seiner Herrin an den Topfhortensien. Festa, die in die Farben »Aubergine« und »Malachit« gekleidet war, wie sie Urbino belehrte, plapperte nervös über die Näherin, die seit dreiundzwanzig Jahren für sie arbeitete.

»Sie hat für Peppino ein passendes Mäntelchen gefertigt, aber bei diesem wunderschönen Wetter ist es zu warm für ihn.«

Peppino hörte seinen Namen und sprang auf ihren Schoß.

»Nachts wird es aber schon ziemlich frostig. Wenn Sie mit ihm abends noch mal vor die Tür gehen, sollten Sie ihm seinen Mantel anziehen.«

»Natürlich, aber hören wir auf, von Peppino zu reden, als stünde *er* hier im Mittelpunkt! Er wird sonst noch ganz eitel!« Sie hielt inne und nahm Peppino für einen Moment genauer in Augenschein, dann sagte sie in beiläufigem Tonfall: »Jetzt, da hier in Venedig alle Vorstellungen von *Granatapfel* gelaufen sind, werden wir wohl keine Drohungen gegen Bobo mehr zu Gesicht bekommen.«

»Dann glauben Sie also, die Drohbriefe hatten mit dem Gastspiel zu tun?«

»Mit dem Gastspiel und mit D'Annunzio, ja. Womit denn sonst? Falls die Drohungen irgendwelche Publicity bekommen hätten, hätte ich mich fast noch über sie gefreut. Wir würden mehr Karten verkauft haben. D'Annunzio hat schon immer von seinem schlechten Ruf profitiert.«

»Und Bobo?«

Livia lächelte. Sie mußte früher einmal sehr sinnlich gewirkt haben. Eine üppige Figur wie die ihre geriet nach Ansicht der meisten Männer nie wirklich außer Mode, ganz gleich, was der Zeitgeschmack diktieren mochte. Die Art, wie sie sich in weite Gewänder hüllte, war mit Sicherheit nicht nur dazu gedacht, etwas zu verbergen, sondern auch, der Vorstellungskraft der dafür empfänglichen Männer ausreichend Spielraum zu lassen. Es schien, daß Bobo ebenfalls nicht ganz unempfänglich für diese Reize war, hatte er Livia doch laut Gava zu einem früheren Zeitpunkt beinahe geheiratet.

»Bobo mag nur *gute* Publicity.«

»Man könnte doch sicherlich jede Publicity als gut bezeichnen, sobald sie mehr Geld einbringt.«

»Nicht, was ihn anbelangt. Ihm ist es nicht egal, was die Leute denken. Sein guter Ruf ist sein Kapital. Er hat nicht soviel Geld wie Barbara oder Oriana Borelli. Nicht einmal annähernd soviel! Auch früher nicht.«

»Haben Sie seit gestern mit ihm gesprochen?«

»Nicht seit dem Abend der Abschlußvorstellung. Wir haben danach in Harry's Bar etwas getrunken, und dann hat er mich zum Flora begleitet. Nachdem wir uns verabschiedet hatten, rief er noch einmal über das Haustelefon an. Er wollte, daß ich nach Orlando sehe. Er hatte vergessen, mich darauf anzusprechen.«

Bobo hatte fast die gleichen Worte gebraucht.

»Und – haben Sie?«

Livia wurde rot.

»Ich fürchte nein. Ich ... ich habe es völlig vergessen.«

»Aber Sie sind noch mit Peppino spazierengegangen, soweit ich weiß. Wissen Sie von dem Mord an dem jungen Pärchen?«

»Natürlich. Das ganze Hotel spricht davon. So, wie es aussieht, ermitteln Sie jetzt nicht mehr wegen der Drohungen gegen Bobo, sondern wegen der Morde.«

In ihrer Stimme schwang etwas mit, das Urbino nicht eindeutig festmachen konnte.

»Die Questura glaubt, daß beides zusammenhängen könnte.«

»Und aus welchem Grund?«

Falls es zutraf, daß sie und Bobo seit den Morden nicht mehr miteinander gesprochen hatten, würde sie nichts von den Drohbriefen und dem *Baedeker* wissen, die man in Moss' und Quimpers Zimmer gefunden hatte. Er erzählte ihr davon, hauptsächlich deshalb, um ihre Reaktion einzuschätzen.

»Mein Gott! Wie schrecklich für Bobo! Genau die Leute ermordet, die ihn womöglich bedroht haben! Ich muß ihn sofort anrufen!«

Aber sie stand nicht auf. Urbino wünschte, sie hätte es getan, denn er hätte gern gesehen, unter welchem Anschluß sie versuchen würde, den Baron zu erreichen – dem des Gritti Palace oder dem der Ca' da Capo-Zendrini. Sie konnte eigentlich nicht wissen, daß der Baron in der Mordnacht umgezogen war.

»Er und Barbara sind bestimmt irgendwo unterwegs. Die beiden kommen wirklich viel herum, nicht wahr? Und Sie haben infolgedessen eine Menge Zeit für sich zur freien Verfügung. Ich schätze, Sie werden diesen Fall ziemlich schnell gelöst haben.« Diesmal konnte an Livias Tonfall kein Zweifel bestehen. Er war bissig und abfällig. »Nun, das überrascht mich nicht«, fügte sie gelassen hinzu. »Daß die Drohungen von Moss stammen, meine ich. Wir beide können uns schon vorstellen, was er gegen Bobo hatte. Das Mädchen hat bei der ganzen Sache wohl nur eine untergeordnete Rolle gespielt. Aber es ist ziemlich absurd, daß die Polizei glaubt, Bobo habe irgend etwas mit den Morden zu tun!«

»Was hat Moss denn Ihrer Meinung nach gegen Bobo gehabt?«

»Er war eifersüchtig!« Sie starrte Urbino an, als sei er begriffsstutzig. »Ist es so schwer vorstellbar, daß ein Mann in den Zwanzigern auf einen mehr als doppelt so alten Mann eifersüchtig sein könnte? Bobo ist sehr attraktiv. Sein Alter und seine Erfahrung tragen nur noch mehr dazu bei. Sie können davon ausgehen, daß viele Männer gern genau wie er wären. Ich will damit nicht andeuten, Bobo hätte Moss irgendeinen *Grund* zur Eifersucht gegeben. Das junge französische Mädchen war ganz bestimmt nicht sein Typ!«

»Gava hat gesagt, sie hätte ihn an seine Schwester Rosa erinnert.«

Livia hob eine Augenbraue, die mehr aus Make-up als aus Haar bestand.

»Ach, wirklich? Ich kannte Rosa. Sie war dem französischen Mädchen überhaupt nicht ähnlich, aber Brüder sehen ihre Schwestern in einem anderen Licht als jeder andere, vor allem *italienische* Brüder«, betonte sie. »Und Orlando weigert sich, sie nach all diesen Jahren endlich loszulassen. Er versucht, sie ... sie unsterblich zu machen!«

Urbino erinnerte sich an den Anflug von Irritation in Livias Verhalten, nachdem Gava auf dem Empfang der Contessa seine schwarze Armbinde berührt hatte. Gava und Livia schienen nicht sonderlich viel füreinander übrig zu haben.

»Er hat gesagt, Sie hätten das Paar von irgendwoher gekannt.«

»Wie üblich übertreibt er. Ich glaube, er wird langsam senil! Ich habe die beiden vor dem Empfang ein einziges Mal gesehen. In Florenz bei Madova.«

Madova war ein elegantes Fachgeschäft für Handschuhe in der Nähe des Ponte Vecchio. Urbino und die Contessa statteten dem Laden für gewöhnlich zweimal im Jahr einen gemeinsamen Besuch ab, bei dem Urbino *ein* Paar Handschuhe erwarb und die Contessa ein halbes Dutzend.

»Damals wußte ich nicht, wer die beiden waren. Bei Madova arbeiten nur männliche Verkäufer, die sich überaus aufmerksam darum bemühen, daß die Handschuhe den Kunden perfekt passen«, erklärte sie.

Urbino nickte. Die Contessa pflegte ihren Ellbogen auf den Ladentisch zu stützen, so daß ihre Hand senkrecht nach oben wies. Dann zog der Verkäufer ihr einen Handschuh an und verschränkte mit einer sanften, geübten Bewegung seine Finger mit den ihren. Es war ein Ritual, das der Contessa – und auch den anderen Kundinnen – außerordentlich gut zu gefallen schien.

»Der Verkäufer kümmerte sich sehr gewissenhaft um Marie Quimper. Er hatte ihr gerade einen Handschuh angezogen und dafür gesorgt, daß er korrekt saß, als Moss seine Hand beiseite schlug und den Handschuh grob wieder herunterzerrte. Ich weiß nicht, auf wen er wütender war – auf

Marie oder auf den Verkäufer. Er sah aus, als würde er am liebsten den *allargaguanti* nehmen und allen beiden damit die Augen ausstechen!«

Der *allargaguanti* war der hölzerne Handschuhspanner, der bei Madova auf dem Ladentisch lag.

»Er hatte so ein verrücktes Leuchten in den Augen. Er zerrte das arme Mädchen aus dem Geschäft, bevor sie recht begriff, was eigentlich passierte. Auf dem Empfang hat keiner der beiden mich wiedererkannt, und ich habe natürlich nichts gesagt. Die Folgerung ist einfach absurd.«

»Ist Ihnen bei dem Empfang irgend etwas an dem Pärchen aufgefallen, das von Bedeutung sein könnte? Haben sie miteinander gestritten« – Urbino dachte an die lauten Stimmen im Garten – »oder mit irgend jemand anderem?«

»Keine Ahnung. Ich habe kaum auf die beiden geachtet.«

Sie stand auf und nahm dabei Peppino auf den Arm.

»Es ist absolut lächerlich, daß Bobo irgendwie in diese Morde verwickelt sein könnte! Suchen Sie nach jemandem, der auf Moss nicht gut zu sprechen gewesen ist, vielleicht ein Opfer seiner Eifersuchtsanfälle. Und messen Sie diesen Sachen, die man im Zimmer des Pärchens gefunden hat, keine Bedeutung bei.«

Livia rauschte in ihrem Aubergine und Malachit davon, hoch auf ihr Zimmer. Peppino schmiegte sich an ihre Brust.

Bevor er das Hotel verließ, erkundigte Urbino sich beim Portier, ob Gava in der Mordnacht ausgegangen war.

»Ich habe ihn seit seinem Anfall überhaupt nicht mehr abends ausgehen sehen, nur am Morgen. Um seine Zeitungen zu kaufen und im Café Quadri einen Kaffee zu trinken. Aber er ist noch ziemlich agil für einen Mann seines Alters.

Ich bete zu Gott, daß es mir später mal genauso ergehen möge.«

10

»Wir haben sie rein zufällig kennengelernt, nicht wahr, John, mein Lieber?« sagte Oriana, die auf einem Stuhl saß, der einem Katapult ähnelte. Urbino und Flint teilten sich das Neobiedermeier-Sofa, von dem aus man durch die raumhohen Fenster über die sich leuchtend blau erstreckende Lagune hinweg eine gute Sicht auf die Basilika und den Dogenpalast hatte. Urbino war nach dem Gespräch mit Livia Festa direkt zur Ca' Borelli gekommen.

»Ganz genau«, stimmte Flint ihr zu. »Bei der Ausstellung im Palazzo Grassi, eine Woche vor der Erstaufführung von *Granatapfel.*«

»Warum bringen Sie das Treffen mit dem Stück des Barons in Verbindung?«

»Ach, kommen Sie, Urbino«, sagte Oriana lachend. »John nimmt Bobos Premiere doch bloß als zeitlichen Anhaltspunkt. Falls Sie das genaue Datum wissen möchten, kann ich gern in meinem Tagebuch nachsehen.«

Sie lächelte gekünstelt und schob ihre Sonnenbrille ein Stück den Nasenrücken hoch. Der einzige Ort, an dem Orianas affektierte Gewohnheit, auch drinnen eine Sonnenbrille zu tragen, sinnvoll zu sein schien, war ihr eigenes Wohnzimmer. Es gab hier dermaßen viel Chrom, schmucklose weiße Wände und helles Licht, daß Urbino manchmal selbst wünschte, er hätte seine Sonnenbrille aufgesetzt.

»Oriana führt ihr Tagebuch immer mit sich, damit sie

etwas Prickelndes zu lesen hat«, sagte Flint in seinem üblichen schleppenden Tonfall.

Urbino ging nicht näher auf diese reichlich einfallslose Bemerkung ein, sondern fragte, wie sich die zufällige Begegnung mit Moss und Quimper zugetragen hatte.

»Marie – wir kannten zu diesem Zeitpunkt natürlich noch nicht ihren Namen – trat auf uns zu und fragte in niedlichstem *italiano,* ob wir wüßten, wo sich die Skulptur befand, die auf dem Umschlag des Katalogs abgebildet war«, entgegnete Oriana. »Ich dachte noch ›Na, wenn die nicht ein Ebenbild dieser *americana* ist, die dem Herzog von Windsor den Kopf verdreht und für die er auf die Krone verzichtet hat!‹ Was für eine Liebesgeschichte! Aber nichts von ihrer Tatkraft und Persönlichkeit. Einen Augenblick später gesellte sich Hugh dazu, und wir alle haben uns einander vorgestellt.«

»Bobo war nicht zufällig bei Ihnen, oder?«

»Natürlich nicht! Wir hätten es schon gesagt, falls das der Fall gewesen wäre! Ich bin mir nicht einmal sicher, ob Bobo zu diesem Zeitpunkt überhaupt schon in Venedig angekommen war.«

»Doch, war er«, stellte Flint klar. »Erinnerst du dich nicht mehr? Barbara hat uns am Nachmittag davor im Florian miteinander bekannt gemacht.«

»Sie hat *dich* und ihn miteinander bekannt gemacht, mein Lieber! *Ich* kenne Bobo schon fast genauso lange wie Barbara. Aber ja, du hast recht. Ich weiß noch, daß ich Barbara und Bobo gefragt habe, ob sie uns zu der Ausstellung begleiten wollten, aber sie konnten nicht. Sie hatten schon etwas anderes vor. Ich glaube, sie waren zu der Zeit in Abano.«

»Sie müssen sich sehr schnell mit Moss und Quimper angefreundet haben«, sagte Urbino.

»Ach, Sie kennen mich doch! Ich komme mit jedem gut aus! Wir haben ein bißchen geplaudert und uns zusammen einen Teil der Ausstellung angesehen. John hat uns an seiner Sachkenntnis teilhaben lassen. Dann war es Mittag, und ich habe die beiden eingeladen, uns im Montin Gesellschaft zu leisten.«

»Hat einer der beiden zu irgendeinem Zeitpunkt Bobo erwähnt?«

»Nein, aber *ich*. Ich habe ihnen von dem Gastspiel erzählt. Hugh hatte einiges von D'Annunzio gelesen. Das kam mir seltsam vor. Ich bitte Sie, wer liest heutzutage noch D'Annunzio? Aber sagen Sie Bobo nichts davon. Ich habe ihnen erzählt, daß eine Freundin nach der Erstaufführung einen Empfang geben würde, und ob sie nicht auch kommen wollten.«

»Haben Sie Barbaras Namen erwähnt?«

»Den Namen *und* den Titel! Marie war beeindruckt. Sie war so ein Schatz, das arme kleine Ding.«

»Und Moss?«

Oriana runzelte die Stirn.

»Sehr eifersüchtig. Ich habe auf Barbaras Empfang ja bereits erwähnt, wie er sich aufregte, als Marie nach Fotos von John fragte.«

»Wie war Ihr Eindruck?« fragte Urbino Flint.

»Genauso. Marie tat mir leid. Wenn dein Partner eifersüchtig ist, ist das die Hölle für dich.«

»Für den Eifersüchtigen ist es auch die Hölle, lieber John, aber der Gedanke ist dir vermutlich noch nie gekommen, oder? Ich bin sicher, du bist immer nur Objekt – oder Ursache – der Eifersucht gewesen.«

Flint war schlau genug, nichts darauf zu erwidern. Stattdessen sagte er: »Diese Morde müssen etwas mit Hughs Eifersucht zu tun gehabt haben.«

»Sie hatten geplant, mit den beiden an dem Vormittag nach ihrer Ermordung nach Chioggia zu fahren«, gab Urbino das Stichwort.

»Nicht geplant«, sagte Oriana. »Aber als ich an jenem Morgen John einen Ausflug nach Chioggia vorschlug, sagte er, es wäre doch eine nette Geste, die beiden zu fragen, ob sie nicht auch Lust darauf hätten. Ihm fiel ein, wie Hugh von dem Carpaccio-Gemälde in der dortigen Kirche erzählt hatte. Ich selbst kann mich nicht mehr daran erinnern, aber Kunst ist Johns Fachgebiet«, sagte sie hochtrabend und mit einem schelmischen Lächeln, das erkennen ließ, was sie als ihr eigenes Fachgebiet betrachtete. »Und außerdem hat John mehr Zeit mit den beiden verbracht als ich. Er hat sie unter seine Fittiche genommen und ihnen ein paar der Sehenswürdigkeiten gezeigt. Aber jetzt heraus damit! All diese Fragen über Hugh und Marie, die Ärmsten! Sie glauben, es besteht ein Zusammenhang zwischen den Drohungen und den Morden, nicht wahr? Es steht Ihnen ins Gesicht geschrieben! *Dio mio!* Die arme Barbara! Wenn sie davon erfährt, wird sie bestimmt völlig außer sich sein – *assolutamente!* Entschuldigt mich.«

Oriana sprang auf.

»Ich muß sie anrufen. Warum nehmt ihr beide nicht das Boot zu deinem Apartment, John? Du hast doch ohnehin gesagt, du wolltest für ein paar Stunden zu dir fahren. Du kannst Urbino zeigen, was wir in Chioggia entdeckt haben, und dir seine Meinung anhören. Ich muß mich um Barbara kümmern, *la poverina*!«

11

Flint hatte eine kleine Erdgeschoßwohnung in San Polo, nur ein paar Minuten Fußweg vom Rialto entfernt. Er hatte das Apartment möbliert gemietet, und die meisten der Einrichtungsgegenstände waren dunkel, schwer und abgenutzt. Aber überall zwischen ihnen verstreut befanden sich Flints eigene Habseligkeiten, wie er voller Stolz hervorhob: ein runder Tisch mit mythologischen Figuren aus Wedgwood-Porzellan, mehrere Rokoko-Holzschnitzereien von Andrea Brustolon und ein Porträt von Lorenzo Lotto. Oriana hatte jedoch auf keinen dieser Gegenstände angespielt, sondern auf eine kleine Bronzefigur von erlesener Form und Ausarbeitung.

»Tullio Lombardo, vermute ich«, sagte Urbino, nachdem er sie in Augenschein genommen hatte.

Flints Gesicht hellte sich auf.

»Genau das habe ich auch gedacht! Wir haben sie in einem Geschäft in Chioggia gefunden.«

Sie plauderten ein paar Minuten darüber, welch angenehme Überraschung es bedeutete, zufällig auf solche Kunstwerke wie die kleine Statue zu stoßen. Urbino stand auf und ging zum Fenster. Sein Blick fiel auf einen kleinen Platz mit einem abgedeckten Brunnen, dessen Einfassung mit grotesken Figuren verziert war, eine typisch venezianische Szenerie. Einige der obligatorischen Katzen lagen faul in der Sonne, und zwei alte schwarzgekleidete Frauen mit Kopftüchern standen nah beieinander, die Einkaufstaschen in der Hand, und waren eifrig in ein Gespräch vertieft.

»Ich mag San Polo«, sagte Urbino. »Es gibt hier einige der besten Weinhandlungen und Restaurants. Und dann sind da noch die Märkte von Frari, San Rocco und«, er hielt kurz inne, »vom Rialto. Kaufen Sie dort ein?«

»Ich esse in Restaurants. Meine Küche ist leer«, sagte Flint, den Kopf über die Bronzefigur gebeugt. »Warten Sie nur, bis Oriana hört, daß es ein echter Tullio Lombardo ist!«

Das Telefon klingelte. Flint eilte zum Apparat und nahm ab. Während er zuhörte, zeichnete sich Angst auf seinem Gesicht ab. Nach einer Weile legte er den Hörer wieder auf. Er hatte kein einziges Wort gesagt.

»Schlechte Neuigkeiten?«

»Falsch verbunden. Bloß jemand, der irgend etwas mit venezianischem Dialekt gebrabbelt hat.«

Sein Gesicht hatte sämtliche Farbe verloren. Er warf einen schnellen Blick auf die Piaget-Uhr an seinem Handgelenk.

»Das passiert mir auch ziemlich oft. Übrigens, Sie sagen, Sie haben die Bronzefigur in Chioggia entdeckt.« Flint schien erleichtert zu sein, daß das Gespräch sich wieder um die Statue zu drehen begann, doch er zuckte sichtlich zusammen, als Urbino hinzufügte: »Moss hat Ihnen gegenüber das Carpaccio-Gemälde in Chioggia erwähnt. Ich schätze, Sie beide haben sich ziemlich viel über Kunst unterhalten. Welche Art Kunst mochte er?«

Nach einer langen Pause sagte Flint vage: »Moderne Kunst«, dann, mit mehr Nachdruck und übertrieben schleppendem Tonfall: »Severini, Balla, Magritte, Malevich, Tanguy, Dalí.«

Diese Aufzählung wirkte reichlich improvisiert. Es war, als würde Flint die Namen aus dem Katalog der Sammlung Peggy Guggenheim aufzählen.

»Irgendwie paßt das gar nicht zu dem Eindruck, den er auf mich gemacht hat, aber schließlich haben Sie ihn besser gekannt.«

»Das würde ich nicht sagen! Er war nicht sonderlich

gesprächig. Und was Marie anbelangt, ich glaube, ich habe kaum mehr als zwei oder drei Worte mit ihr allein gewechselt. Dafür hat Moss schon gesorgt.«

Flint sah Urbino nun direkt ins Gesicht, als wolle er exakt belegen, was der Grund für Moss' Eifersucht gewesen war. Die Spuren des Alters waren seiner attraktiven Erscheinung kaum abträglich. Urbino fragte sich, warum er überhaupt den Beruf gewechselt hatte.

Als Flint einen weiteren verstohlenen Blick auf seine Uhr warf, verabschiedete Urbino sich und ging.

12

Bobo sah die *calle* entlang. Sie war leer. Es war gut, daß er die Gegend zuvor schon einmal erkundet hatte, denn ansonsten hätte er Schwierigkeiten gehabt, sich zurechtzufinden, trotz der Wegbeschreibung, trotz des Stadtplans. Er war bestimmt nicht weit von dem kleinen Platz entfernt, den er manchmal aufsuchte. Dort befand sich eine Tafel mit einem Zitat von D'Annunzio, das die Schrecken des Krieges beklagte. Aber er war noch nie in dieser heruntergekommenen Gegend gewesen, wo der Putz von den Fassaden der Häuser bröckelte und die Fenster und Türen mit Brettern vernagelt waren. Die trübe, feuchte Luft durchdrang ihn bis auf die Knochen.

Er umklammerte das Päckchen fester. Es war überraschend klein, wenn man berücksichtigte, was sich darin befand. Aber vielleicht rührte dieses Gefühl vom Stellenwert her, den der Inhalt für ihn besaß. Und diese Bedeutung konnte gar nicht größer sein. Zwei Leute waren bereits gestorben – zwei dumme, unglaublich selbstsüchtige Leute, die seinen ausgeklügelten Plan durchkreuzen wollten. Doch der Alptraum war noch nicht vorbei, nicht einmal nach ihrem Tod. Er ging immer weiter, und Bobo war derzeit schlimmer dran als zuvor. Er befand sich jetzt in noch größerer Gefahr.

Nach dem Tod der beiden hatte er sich für einen kurzen Moment erleichtert gefühlt, aber er hatte schnell gemerkt, daß dort draußen jemand war, der Bescheid wußte. Der über alles Bescheid wußte und bereits bewiesen hatte, wie weit er – oder sie – zu gehen gewillt war.

Wenn all das vorüber war, würde er dafür Sorge tragen, daß Urbino gebührend in seine Schranken gewiesen wurde. Er wußte, es würde ihn kaum Mühe kosten. Die Contessa würde sein Werkzeug sein. Diese Vorstellung erfüllte ihn mit immenser Befriedigung, und trotz seiner nervösen Anspannung mußte er sich ein Lachen verkneifen.

Er fand das Gebäude, griff nach oben und bog das verzogene Brett zurück. Der Spalt war gerade breit genug, um das Päckchen hindurchzuschieben. Er hörte, wie es auf das Fenstersims fiel.

Er drehte sich um und verließ diesen Ort, so schnell er konnte. Da er nun mal den Beschluß gefaßt hatte, dies zu tun, würde er es auf die richtige Weise tun, damit für ihn alles so gut wie möglich verlief. Er war entschlossen, sein Ziel zu erreichen.

Nach wenigen Minuten befand er sich wieder mitten im Gedränge, umgeben von zahllosen Leuten mit ihren unbedeutenden kleinen Sorgen.

13

Am nächsten Morgen traf Urbino die Contessa im *salotto blu* an. Sie begutachtete einen Lageplan ihrer Bootsbrücke, die sich quer über die Lagune von Venedig zur Friedhofsinsel erstrecken würde.

Urbino fragte sie, ob sie am vorigen Tag im Venetia Studium gefunden hatte, was sie suchte.

»Venetia Studium? Was meinen Sie damit? Ich...« Dann begriff sie. »Oh, natürlich. Nein, es gab da nichts, das mir gefallen hätte.«

Sie studierte den Lageplan, als wollte sie ihn sich einprägen, und machte dann eine Bemerkung über die erforderliche Umleitung des Wasserverkehrs. Urbino fragte, ob sie ihm behilflich sein würde, mehr über Flint herauszufinden.

»Erzählen Sie mir nicht, daß Sie jetzt auch noch in *seinen* Angelegenheiten herumstochern wollen!« Sie legte den Plan beiseite. »Wozu sollte das nütze sein? Oriana würde fuchsteufelswild werden, wenn sie davon wüßte.«

»Wir können keine Rücksicht darauf nehmen, was Oriana davon halten wird, Barbara. Ich muß mehr über Flint wissen.«

»Sie haben sich da in etwas verrannt, aber ich werde sehen, was ich tun kann. Ich werde Laura anrufen.« Laura war eine Freundin von ihr, die in Mailand in der Modebranche tätig war. »Jede Information, die Sie bekommen, wird Bobo behilflich sein. Er ist unschuldig, unschuldig, unschuldig! Und zwar *vollauf* und *in jeder Hinsicht*!«

»Ich kann verstehen, daß Sie sich für ihn einsetzen, Barbara. Sie sind eine loyale Frau, aber ich möchte nicht, daß Sie am Ende verletzt werden. Sie haben Bobo sehr gern.«

»*Zu* gern, ist es das, was Sie meinen? Und warum auch

nicht? Hat er es nicht verdient?« Die Contessa hob ihr kleines Kinn. »Er macht mir Komplimente. Durch ihn fühle ich mich zehnmal lebendiger. Wenn wir nicht zusammen sind, verspüre ich eine ungeahnte Sehnsucht!« Sie sah ihn an, und in ihrem Blick war der Ausdruck der Überraschung fast noch stärker als die Sanftheit, die man nach ihren Worten dort vorzufinden erwartet hätte. »Oh, Sie brauchen es nicht zu sagen! Ich weiß es selbst besser als jeder andere! Ich bin ein wandelndes, atmendes Klischee! Aber ich kann nichts daran ändern!« Sie hielt kurz inne. »Ich *will* nichts daran ändern – und sagen Sie mir nicht, ich müßte es!«

»Aber es beeinflußt Ihr Urteilsvermögen, Barbara! Wenn Sie nach meiner Ansicht aus diesem Grund auf eine schwere Enttäuschung oder gar Schlimmeres zusteuern, kann ich doch nicht einfach daneben stehen und den Mund halten! Das können Sie nicht von mir verlangen! Das alles macht mir selbst ganz schön zu schaffen! Vergessen Sie nicht, daß wir beide ein ganz besonderes Verhältnis zueinander haben. Wir...«

Urbino war beinahe froh darüber, daß er durch Harriets Eintreten unterbrochen wurde. Er war wütend und verletzt, und er hatte Angst davor, wozu diese Gefühle ihn verleiten mochten.

Die Contessa hingegen entdeckte eine neue Seite an ihm, die sie ganz und gar nicht als unangenehm empfand. Sie bedauerte die Unterbrechung und hoffte, Urbino würde sein Temperament nicht wieder verlieren, auch wenn er Dinge sagte, die sie nicht gern hörte.

Daher wandten Urbino und die Contessa nun in ganz unterschiedlicher Stimmung ihre Aufmerksamkeit Harriet zu. Die Frau sah sogar noch verhärmter aus als vor zwei Tagen. Falls dies das Resultat einer Naturkostdiät unter Vermeidung von Nachtschattengewächsen und der Erduldung regelmäßiger Leberspritzen war, dann sollte sie sich lieber schleunigst nach einer gänzlich anderen Therapie umsehen – und vielleicht auch nach einem anderen medizinischen Berater als Zeoli.

»Das ist heute für Sie angekommen«, sagte sie mit matter, sorgenvoller Stimme und gab der Contessa eine Postkarte. »Ich dachte, Sie würden sie sofort sehen wollen. Ich habe sie gelesen. Es tut mir leid, aber es ist praktisch automatisch passiert.«

Die Contessa warf zunächst einen Blick auf die Vorderseite der Karte und drehte sie dann um. Sie benötigte einen Moment, um den Text zu lesen, und reichte die Karte dann stirnrunzelnd an Urbino weiter.

Auf der Karte war eine Frau auf einer Liege abgebildet. Ihr Körper war mit grauem Schlamm beschmiert. Hinter der Frau befand sich eine gekachelte Wand mit Wasserhähnen und einem Schlauch. Über ihr stand eine lächelnde Frau mittleren Alters, die mit einem Kittel bekleidet war und einen Metalleimer hielt. Unter dem Namen von Zeolis Kurbad standen in englischer Sprache folgende Zeilen: »Warum fragen Sie den Baron Casarotto-Re nicht mal nach Helen Creel? Falls er Ihnen nichts darüber erzählen will, wenden Sie sich an die Therapeutin auf der Vorderseite dieser Karte. Ein besorgter Freund.« Die Schrift schien die gleiche zu sein wie die auf den Drohbriefen.

»Das ist ja fabelhaft!« rief die Contessa aus. »Bobo ist aus dem Schneider! Moss und Quimper sind tot, und er bekommt immer noch Drohungen – oder als was Sie diesen Schwachsinn sonst bezeichnen wollen!«

»Die Karte ist am Tag der Morde abgestempelt worden«, sagte Urbino. »Sagt Ihnen der Name Helen Creel etwas?«

»Nicht das geringste! Und Bobo wird diesen Namen auch nicht kennen, da bin ich sicher!« Sie blickte zu Harriet. »Vielen Dank, Harriet, meine Liebe. Falls noch etwas in dieser Art eintrifft, möchte ich es umgehend sehen. Übrigens, haben Sie immer noch vor, heute abend auszuziehen?«

»Ja, Barbara. Ich hoffe, Sie haben Verständnis.«

»Ich möchte, daß Sie glücklich sind, meine Liebe.«

Nachdem Harriet gegangen war, erklärte die Contessa: »Harriet hat beschlossen, sich eine Wohnung zu nehmen. Eine trostlose Bleibe im Ghetto. Aber vielleicht ist es so am besten. Es ist schwierig geworden mit ihr.«

»Inwiefern?«

»Sie macht Fehler, vergißt oder verlegt Dinge, aber es ist mehr als das.« Sie warf Urbino einen kurzen Blick zu. »Ohne jetzt darauf herumreiten zu wollen, ich bin sicher, daß sie sich in Bobo verliebt hat. Sie ist so nervös, wenn er da ist, wirft ihm verstohlene Blicke zu und wird ganz unruhig, wenn er sie ansieht. Und sie ist immer ganz geistesabwesend. Ja, sie ist in Bobo verliebt!«

»Offenbar *muß* es unbedingt Bobo sein«, sagte Urbino gereizt, »denn wir alle wissen ja, wie unwiderstehlich er ist! Aber schon bevor uns die Ehre seiner faszinierenden Anwesenheit zuteil wurde, hat Harriet sich in Schale geworfen. *Ich* sage, es ist Zeoli.«

Die Contessa lachte leise auf, was eher eine entzückte Reaktion auf Urbinos Art der Erwiderung darstellte als darauf, was er über Harriet und Zeoli gesagt hatte.

»Sind sie nicht ein schönes Paar? Aber ich behaupte dennoch, daß sie es als zu schmerzlich empfindet, in Bobos Nähe zu sein, seit er auch noch hier wohnt. Aber ob nun wegen Bobo oder Zeoli, ich bin nicht allzu traurig, daß sie geht.«

»Ich weiß noch, wie glücklich Sie darüber waren, daß sie hier wohnt, bevor Bobo auf den Plan getreten ist!«

»Und das war ich auch.« Sie blickte hinab auf die Postkarte. »Aber ich muß mich über uns wundern, Urbino! Was für Detektive sind wir bloß? Wir müssen die Postkarte in eine Plastiktüte stecken.«

Sie waren kaum damit fertig, als Bobo und Zeoli in den *salotto* kamen. Schnell ließ Urbino die Postkarte in seiner Jakkentasche verschwinden.

14

Fünf Minuten später befanden sich Urbino und Bobo allein im Tagessalon. Die Contessa kümmerte sich um Zeoli, der gekommen war, um ihre Spende für die Kureinrichtung abzuholen.

Die beiden Männer saßen sich in Sesseln gegenüber, die mit Fortuny-Stoff bezogen waren. Bobo, der eine rehbraune Kordsamthose trug, hatte seine langen Beine übereinandergeschlagen und sah Urbino mit kaum merklichem Lächeln an.

»Lassen Sie uns nicht unsere Zeit verschwenden, Bobo. Die Wahrscheinlichkeit, daß die Drohungen in Moss' und Quimpers Zimmer geschmuggelt wurden, sind verschwindend gering. Ich bin der erste, der sich entschuldigt, falls herauskommen sollte, daß es doch so gewesen ist. Aber Sie sollten endlich begreifen, daß Ihnen womöglich Schlimmeres bevorsteht als bloß ein Verhör. Ich würde Ihnen gern helfen.«

»Wirklich? Wie nobel von Ihnen.«

»Es besteht kein Grund, sich so herablassend zu verhalten,

Bobo. Ich möchte Ihnen berichten, was Orlando mir erzählt hat.«

Nachdem er geendet hatte, sagte Bobo: »Ich habe ihn heute morgen angerufen. Er war nicht ganz bei klarem Verstand. Manchmal leidet er sogar unter Halluzinationen, wenn er einen dieser Asthmaanfälle hatte. Das hängt irgendwie mit seinen Medikamenten zusammen.«

»Ist das bei Ihrer Frau auch so gewesen? Sie war doch ebenfalls Asthmatikerin. Solche Leiden liegen oft in der Familie. Wie Ihr Nasenbluten.«

Bobo erwiderte frostig: »Ich habe schon öfter den Eindruck gehabt, Orlando habe sein Asthma aus lauter Mitgefühl für Rosa bekommen. Er hat sie so sehr verehrt. Aber Rosa und ihr Gesundheitszustand dürften wohl kaum relevant für Ihre Ermittlungen sein.«

»Das wird sich noch zeigen.« Urbino griff in seine Tasche und holte die Postkarte hervor. »Und was ist hiermit?«

Bobos erste Reaktion auf die Plastikhülle war ein Ausruf: »Wie antiseptisch!« Dann jedoch huschte ein angstvoller Ausdruck über sein gutaussehendes Gesicht. Als er die Postkarte nahm und umdrehte, zitterte seine Hand. Beim Lesen der Lektüre hatte er sich wieder unter Kontrolle.

»Wer ist Helen Creel?« fragte Urbino.

»Der Name sagt mir überhaupt nichts! Was, zum Teufel, geht hier vor? Es war schon schlimm genug, als all dieser … dieser Mist sich nur gegen mich gerichtet hat. Aber Barbara! Das dulde ich nicht!«

Bobo fuhr endlos fort, theatralisch seine Entrüstung zu bekunden. Urbino ließ ihn zunächst gewähren und fragte schließlich: »Also haben Sie keine Ahnung, warum Sie auf dieser Karte mit einer Frau namens Helen Creel in Verbindung gebracht werden?«

»Nicht die geringste!« Er sprang auf. »Aber Marco Zeoli ist doch gerade bei Barbara! Das ist doch *sein* Kurbad, nicht wahr? Glauben Sie nicht, daß da irgendeine Verbindung besteht? Ich meine angesichts der Tatsache, daß er hier auftaucht, unmittelbar nachdem die Karte zugestellt wurde?«

Urbino folgte ihm in den *salotto blu*, wo die Contessa inzwischen allein war. Zeoli war soeben gegangen. Noch bevor Bobo irgend etwas tun oder sagen konnte, entschuldigte Urbino sich und eilte Zeoli hinterher.

15

Sogar draußen an der frischen Luft auf dem Achterdeck des Vaporettos stieg Urbino immer wieder der schweflige Geruch in die Nase, der Zeoli beständig anzuhaften schien. Er konnte ihm genausowenig entfliehen wie Zeolis Schilderung der verheerenden Auswirkungen, die eine schwere, unbehandelte Gicht nach sich ziehen konnte. Der Kurarzt schien entschlossen, ihm die Folgen in allen Einzelheiten und ohne Unterbrechung darzulegen.

Zeoli sah überallhin – auf die Fassaden der Palazzi, die Boote, das graue Wasser, die Ufer, den bewölkten Himmel, die kreischenden Seevögel –, überallhin, nur nicht zu Urbino. Als sie sich der Rialtobrücke näherten, blickte er nicht einmal flüchtig in die Richtung des Gemüsemarktes. Sein fachlicher Redeschwall nahm an Geschwindigkeit zu.

Urbino hielt durch, solange er konnte. Als Zeoli schließlich doch einmal Luft holte, sagte Urbino geistesgegenwärtig:

»Sie könnten Barbara und mir vielleicht helfen – und auch dem Baron. Die Contessa hat dies heute mit der Post bekommen. Es ist eine Postkarte Ihrer Kureinrichtung.«

Urbino nahm die Karte aus der Tasche und reichte sie ihm. Zeoli warf nur einen kurzen Blick auf das Bild, bevor er sie umdrehte. Schnell überflog er den kurzen Text. Trotz der kühlen Brise, die über den Canal Grande wehte, glitzerte Schweiß auf seiner schmalen Stirn.

»Der Verfasser bezieht sich auf jemanden namens Helen Creel und auf die Therapeutin, die auf der Vorderseite abgebildet ist«, sagte Urbino. »Aber Sie können ja Englisch. Der Baron wird auch erwähnt. Er hat bereits mehrere Drohbriefe erhalten, und Barbara befürchtet, auch hierbei könne es sich um eine Drohung handeln«, erklärte Urbino vage. »Kennen Sie diese Therapeutin?«

»Sie arbeitet im Hotel.«

Zeolis kummervolle Miene verschloß sich.

»Wissen Sie, wer Helen Creel ist?«

»Ist das ein Ratespiel?« herrschte er ihn an. »Diese Karten werden in ganz Abano verkauft! Ich habe keine Ahnung, was das soll.«

Urbino konnte Zeolis Angst genauso deutlich riechen wie den Schwefeldunst, der von seiner Haut und Kleidung ausging. Falls Urbino die Reaktion des Mannes nicht völlig falsch auslegte, wußte Zeoli nicht nur, wer Helen Creel war, sondern verband mit diesem Namen auch alles andere als angenehme Erinnerungen.

Urbino wollte nicht zu wißbegierig erscheinen und starrte deshalb vor seiner nächsten Frage schweigend hinüber zu den Palazzi, die den Canal Grande säumten. Rechter Hand lag das Guggenheim-Museum. Eines der dort ausgestellten Gemälde hatte ihm kürzlich im Verlauf einer delikaten Untersuchung, die ebenfalls in Zusammenhang mit der Contessa gestanden hatte, zu einigen Erkenntnissen verholfen. Die Erinnerung an diesen früheren Erfolg ermutigte ihn, und er blickte quer über den Canal Grande zur Casetta Rossa hinüber. In diesem kleinen roten Haus hatte D'Annunzio während des Ersten Weltkrieges gelebt und später dann, auf einem Auge blind und ans Bett gefesselt, seine Memoiren geschrieben.

Aber es waren weniger jene Einzelheiten, die Urbino in diesem Moment überdachte, als der von D'Annunzio gepflanzte Granatapfelbaum, der neben dem Gebäude wuchs und daran erinnerte, daß die Vergangenheit niemals wirklich tot war.

»Da ist noch etwas«, sagte er in vielleicht zu beiläufigem Tonfall und wandte sich wieder Zeoli zu. »Es geht um den Mord an dem Pärchen auf dem Markt des Rialto. Ist Ihnen auf dem Empfang an einem der beiden irgend etwas aufgefallen, das auch nur im entferntesten bedeutsam sein könnte? Haben Sie vielleicht etwas gehört, etwas gesehen? Irgend etwas?«

Zeoli wirkte wie gelähmt.

»Nichts! Und es besteht nicht der geringste Zusammenhang zwischen den beiden und dem Kurbad – nicht der allergeringste –, falls es das ist, was Sie andeuten wollen!«

Während das Boot sich der Anlegestelle von San Marco näherte, brachte Urbino Harriets Besuch bei Zeoli am Abend der Morde zur Sprache.

»Sie ist vorbeigekommen, um über die Behandlungen im Kurbad zu sprechen. Sie wissen ja, wie ... wie besorgt sie um ihre Gesundheit ist. Ich kann mich nicht mehr genau daran erinnern, um welche Uhrzeit sie gegangen ist. Entschuldigen Sie mich.«

Zeoli stand auf und drängelte sich durch die Menge in der Kabine. Als Urbino von Bord ging, konnte er ihn nirgendwo mehr entdecken.

16

An jenem Abend versuchte Urbino, seine Katze Serena zusammengerollt auf dem Schoß, den Fall soweit wie möglich ins Unterbewußtsein zu drängen, wodurch er, wie er hoffte, vielleicht irgendwie zu wundersamen Erkenntnissen gelangen würde. Er wollte nichts lesen, das ihn an die Morde oder den Baron erinnern würde, also schlug er einen vertrauten Band von Henry James auf. Es handelte sich um eine Geschichte, in der, wie zumeist bei James, die Tode natürlicher Art waren und Gewalt einzig von scharfen Worten ausging, von abgewandten Gesichtern und den geflüsterten Gerüchten aus dem Salon. Dies war die Art von Welt, die Urbino bevorzugte und die er sich hier in Venedig zu schaffen versucht hatte. Es lag schon eine ziemliche Ironie darin, daß er sich abermals in eine Morduntersuchung verwickelt fand!

Nun ja, vielleicht war es doch nicht so seltsam. Er war wieder einmal in seiner Beschaulichkeit gestört worden, diesmal von Bobo und den Morden im Rialto. Und er hatte sich von vornherein nicht in allerbester Verfassung befunden, nicht nach seinem kürzlichen Gichtanfall, der seinen Körper und Geist dermaßen entkräftet hatte. Er mußte der Sache nur auf den Grund gehen, und dann würde seine Welt wieder in Ordnung sein, oder?

Nicht ganz, falls Bobo eine feste Größe blieb. In diesem Fall würde es nie mehr so wie früher sein, und diese Erkenntnis versetzte ihm einen plötzlichen Stich. Falls es nicht so spät gewesen wäre, doch vor allem falls Bobo nicht bei der Contessa zu Gast gewesen wäre, hätte Urbino sie jetzt angerufen oder vielleicht sogar aufgesucht.

Als er versuchte, sich in die Seiten des Buches von James zu flüchten, mußte er jedoch feststellen, daß er die Wahl seiner Lektüre nicht klug getroffen hatte. Es handelte sich um die traurige Geschichte eines ziellosen Mannes, der zu stolz und zu sehr mit sich selbst beschäftigt war, um Liebe erkennen und erwidern zu können, bis es letztendlich zu spät dafür war. Zu dieser mitternächtlichen Stunde war es gewiß eine beängstigendere Erzählung, als jede Geistergeschichte es hätte sein können.

Er klappte das Buch zu und stand auf, so daß Serena zu Boden sprang. Wenige Minuten später, seinen Schal gegen die kalte, feuchte Nachtluft fest um den Hals gewickelt, entfernte er sich mit weit ausgreifenden Schritten vom Palazzo Uccello. Die *calli* waren fast völlig menschenleer. Es war eine klare Nacht, und er konnte den Sternenhimmel sehen. Für einen Moment erwog er, zur Ca' da Capo zu gehen, schlug dann aber die entgegengesetzte Richtung ein.

Kurz darauf fand er sich auf der Rialtobrücke wieder, deren Geschäfte schon längst geschlossen hatten. Er blickte hinab auf das breite Band aus Wasser, gesäumt von gotischen und Renaissance-Palazzi. Die dreiarmigen eisernen Laternenpfähle und ein paar vereinzelte Lichter aus den Privatresidenzen und Hotels spiegelten sich schwach im Canal Grande. Momentan durchpflügte kein Boot seine glatte Oberfläche. Urbino konnte durch ein Fenster in eine Wohnung blicken. Ein Bücherregal, das Gemälde einer nackten Frau, ein Murano-Kronleuchter.

Dort, wo er jetzt stand, hatte einst das kommerzielle Herz Venedigs geschlagen. Banken, Versicherungen, eine Börse, Handwerksbetriebe, Geschäfte, Lagerhäuser, ein heimlicher Sklavenmarkt – sie alle hatten diese Gegend mit lebhaftem Handel, mit Geschäften und Abmachungen erfüllt. Die wuchtige Bauweise der Rialtobrücke war Urbino immer angemessen vorgekommen, angesichts der Last zahlloser Dukaten, die auf ihrem gewölbten Rücken und in der umliegenden Gegend eingenommen und ausgegeben worden waren. Der Rialto hatte noch immer sehr viel von einem Basar. Seine Geschäfte quollen über vor Schmuck, Plunder und Gemüse, aber all das war nur noch ein Schatten früherer Größe und Macht.

In dieser Gegend und zu dieser Stunde waren Moss und Quimper ums Leben gekommen. Vielleicht waren auch sie über die Brücke gegangen und hatten innegehalten, um die ungestörte Aussicht zu genießen. Vielleicht hatten sie in dasselbe Fenster gespäht, ohne zu ahnen, daß sie bald darauf und nur ein kurzes Stück entfernt brutal ermordet werden würden.

Aber vielleicht waren sie in jener nebligen Nacht auch alles andere als vergnügt gewesen, sondern erfüllt von Angst und einer Vorahnung dessen, was geschehen würde. Hatten sie erkannt, in welcher Gefahr sie schwebten, weil sie Bobo bedrohten?

Urbino trat von der Brüstung zurück und ging die Brücke in Richtung Gemüsemarkt hinunter. Er durchquerte die Schatten der Kirche San Cassiano mit ihrer riesigen Vierundzwanzig-Stunden-Uhr und ging dann vorbei an der gebückten steinernen Gestalt des Buckligen vom Rialto. Hatten Moss und Quimper nervös zu den Arkaden der Fabbriche Vecchie geschaut, so wie er dies jetzt tat?

Kurz darauf erreichte er die Erberia am Canal Grande. Holzkisten und Kartons, hölzerne Preisschilder und verstreute Obst- und Gemüsereste beschmutzten die dunkel beschatteten Pflastersteine. Es herrschte Totenstille.

Er ging am Wasser entlang zu der Haltestelle des *traghetto*, von wo aus die Passagiere auf die andere Seite des Canal

Grande übergesetzt wurden. Sie schloß jeden Abend vor neun Uhr, so daß keine Hoffnung bestand, einer der *traghetto*-Männer könnte etwas gesehen haben, selbst wenn in der Mordnacht kein Nebel geherrscht hätte.

Aber dies war nicht der genaue Ort, an dem Moss und Quimper ermordet worden waren, und er spürte, daß er dorthin gehen mußte. Er überquerte den Marktplatz und gelangte zu dem abgesonderten Bereich der hölzernen Lagerschuppen. Trotz der späten Stunde stand das Tor noch offen, und Urbino glaubte, von irgendwoher aus dem Labyrinth der Schuppen Stimmen zu hören. Er trat ein. Die Toilettenhäuschen waren noch immer erleuchtet, also hatte der Wärter womöglich gar nicht vergessen abzuschließen, sondern befand sich noch dort.

Eine Kirchenglocke verkündete das Ende der ersten Stunde des neuen Tages. In der Hoffnung, die grausige Atmosphäre seiner Umgebung würde ihn vielleicht irgendwie inspirieren, ging er an den Reihen der mit Latten und Drahtgittern versperrten Lagerräume vorbei bis zum Ufer des Canal Grande, der an dieser Stelle kurz hinter dem massiven steinernen Bogen der Rialtobrücke eine scharfe Biegung nahm. Es brauchte nur wenig Phantasie, um sich vor dieser Kulisse Moss' und Quimpers blutige, leblose Körper vorzustellen, wie sie ausgestreckt auf dem Pflaster lagen, umwogt von dichten Nebelschwaden.

Aber wer war noch hiergewesen? Wer hatte ihnen aufgelauert oder war ihnen gefolgt? Als erster kam ihm Bobo in den Sinn. Aber es konnte nicht Bobo gewesen sein, selbst wenn er für die entscheidende Zeitspanne kein Alibi besaß. Nein, Bobo konnte es nicht gewesen sein – es sei denn, er hätte über das Haustelefon des Flora nicht Festa, sondern Moss und Quimper angerufen, um ein tödliches Rendezvous zu vereinbaren. Aber wenn er nicht mit Festa telefoniert hatte, warum sollte sie dann lügen? Vielleicht mußte sie sich selbst auch um jeden Preis schützen. Sie war mit Peppino vor die Tür gegangen, nachdem Moss und Quimper das Hotel verlassen hatten. Steckten sie und Bobo eventuell unter einer Decke? Sie könnten sogar …

Urbino ermahnte sich eindringlich, dieses Kartenhaus nicht noch höher aufzutürmen. Es war seine Abneigung gegen Bobo, die ihn dazu verleitete. Er mußte unvoreingenommen bleiben – was natürlich nicht bedeuten durfte, daß er Bobo bedingungslos ausschloß, sondern daß er ihn genauso in Betracht zog wie alle anderen.

Urbino wandte sich vom Canal Grande ab. Zur exakten Mordzeit an diesen Ort zu kommen hatte ihm lediglich ein paar verworrene fixe Ideen eingebracht. Vielleicht würde er morgen in Abano endlich die Antworten bekommen, die er brauchte. Mit dieser Hoffnung schlug er den Rückweg zum Haupttor ein.

Behutsam achtete Urbino darauf, sich im Gewirr der Schuppen nicht zu verlaufen. Er hörte hinter sich ein Geräusch, als sei eine der Holzkisten ein Stück über das Pflaster geschoben worden. Er blieb stehen und lauschte, aber das Geräusch war nicht mehr zu hören. Eine Katze rannte an ihm vorbei. Mit einem Seufzer der Erleichterung setzte Urbino seinen Weg fort. Als er sah, daß in den Toilettenhäuschen kein Licht mehr brannte, beschleunigte er seinen Schritt und ahnte bereits, was ihn erwarten würde. Richtig, das Tor war jetzt fest verschlossen, wie ein energisches Rütteln ihm bewies.

»Ist da jemand? Ich bin eingeschlossen.«

Seine Stimme hallte laut wider. Er wartete ein oder zwei Minuten vor dem verschlossenen Tor. Vielleicht gab es noch einen anderen Weg nach draußen. Er suchte zwischen den Schuppen, konnte aber keinen Durchlaß entdecken, also ging er zurück zum Canal Grande. Aber auch hier gab es keine Möglichkeit, das Gelände zu verlassen. Am anderen Ende war das Tor verschlossen, und hier stellte die Mauer des massiven Palazzo dei Camerlenghi am Fuße der Rialtobrücke ein unüberwindliches Hindernis für ihn dar.

Es gab einen Durchgang, den er noch nicht ausprobiert hatte. Dieser Weg war noch dunkler als die anderen. Vorsichtig folgte Urbino seinem Verlauf. An seinem Ende befand sich ein Zaun aus Holzlatten, von denen einige fehlten und andere abgebrochen waren. Die Öffnung war schmal und lag in ungefähr einem Meter Höhe. Er fand eine Kiste, stieg darauf und steckte ein Bein durch die Öffnung. So weit, so gut, aber das war erst der einfache Teil. Dann bugsierte er seinen Kopf und Oberkörper hindurch, und einige Sekunden lang wußte er nicht recht, was er nun machen sollte. Er steckte halb drinnen, halb draußen. Er mußte einen lachhaften Anblick bieten, ganz zu schweigen davon, daß er ein leichtes Opfer darstellte. Dieser zweite Gedanke veranlaßte ihn, sein anderes Bein durch die Öffnung zu ziehen, aber seine Hose blieb an einem vorstehenden Nagel hängen. Das einzige, was er tun konnte, war ziehen, und zwar kräftig. Das tat er auch, und seine Hose riß, aber immerhin kam er frei.

Er landete auf dem Pflaster und lief über die Rialtobrücke. Er war ziemlich stolz auf sich, denn diese Flucht war zwar nicht gerade anmutig gewesen, aber beweglich genug, um ihm zu zeigen, daß sein Leben nicht unbedingt in gichtiger Erstarrung enden würde.

17

Am nächsten Morgen erhielt Urbino einen Anruf von Gemelli. Marie Quimpers Schwester war eingetroffen und wollte mit jemandem sprechen, der die Ermordete gekannt hatte.

»Ich habe nicht viel Neues von ihr erfahren«, sagte Gemelli. »Aber vielleicht haben Sie ja mehr Glück. Was Casarotto-Res Kleidung betrifft, wurden an ihr keinerlei Blutspuren festgestellt. Und seine Arztunterlagen besagen, daß er *tatsächlich* zu plötzlichem Nasenbluten neigt.«

Gemelli klang verärgert.

Urbino berichtete ihm von der Postkarte aus Abano und sagte, er würde sie entweder noch am gleichen oder am folgenden Tag in der Questura vorbeibringen. Er erzählte nichts von seinem Vorhaben, heute noch nach Abano zu fahren. Seine eigene Verschwiegenheit gab ihm zu denken. Warum verhielt er sich so? Weil er den Eindruck hatte, daß er seinem Urteilsvermögen immer weniger trauen konnte.

Einige Stunden später saß Urbino in einem der in Freskotechnik bemalten Aufenthaltsräume des Hotels La Residenza Anne Quimper gegenüber. Wie sie so schweigend dasaß, wirkte sie fast wie eine Nonne. Sie war jünger als ihre Schwester, ihr blasses Gesicht wurde von kurzem braunem Haar umrahmt. Sie trug ein schlichtes schwarzes Kleid und hatte die Hände in ihrem Schoß verschränkt.

»Der Concierge hat mir erzählt, daß Vivaldi in dieser Kirche dort getauft wurde«, sagte sie leise und nickte in Richtung der einfachen Ziegelfassade der Kirche San Giovanni in Bragora. »Marie hat Vivaldi geliebt. Sie war sehr talentiert«, sagte sie. »Nicht nur, was Sprachen betraf, sondern auch im Hinblick auf Musik und Malerei. Ich habe sie bewundert. Der Commissaire hat gesagt, Sie hätten sie gekannt.«

»Sie war Ihnen sehr ähnlich«, sagte Urbino, nachdem er die Art seiner Bekanntschaft mit Marie Quimper erläutert hatte. »Ruhig und sanft.«

»Oh, viel mehr als das! Es hat unserer ganzen Familie das Herz gebrochen, als sie vor zwei Jahren nach London ging, um dort zu unterrichten. Anfangs kam sie uns mehrmals im Jahr besuchen – bis sie diesen schrecklichen Mann kennengelernt hat. Keiner aus unserer Familie hat ihn je getroffen, aber Marie hat uns Fotos geschickt. Sie war ganz verrückt nach ihm. Sie haben beide an derselben Londoner Schule unterrichtet. Er war ein Künstler, aber ich hatte seinen Namen noch nie gehört. Marie sagte, er würde eines Tages berühmt sein. Er sah gut aus, das gebe ich zu, aber er war nicht gut für sie.«

»Wie meinen Sie das?«

»Wie ich das meine? Sie ist tot, oder? Ich habe ihren Leichnam gesehen!« Ihre Stimme war lauter geworden, wenngleich nur ein wenig, und jetzt schlug sie ihre kleinen Hände vors Gesicht. Ihre Schultern zuckten, und sie weinte lautlos. Dann hob sie ihr tränenüberströmtes Gesicht und sagte: »Es ist *seine* Schuld, da können Sie sicher sein! Was auch immer passiert ist, ist seinetwegen passiert! Er hat ihr das Leben zur Qual gemacht, aber sie hat ihn geliebt. Geliebt!« wiederholte sie verächtlich.

»Er hat ihr das Leben zur Qual gemacht? Wie darf ich das verstehen?«

»Er war krankhaft eifersüchtig! Er ließ sie nie aus den Augen! Der einzige Besuch, den sie uns zu Hause noch abgestattet hat, nachdem sie ihn kennengelernt hatte, war furchtbar! Er hat Tag und Nacht angerufen und wollte wissen, wo sie war. Und wehe, sie war nicht zu Hause! Marie hielt das für romantisch. Für einen Beweis seiner Liebe! Aber ich habe es für das gehalten, was es wirklich war. Krank! Es würde mich nicht überraschen, wenn er sie geschlagen hätte, aber natürlich hätte sie uns nie davon erzählt.«

»Wann haben Sie zum letzten Mal von ihr gehört?«

»Sie hat vor drei Wochen an meinem Geburtstag angerufen.«

»Hat sie etwas von ihren Plänen erzählt oder von Moss – oder von irgendwas anderem –, das uns vielleicht eine Antwort auf die Frage geben könnte, warum das alles mit den beiden geschehen ist?«

Sie schüttelte langsam den Kopf.

»Nichts, aber sie hat immer gut von ihm gesprochen. Sie hatte Angst, etwas anderes zu sagen. Ich habe den Commissaire gefragt, ob er sicher sei, daß Hugh nicht erst Marie und dann sich selbst erschossen hat. Er sagte, das sei unmöglich. Oh, Monsieur Macintyre, ich hoffe, man findet heraus, was passiert ist, damit Marie gerächt wird! Der Commissaire hat es mir nicht ins Gesicht gesagt, aber ich konnte ihm anmerken, daß er glaubt, Marie hätte etwas Ungesetzliches getan. Ich sagte, das sei unvorstellbar und daß es allein mit Hugh zu tun haben müsse.« Sie berührte seinen Arm. »Falls Sie irgendwie behilflich sein können, dann helfen Sie bitte! Meine Schwester hat nie etwas Unrechtes getan!«

»Sie können selbst behilflich sein, Mademoiselle Quimper. Sagen Sie mir, ob Ihre Schwester jemals einen Ort namens Abano erwähnt hat. Das ist ein Kurort nördlich von hier.«

»Abano? Der Name klingt vertraut. Sie ist natürlich schon mal hier in Venedig gewesen, aber bei Abano bin ich mir nicht sicher.«

»Sie ist schon einmal in Venedig gewesen?«

»Vor ungefähr einem Jahr mit Hugh – und außerdem noch in ein oder zwei anderen Orten in Italien. Sie hat uns Ansichtskarten geschrieben. Vielleicht kann ich sie zu Hause noch finden, falls das von Belang sein sollte.«

Urbino erinnerte sich daran, daß Moss gesagt hatte, dies wäre ihr erster Aufenthalt in Venedig. Er zog die Postkarte aus Abano hervor. Als er sie Anna Quimper reichte, weiteten sich ihre Augen. Sie drehte sie um und sah auf die Adresse.

»Die Contessa da Capo-Zendrini? Der Commissaire hat ihren Namen und den eines Barons erwähnt. Ich habe keinen von beiden je gehört. Aber das hier ist eine der Karten, die mir Marie damals geschickt hat!«

»Sind Sie sicher?«

»Ich kann mich noch sehr gut daran erinnern. Ich hielt das für ein ziemlich merkwürdiges Motiv auf einer Ansichtskarte.« Sie deutete auf das Foto der Therapeutin mit dem Schlammeimer. »Marie hat etwas über sie geschrieben. Daß sie verärgert sei, weil Hugh ziemlich oft mit der Frau reden würde.«

»Hat sie diese Frau je wieder erwähnt? Oder eine Frau namens Helen Creel?«

»Weder noch, Monsieur.«

»Und die Schrift. Erkennen Sie sie?«

»Es ist nicht Maries. Und die von Hugh habe ich nie gesehen.« Sie dachte kurz nach. »Falls Hugh das hier an diese Contessa geschickt hat, könnte es etwas mit den Morden zu tun haben?«

»Genau das beabsichtige ich herauszufinden, Mademoiselle Quimper.«

18

Urbino erkannte die Frau sofort. Sie war jetzt älter, und ihr rotes Haar war beträchtlich verblaßt, aber sie war eindeutig dieselbe Frau. Ihr Name lautete Stella Rossi, und sie verbrachte ihre Pause in dem Café gegenüber von Zeolis Kureinrichtung. Ein schwacher Schwefelgeruch umgab sie. Urbino stellte sich und die Contessa vor, die darauf bestanden hatte, ihn zu begleiten. Als er Stella die Postkarte zeigte, atmete sie scharf ein.

»Bitte! Bringen Sie mich nicht in Schwierigkeiten.«

»Wir haben nicht die Absicht, das zu tun, meine Liebe«, sagte die Contessa. »Nicht wahr, Urbino?«

Sie warf ihm einen mahnenden Blick zu.

»Und das Zentrum auch nicht«, fügte Stella Rossi hinzu. »Das wäre genauso schlimm. Ich arbeite hier jetzt seit neunzehn Jahren. Ich will nicht gekündigt werden. Signor Zeoli hat mich gewarnt, daß ein Mann kommen und mir Fragen stellen würde und daß ich aufpassen müsse, was ich sage. Wir haben immer ein gutes Verhältnis zueinander gehabt. Er wird unser nächster medizinischer Leiter sein.«

Urbino und die Contessa hatten Zeoli nicht gesehen – genaugenommen hatten sie sogar bewußt sein Büro gemieden und ihre ersten Fragen an der Rezeption gestellt.

»Ich sollte Sie besser davon unterrichten, Signora Rossi, daß die Polizei von Venedig herkommen wird, um mit Ihnen und wahrscheinlich auch Signor Zeoli zu reden. Es geht hier um Mord, verstehen Sie?«

»Ich weiß, Signor. Mord und Selbstmord.«

Sie klang dabei überdrüssig, als handle es sich um eine altbekannte Geschichte. Da war sie wieder, oder? Die Annahme, daß Moss erst Quimper umgebracht und dann Selbstmord begangen hatte. Zeoli mußte ihr erzählt haben, daß Urbino nach dem Pärchen fragen würde. Doch dieser Gedanke war falsch, denn jetzt sagte Stella: »Es hat sich in mein Gedächtnis eingebrannt. Ich werde es nie vergessen.«

»Sie waren dabei?« fragte die Contessa.

»Natürlich war ich das! Deswegen sind Sie doch sicherlich hergekommen, nicht wahr? Damit ich Ihnen alles darüber erzähle.«

Sie konnte erkennen, daß die beiden verwirrt waren. Sie schnappte die Postkarte, drehte sie um und las stirnrunzelnd den Text.

»Die ist an Sie adressiert, Contessa. Ich kann kein Englisch, aber es geht um die arme Helen.«

Der ratlose Gesichtsausdruck der Contessa verstärkte sich.

»Und außerdem um Sie und einen Mann namens Baron Casarotto-Re«, sagte Urbino.

Stella schüttelte den Kopf.

»Ich habe noch nie von ihm gehört.«

»Sehen Sie, Urbino, diese ganze Sache ist absolut lächerlich. Bobo ...«

Urbino warf der Contessa einen beschwörenden Blick zu, und sie verstummte. Er wußte jetzt, wovon Stella sprach. Oriana hatte die Angelegenheit auf dem Empfang der Contessa im Beisein von Moss und Quimper erwähnt.

»Als Sie eben gerade von einem Mord und einem Selbstmord sprachen«, sagte Urbino, »da meinten Sie den Mord an der Frau in einem der Behandlungsräume, nicht wahr?«

»Natürlich! Deshalb sind Sie doch hier, oder?«

»Urbino, wovon reden Sie da? Der Mord an einer Frau hier? Ich dachte, Sie wollten sie nach Moss und Quimper fragen.«

»Das erkläre ich später. Bitte erzählen Sie uns davon, Signora Rossi. Erzählen Sie uns von Helen Creel.«
Die Therapeutin bestellte noch einen Kaffee und legte los.

»Es war an einem Augustnachmittag vor zwölf Jahren, direkt vor Ferragosto. Signor Zeoli hatte Helen Creel als letzten Termin für mich vorgesehen, denn ich wollte über den Feiertag nach Rimini fahren. Sie war sehr schön und sprach gut Italienisch. Ich hatte ihr bereits zwei Behandlungen verabreicht. Sie hatte sich beim Tennisspielen den Ellbogen verletzt, aber ich glaube, sie kam hierher, um sich auszuruhen. Viele unserer Patienten kommen nicht nur wegen der Behandlungen. Sie kommen, um der Außenwelt zu entfliehen – ihren Berufen, ihren Familien. Wir haben strikte Anweisung, absolutes Stillschweigen über ihre Terminpläne und Behandlungen zu bewahren, sogar darüber, ob sie sich überhaupt hier aufhalten.

Helen Creel war Engländerin, aber ihr Mann war ein amerikanischer Colonel von der Basis bei Vicenza. Sie hatten einen Sohn von ungefähr zwölf oder dreizehn Jahren. Er kam mit Helen hierher, nur die beiden. Ein sehr ruhiger, hübscher Junge. Helen war ganz verrückt nach ihm, aber nicht nach ihrem Ehemann. Manche Patienten reden sehr viel, vor allem mit mir. Helen gehörte auch dazu. Sie hat mir erzählt, ihr Mann sei krankhaft eifersüchtig, immer mißtrauisch. Er schnüffelte hinter ihr her und wollte, daß sie ihm über jede Minute ihrer Zeit Rechenschaft ablegte. Ich weiß nicht, ob sie ihm je einen Grund für dieses Verhalten geliefert hat. Mir ist nichts dergleichen aufgefallen, aber manche Männer trauen nicht einmal den treuesten Frauen, glauben Sie mir.

An jenem Augustnachmittag erzählte sie mir wieder von ihm. Ich hatte gerade den Schlamm aufgetragen.« Sie nickte in Richtung der Postkarte, auf der ihr jüngeres, lächelndes Ich einen Eimer Schlamm hielt. »Helen wirkte nervös. Sie sah immer wieder zur Tür.«

Stella wurde zunehmend verstörter. Sie schüttelte langsam den Kopf, und ihr Blick war seltsam leer.

»Plötzlich sprang die Tür auf. Ein Mann stand da und sah sie an. Helen setzte sich erschrocken auf. Dann geschah alles so schnell. Der Mann hob seine Hand, und es gab einen lauten Knall. Helen fiel zurück auf die Liege. Es gab noch einen Knall, und ihr Kopf wurde herumgerissen. Sie sah mich direkt an, und da war Blut ... und Knochen ... und ... und irgendwas anderes. Oh, es war furchtbar! Mein Gesicht war ganz bespritzt. Dann kam noch ein Knall, und nach diesem ... nach diesem sank Helen einfach auf die Liege zurück und seufzte. Ihr Mann – denn der war es natürlich – stand noch ein paar Sekunden da und starrte sie mit eisigem Blick an. Dann rannte er den Korridor hinunter. Er ging hoch auf ihr Zimmer und hat sich vor den Augen ihres gemeinsamen Sohnes erschossen.«

Die Contessa sah während Stella Rossis Bericht mehr und mehr bestürzt aus, und jetzt sagte sie zu Urbino vorwurfsvoll in Englisch: »Was für eine entsetzliche Geschichte müssen wir uns hier Ihretwegen anhören? Sogar der bloße Gedanke, das alles könnte etwas mit Bobo zu tun haben, ist reiner Irrsinn und ... und ein Verrat jeglichen Vertrauens, das ich jemals in Sie gesetzt habe!«

Urbino ignorierte diesen Ausbruch der Contessa und fragte Stella Rossi in so beiläufigem Tonfall wie möglich, ob sie Signor Creel jemals gesehen hatte, bevor er in dem Behandlungsraum auftauchte.

»Nein, nie«, sagte sie mit einem besorgten Blick auf die Contessa. »Er wohnte nicht im Hotel. Ich habe keine Ahnung, woher er wußte, wo Helen zu finden war.«

Urbino griff in seine Jackentasche und nahm das Foto von Bobo heraus, das Harriet ihm am Abend des Empfangs der Contessa gegeben hatte – dasselbe Foto, das er auch dem Wärter im Dogenpalast gezeigt hatte. Die Contessa erbleichte.

»Signora Rossi, haben Sie diesen Mann jemals gesehen?«

Sie sah auf das Foto und nickte.

»Ja. Er sieht sehr gut aus. Ich habe ihn noch nie persönlich getroffen, aber ich habe sein Foto schon mal gesehen.«

»In der Zeitung?« brach es aus der Contessa fast schon mit einem Schrei heraus.

»O nein. Ein junger Engländer hat es mir gezeigt. Nicht das gleiche Foto, aber es war derselbe Mann darauf abgebildet. Vor mehr als einem Jahr. Er ist mit seiner Freundin hiergewesen. Sie war Französin.«

Urbino und die Contessa warfen sich einen kurzen Blick zu.

»Ich hatte keinen der beiden je zuvor gesehen. Sie waren nicht zur Behandlung hier. Nur für einen Tag. Der Mann hat mir das Foto gezeigt und gefragt, ob ich wüßte, wer das sei. Ich sagte nein. Er war enttäuscht, aber seine Freundin schien froh zu sein, als hätte sie auf diese Antwort von mir gehofft. Er hat mir nicht gesagt, wer dieser Mann war oder warum er sich für ihn interessierte.«

»Hat einer der beiden den Mord an Helen Creel erwähnt?«

»Nein.«

Urbino dachte kurz nach und fragte dann: »Hat sich kürzlich sonst noch jemand hier für die Geschichte von Helen Creel interessiert?«

»Ja, Signor, vor zwei Wochen. Ein italienischer Gentleman, der zur Behandlung hier war. Ein Asthmatiker. Wir haben eine neue Therapie für Asthmatiker – Leibesübungen und Schlamm auf Brust und Rücken. Es wirkt wahre Wunder.« Sie schien zu einem fachlichen Vortrag abzuschweifen, besann sich dann aber: »Er hat mich gefragt, was ich über Helen Creel wüßte. Ich hätte noch nie von ihr gehört, sagte ich. Er war sehr hartnäckig, aber was sollte er machen, als ich alles abstritt? Ich warnte meine Kollegen. Er hat einigen von ihnen Fragen gestellt, aber sie haben ihm nichts erzählt. Schließlich ist es *meine* Geschichte«, sagte sie in einem plötzlichen, unnatürlichen Anfall von Besitzanspruch und Stolz. »Ich hoffe, daß nichts von dem, was ich gesagt habe, für mich oder das Zentrum irgendwelche Schwierigkeiten nach sich ziehen wird.«

»Nicht die geringsten, Signora Rossi«, versicherte Urbino ihr. »Aber erzählen Sie der Polizei von Venedig bitte alles, was Sie auch uns erzählt haben. Sie waren eine große Hilfe.«

Der Ausdruck auf dem Gesicht der Contessa verriet jedoch, daß sie dieser Aussage nicht im mindesten zustimmen konnte.

19

Auf ihrer Rückfahrt nach Venedig herrschte eine ganz und gar nicht einträchtige Stille. Die Contessa hoffte, das Schweigen, das hauptsächlich von ihr ausging, wäre Urbino unangenehm. Tatsächlich aber war er zu tief in Gedanken versunken, um es richtig wahrzunehmen. Er überdachte, was sie von Stella Rossi erfahren hatten und was dies über die Morde an Moss und Quimper aussagte.

Erst als der *motoscafo* am Anlegesteg der Ca' da Capo-Zendrini hielt, ergriff die Contessa das Wort.

»Das alles hat nichts mit Bobo zu tun. Sie sollten dieses sorgsam gewobene Netz eigentlich entwirren, *nicht* sich darin verfangen!« Sie war so erregt, daß sie nicht widerstehen konnte nachzukarten. »Und *nicht* noch eigene Stränge hinzufügen, vielen herzlichen Dank!«

Die Contessa lehnte es ab, sich von Urbino helfen zu lassen, und stieg aus dem Boot. Sie demonstrierte ihre Unabhängigkeit auf beinahe komische Weise, indem sie vorwärts stürmte, ohne Urbino eines weiteren Blickes zu würdigen, so daß er sich wie ein in Ungnade gefallener Lakai vorkam.

Er befand sich einige Schritte hinter ihr und konnte deutlich sehen, daß sie ihre Schultern energisch gerade hielt und den Kopf stolz nach oben reckte. Er holte sie an der Tür des *salotto blu* ein, wo sie stehengeblieben war und das Geschehen im Raum verfolgte. Bobo kniete vor Livia Festa, deren Gesicht tränenüberströmt war. Er hielt eine von Livias fülligen Händen zwischen den seinen und rieb sie. Zu seinen Füßen kläffte Peppino ihn an, als würde er seiner Herrin ein Leid antun. Livia erholte sich als erste von dem Schock, wie es schien, die Contessa eintreten zu sehen. Zumindest war sie diejenige, die zuerst etwas sagte – oder besser rief.

»Orlando ist tot! Genau wie Rosa – und am gleichen Tag!«

Bobo ließ Livias Hand los und stand auf, wobei es ihm mit einer schnellen und zugleich schwungvollen Bewegung gelang, den noch immer kläffenden Peppino mit einem Tritt beiseite zu befördern. Er klopfte den Staub von seiner Hose.

»Am gleichen Tag?« Er wirkte glaubwürdig ratlos und beunruhigt. »Stimmt das wirklich, Livia?«

Die Contessa ließ sich schließlich herab, den Kopf in Urbinos Richtung zu wenden, und sagte: »Jetzt *sehen* Sie, was passiert ist!«

Dann rauschte sie in den Salon, als wolle sie Urbino Gelegenheit geben, in stiller Einkehr seine Schuld zu überdenken.

20

»Er lag einfach da! Er lag mit aufgerissenen Augen auf dem Bett! Seine Hände waren um eine zerknitterte Zeitung verkrampft. Es war furchtbar!«

»Wie kam es, daß Sie ihn gefunden haben?« fragte die Contessa und setzte sich neben Livia auf das Sofa.

»Ich habe einen Schlüssel zu seinem Zimmer. Er hat darauf bestanden, daß ich einen bekomme, nachdem er auf Ihrem Empfang zusammengebrochen war. Ich habe mich jeden Morgen nach seinem Befinden erkundigt.«

»Um welche Uhrzeit haben Sie ihn gefunden?« fragte Urbino.

»Also wirklich, Urbino!« sagte die Contessa mit einem Anflug von Verzweiflung. »Müssen Sie denn so hartnäckig *Sie selbst* sein? Lassen Sie uns allen etwas Zeit, diese neue Schreckensnachricht zu verdauen.«

»Ich ... ich hatte ja keine Ahnung«, sagte Livia. »Sehen Sie, als er nicht ans Telefon ging, machte ich mir große Sorgen. Der arme Orlando. Womöglich ist er gestürzt oder hat einen Anfall erlitten, dachte ich. Ich bin sofort zu seinem Zimmer gegangen und habe mit meinem Schlüssel die Tür geöffnet. »Da war es genau halb neun.« Ich rief seinen Namen, aber er antwortete nicht. Ich fand ihn so vor, wie ich es bereits erzählt habe, und dann bin ich nach unten zur Rezeption gelaufen.« Sie betrachtete ihre gefalteten Hände. »Es war ein solcher Schock für mich. Sie können es sich nicht vorstellen.«

»Vor allem, weil es ihm gestern abend gegen zehn Uhr noch sehr gut zu gehen schien«, sagte Bobo, »aber diese Anfälle können sehr plötzlich auftreten.«

Urbino fiel auf, wie präzise die beiden die Uhrzeiten angaben.

»Er hatte einen Inhalator«, sagte er, weil ihm einfiel, daß das Gerät griffbereit neben den Fotos von Gavas toten Verwandten gelegen hatte. »Ist er Ihnen aufgefallen, Livia?«

»Der muß irgendwo gelegen haben.«

Der Contessa war ihre Entrüstung deutlich anzumerken, als sie Urbino stechend ansah. Dennoch riskierte er eine weitere Frage.

»Wann genau ist Rosa gestorben, Bobo?«

»Rosa hat mit *nichts* von all dem auch nur das geringste zu tun.«

Bobos Gesicht war verschlossen, als bewahre er ein Geheimnis.

Teil III

Die Begierde und das Streben

1

Am nächsten Morgen suchte Urbino Gemelli in der Questura auf und berichtete ihm, was er in Abano erfahren hatte. »Und jetzt ist der Mann tot, der allem Anschein nach dort herumgeschnüffelt hat«, sagte Gemelli.

Gava war irgendwann zwischen Mitternacht und sechs Uhr morgens an Atemstillstand gestorben. Sein Inhalator wurde unterhalb seines geöffneten Zimmerfensters im Garten gefunden. Es befanden sich lediglich seine eigenen Fingerabdrücke darauf – und die des Hotelangestellten, der den Inhalator gefunden hatte.

»Gava könnte der Urheber dieser Drohungen gegen Casarotto-Re gewesen sein und die Beweisstücke in das Zimmer des Pärchens geschmuggelt haben«, sagte Gemelli.

»Aber Gava hat die beiden nicht ermordet! Falls überhaupt, dann wurde er umgebracht, weil er den Mörder kannte, oder vielleicht auch, um uns auf eine falsche Fährte zu locken.«

»Kann sein.« Gemelli zündete sich eine Zigarette an und inhalierte tief. »Es gibt noch eine Neuigkeit. Ihre Contessa hat kürzlich bei der Banca Commerciale Italiana einen hohen Betrag abgehoben.«

Urbino überkam ein eisiger Schauder.

»Vergessen Sie nicht, daß sie fast alle Kosten der Bootsbrücke trägt.«

»Sie hat *Bargeld* abgehoben.«

»Sie wollen andeuten, die Contessa habe das Geld dem Baron gegeben.«

»Wir werden einfach mal abwarten, ob das Geld in den *richtigen* Händen auftaucht. Aber Sie könnten das schneller herausfinden. Sie sind ihr Freund.«

»Vermutlich wird die Contessa eine Einmischung der Polizei wesentlich eher hinnehmen, als die eines engen Freundes!«

»Das stimmt, aber für Sie ist es einfacher, den Schaden so gering wie möglich zu halten. Und wie auch immer sie zu Casarotto-Re stehen mag, sie wird diese Verbindung sofort abbrechen, falls sie glaubt, von ihm für seine finsteren Machenschaften mißbraucht zu werden.«

»Sie kennen die Contessa wirklich nicht«, sagte Urbino, wobei er sich fragte, ob er selbst derzeit von sich behaupten konnte, sie zu kennen. »Sie ist eine sehr treue Freundin.«

»Eine ›treue Freundin‹ vielleicht, aber wie hört sich ›verschmähte Frau‹ für Sie an – oder sogar ›betrogene Geliebte‹?«

Der Commissario grinste Urbino anzüglich durch eine dichte Wolke aus Zigarettenrauch an.

»Livia Festa hat behauptet, sie habe einen Schlüssel zu Gavas Suite«, sagte Urbino in der Hoffnung, von der Contessa abzulenken. »Aber er schien sie nicht zu mögen und wollte nicht, daß sie in seinen Angelegenheiten herumstocherte.«

»Sie *hatte* einen Schlüssel. Jetzt haben wir ihn. Sie sagt, Gava habe vom Hotel einen weiteren Schlüssel erhalten, aber niemand kann das bestätigen. Wir untersuchen gerade die einschlägigen Läden, in denen man ein Duplikat hätte anfertigen lassen können. Festa behauptet, sie habe nichts in dem Zimmer angefaßt. Unter den gegebenen Umständen scheint das zunächst einleuchtend zu sein. Aber warum finden sich ihre Fingerabdrücke nicht auf der Türklinke? Weil sie Handschuhe getragen hat! Morgens um halb neun, wenn sie doch bloß den Flur entlanggehen wollte? Ein Zimmermädchen hat gesehen, wie sie Gavas Suite verließ. Bleich wie ein Laken, sagte sie, und mit einer Handtasche bei sich. Sie hat dem Mädchen nichts von Gavas Tod gesagt. Das Mädchen ging dann in das Nachbarzimmer, um dort aufzuräumen. Sie weiß nicht, ob Festa zurück in ihr eigenes Zimmer gegangen ist oder nicht. Wir hätten nie von diesem Schlüssel erfahren, wenn das Mädchen sie nicht gesehen hätte. Das Zimmermädchen hat ihren Arbeitsplan genau im Kopf. Sie sagt, Festa sei gegen acht Uhr zwanzig aus Gavas Suite gekommen. An der Rezeption ist sie aber erst um acht Uhr vierzig aufgetaucht, behauptet jedoch, sie sei direkt nach unten gelaufen. Ich bezweifle das.«

Urbino war der gleichen Ansicht. Livia hatte zu deutlich betont, sie hätte Gavas Leiche um exakt acht Uhr dreißig gefunden.

»Glauben Sie, daß Festa Gava ermordet hat?«

»Möglich, aber vielleicht hat sie auch nur nachgesehen, ob der Anschlag erfolgreich verlaufen war, und dann hat sie gewissermaßen aufgeräumt.«

Gemelli zog aus dem Papierstapel auf seinem Tisch ein Blatt heraus, wobei er reichlich Zigarettenasche verstreute, und reichte es Urbino.

»Eine Aufstellung von Gavas Habseligkeiten.«

Urbino überflog die Liste. Ziemlich weit oben standen die Fotos, die Gava als seinen »tragbaren Friedhof« bezeichnet hatte. Gava hatte gesagt, man würde sie vermutlich wegwerfen, sobald er gestorben wäre, und jener Tag würde in nicht allzuferner Zukunft liegen. Eine Vorahnung? Oder könnte er einen Grund gehabt haben, um sein Leben zu fürchten?

»Die Medikamente werden noch im Labor untersucht. Eine Flasche war vollständig leer. Sie lag im Badezimmer im Abfalleimer. Auf der Flasche stand der Name einer Arznei, mit der sich Asthmaanfälle verzögern lassen.«

Urbino starrte weiterhin auf die Liste und war verwirrt, obwohl er den Grund dafür nicht genau wußte.

»Es sieht so aus, als habe er nur einen einzigen Inhalator besessen.«

»Und der wurde im Garten gefunden, zwei Stunden bevor Festa die Leiche entdeckt hat.«

»Aber warum sollte man ihn aus dem Fenster werfen?«

»Damit es so aussieht, als wäre Gava gestorben, weil er keinen Zugriff mehr darauf hatte, nachdem der Inhalator ›zufällig‹ heruntergefallen war, nehme ich an.«

»Er scheint am gleichen Tag wie seine Schwester gestorben zu sein – und auf die gleiche Weise. Er war sehr bedrückt, weil der Jahrestag ihres Todes kurz bevorstand, vielleicht sogar verängstigt. Und noch etwas. Moss wußte, wer Gavas Schwester war. Und jetzt sind sowohl Gava als auch Moss und Quimper tot.«

»*Cherchez la femme!* Oder *les femmes:* Gavas Schwester, Helen Creel und Livia Festa! Und welcher Mann steht mit allen dreien in irgendeiner Verbindung? Casarotto-Re, der inzwischen Ihrer Contessa die Gunst erweist! Vielleicht würde sie gern erfahren, daß einer der Kellner von Harry's Bar aussagt, Casarotto-Re und Festa hätten am Abend der Ermordung von Moss und Quimper Händchen gehalten.«

»Sie hatten früher einmal vor zu heiraten. Vielleicht erklärt das ihre Nähe.«

»Kommt drauf an, wie man es sieht. Der Kellner sagt auch, die beiden hätten zeitweilig wütend miteinander gestritten. Allerdings weiß er nicht, worüber.«

2

Auf seinem Rückweg von der Questura fiel Urbino plötzlich auf, wie beunruhigt er war – beunruhigt über die Implikationen von Gavas Tod.

Er mußte zunächst die Richtung überdenken, in die er sich bewegte, und eventuell einige Schritte zu einem entscheidenden früheren Punkt zurückgehen, bevor er sich vollends und verhängnisvoll verzettelte.

Es war ihm außerdem klar, daß Gavas Tod, so kurz nach der Ermordung von Moss und Quimper, kein bloßer Zufall gewesen sein konnte. Die Sache mußte irgendwie mit der Bluttat im Rialto zusammenhängen. Es handelte sich ganz gewiß nicht um zwei verschiedene Mörder.

Gava war rund sechsunddreißig Stunden nach ihrer Unterhaltung im Flora gestorben. Hatte dieses Gespräch direkt zu seinem Tod geführt? Hatte er Urbino etwas erzählt, das jemand anderer geheimhalten wollte?

Urbino erinnerte sich nur zu gut an sein Gefühl der Panik, als er sich im Rialto, wo Moss und Quimper erschossen worden waren, eingeschlossen gefunden hatte. War das ein zufälliges Ereignis gewesen? Oder hatte ihn jemand absichtlich eingeschlossen, um ihn abzupassen und ihm ernstlichen Schaden zuzufügen? Das alles war nur wenige Stunden vor Gavas Tod passiert. Vielleicht hatte sich jemand sowohl seiner als auch Gavas so schnell wie möglich entledigen wollen. Falls das der Fall war, dann lauerte der Mörder bestimmt auf eine weitere Gelegenheit, ihn in die Finger zu bekommen.

Es wäre schon schlimm genug gewesen, wenn er sich nur um sich selbst hätte sorgen müssen, aber da war auch noch die Contessa. Sie befand sich womöglich in Gefahr, und das auch noch als Folge seiner eigenen Ermittlungen. Er würde wesentlich vorsichtiger vorgehen müssen.

Er setzte sich am Rande eines stillen Platzes auf eine Bank. An einer Leine wehten Wäschestücke im kalten Wind. In den großen Wasserlachen spiegelten sich dunkle Wolken. Ein kleiner Junge riß sich von seiner Mutter los, sprang in eine Pfütze und rief: »Kwah, kwah, *acqua*!«

Urbino konzentrierte sich abermals auf das Verzeichnis von Gavas Besitztümern. Vielleicht würde ihm einer der Gegenstände einen Hinweis liefern. Er wünschte, er hätte sich das Blatt kopiert, und versuchte, sich so gut wie möglich daran zu erinnern. Die gerahmten Fotos, eine Schachtel mit losen Fotos, Medikamente, die leere Flasche, die man im Badezimmer gefunden hatte, der Inhalator, die Zeitung vom Vortag, die er umklammert hielt ...

Auf einmal erkannte er, was ihn in der Questura an der Liste gestört hatte. Er ging in ein Café am Platz und rief Gemelli an.

»Ein Adreßbuch? Ich glaube nicht. Lassen Sie mich nachsehen.« Nach einigen Augenblicken – nur das Aufflammen eines Streichholzes und das Rascheln von Papier waren zu hören – sagte Gemelli: »Da ist keines. Sind Sie sicher?«

»Auf jeden Fall. Ich mußte es beiseite räumen, bevor ich mich hinsetzen konnte. Es hatte einen Lederumschlag, ungefähr fünfzehn mal zehn Zentimeter.«

»Also hat es jemand vor oder nach Gavas Tod an sich genommen.«

3

Zu jenem Zeitpunkt befanden sich Livia Festa und Bobo im *salotto blu* der Ca' da Capo-Zendrini. Die Contessa war zur Stadtverwaltung gegangen, um dort einige Einzelheiten im Zusammenhang mit der Bootsbrücke zu regeln.

»Verdammt!« sagte Bobo. »Das dauert ja ewig!«

Bobo und Livia schauten in den Kamin, wo ein kleines Buch mit Ledereinband soeben ein Raub der Flammen wurde. Peppino lag schlafend auf einer Bank.

»Hättest du nicht einfach nur die Seite nehmen können?«

»Sie herausreißen und den Rest übriglassen? Was meinst du, wie lange die Polizei wohl gebraucht hätte, um das zu bemerken?«

»Du hättest ja zwei oder drei Seiten nehmen können. Das hätte sie ein wenig länger beschäftigt.«

»Entschuldige, daß ich nicht deine Geistesgegenwart besitze! Vergiß nicht, daß Orlando mich die ganze Zeit angestarrt hat! Aber ich bin sehr vorsichtig gewesen. Ich habe alles abgewischt, sogar die Türklinke.«

»Du Närrin! Deine Fingerabdrücke hätten auf der Klinke sein *müssen!*«

»Ich wußte ja schließlich nicht, daß mir das Zimmermädchen begegnen würde, oder? Und ich konnte doch nicht einfach wieder hingehen und meine Fingerabdrücke anbringen! Du bist einfältig. Außerdem habe ich dem Commissario gesagt, ich hätte Handschuhe getragen.«

»Noch viel schlimmer! Handschuhe, wenn man morgens nur mal schnell in ein anderes Zimmer will?«

Sie sahen dabei zu, wie der lederne Umschlag Feuer fing. Als das Buch schließlich nicht mehr zu erkennen war, atmeten beide erleichtert auf.

»Und jetzt das hier«, sagte Livia und hielt ein Blatt Papier hoch, auf dem mehrere handgeschriebene Zeilen standen, die mit einer Unterschrift versehen waren. Es verbrannte sehr schnell. »Und das.« Livia warf zwei mit Schreibmaschine verfaßte Seiten hinterher. Sie rollten sich ein, färbten sich schwarz und verwandelten sich zu Asche. Das kleine Buch war inzwischen vollständig verbrannt.

»Ein richtiges Freudenfeuer«, witzelte Bobo.

»Hoffen wir, daß ich alles gefunden habe. Falls nicht ...«

Bobo küßte Livia auf ihre dralle, mit Rouge geschminkte Wange.

»Denk positiv, *cara*. Auf diese Weise versuche ich, all das hier durchzustehen. Alles wird gut. Du wirst schon sehen. Nicht mehr lange, und alles wird für uns gelaufen sein.«

»Nicht mehr lange! Jahre! Ich verstehe nicht, warum du nicht mit dem zufrieden sein kannst, was ich ... was *wir* von Orlando kriegen werden.«

»Ein kleiner Fisch, *cara*, verglichen mit dem, was die Contessa hier im Palazzo herumliegen hat.«

Livia stand wütend auf.

»Diese Schlampe glaubt, sie könnte alles kaufen, was sie will. Sie glaubt, sie könnte *dich* kaufen!«

»Niemand kann mich kaufen! Niemals! Und vergiß das nicht!«

Wie zwei langjährige Freunde, die nicht ständig miteinander reden müssen, saßen sie noch immer genauso da, als die Contessa hereinkam.

»Livia! Welch angenehme Überraschung!« Der Blick der Contessa schweifte durch den Raum und schien für einen Moment auf dem Kamin zu verweilen. »Es ist *fürwahr* ein wenig frostig draußen.« Sie ging näher an den Kamin heran und warf einen kurzen Blick in die Flammen. Als sie sich zu den beiden umwandte, war ihr nicht anzusehen, ob sie an dem Kaminfeuer irgend etwas Ungewöhnliches bemerkt hatte.

4

Als Urbino sich der Eingangstür der Ca' da Capo-Zendrini näherte, sah er Livia Festa eilig das Haus verlassen. Sie hatte ihre Stirn in wütende Falten gelegt und trug Peppino längst nicht so geziert wie sonst auf dem Arm. Der Gesichtsausdruck des Hundes entsprach dem ihren.

»Livia! Ich würde gern kurz mit Ihnen sprechen.«

»Nicht jetzt, falls es Ihnen nichts ausmacht«, sagte sie kurz angebunden und verlangsamte nicht einmal ihren Schritt.

Im Palazzo traf Urbino die Contessa, die gerade nach unten zum *motoscafo* gehen wollte, wo Bobo bereits mit Milo wartete. Die Contessa sah blendend aus. Sie trug ein neues geblümtes Kleid und hatte, falls er sich nicht täuschte, ein neues Parfum aufgelegt.

»Tut mir leid, Urbino. Bobo und ich wollen gerade aufbrechen. Aber ich muß Ihnen noch etwas sagen.« Sie senkte ihre Stimme. »Ich habe heute von Laura gehört.« Laura war ihr Kontakt in der Mailänder Modewelt. »Sie hat mir erzählt, was sie über Flint wußte beziehungsweise noch zusätzlich in Erfahrung bringen konnte. Er ist vor zehn Jahren auf der Bildfläche erschienen. Für einen Zeitraum von ungefähr fünf Jahren ließ sich seine Karriere recht gut an, aber dann ging alles in die Brüche. Es gab Gerede über Drogen, beträchtliche Schulden und ein paar seltsame Leute in seinem Bekanntenkreis. Eine Zeitlang hat er sich in Cinecittà herumgetrieben. Dann hat er sich als Kunstberater selbständig gemacht. Er schien nie Geld zu haben, aber er hatte immer wohlhabende Freunde, zumeist Frauen. Ich bin der Ansicht, keiner von uns beiden sollte Oriana ein Wort davon verraten, zumindest jetzt noch nicht. Sie würde es uns nicht danken und ... na ja, *manchmal* ändern sich die Menschen.«

Mit dieser oberflächlichen Feststellung endete das Gespräch, und Urbino begleitete sie nach unten zur Anlegestelle. Während Bobo ihr ins Boot half, verlor sie fast die Balance.

»Vorsicht, meine Liebe! Du bist in letzter Zeit ein wenig unachtsam. Es ist ein Segen, daß du bis jetzt noch nicht schwer gestürzt bist!«

Nachdem die Contessa und Bobo abgefahren waren, ging Urbino hoch in den *salotto blu,* um sich einen Drink zu mixen. Sobald er den Raum betrat, stieg ihm ein beißender Rauchgeruch in die Nase. Er ging zum Kamin und beugte sich hinunter, um einen Blick auf die schwelende Asche zu werfen.

Hinter ihm ertönten zögernde Schritte. Sie verharrten kurz und näherten sich dann dem Kamin. Urbino stand auf. Harriet schreckte wie eine aufgescheuchte Katze zurück und ließ einige Zeitschriften fallen. Urbino hob sie auf. Es handelte sich um Gesundheits- und Modemagazine sowie um einige Broschüren der verschiedenen Kureinrichtungen in Abano Terme.

»Ach, Sie sind das, Urbino!«

»Es tut mir leid, Harriet. Ich wollte Sie nicht erschrekken.«

»Ist ... ist Barbara hier?«

Ihr Blick richtete sich auf den Kamin.

»Sie ist eben gerade mit Bobo weggefahren.« Urbino reichte ihr die Zeitschriften und Broschüren. Sie schien gleich wieder gehen zu wollen. »Einen Moment noch, Harriet, falls Sie nichts dagegen haben. Ich würde Ihnen gern ein paar Fragen stellen.«

Die unscheinbare Frau wirkte verängstigt.

»Sagt Ihnen der Name Helen Creel etwas?«

»Helen Creel?«

»Sie wurde auf der Postkarte erwähnt, die Sie Barbara neulich gebracht haben. Eine Engländerin, die vor zwölf Jahren in Marcos Kurbad ermordet wurde.«

»Marco Zeoli und ich sind nur lockere Bekannte. Er erzählt mir nichts von dem Klatsch und Tratsch aus Abano, und wenn er es täte, würde es mich nicht interessieren!«

»Sie haben ihn kürzlich sehr spät abends besucht.«

»Es ging um die Behandlungen, wenn Sie es unbedingt wissen wollen.«

»Eigentlich interessiere ich mich mehr für Ihren Rückweg in jener Nacht. Ich habe mich gefragt, ob Ihnen womöglich etwas aufgefallen ist, und sei es noch so weit hergeholt, das in irgendeiner Weise dazu beitragen könnte, etwas Licht auf die Ereignisse zu werfen. Man braucht nicht allzu lange, um von San Polo hierher zurückzukommen. Vielleicht haben Sie ja noch in einem Café gesessen oder von der Rialtobrücke aus auf den Canal Grande geschaut, wie ich selbst es spätabends oft zu tun pflege.«

»Auch nur das Geringste hätte ich schon längst der Polizei erzählt. Ich bin nicht einmal in der Nähe der Rialtobrücke gewesen, sondern habe den Canal Grande auf der Brücke am Bahnhof überquert. Und dann habe ich mich im Nebel verirrt, wie Sie und Barbara ja bereits wissen. Jetzt entschuldigen Sie mich bitte, ich habe noch einiges zu tun.«

Draußen warf Urbino einen kurzen Blick auf die tiefhängenden Wolken. Ein eisiger Wind wehte aus Richtung der

Lagune. Wohin auch immer die Contessa und Bobo gefahren waren, sie würden bald wieder zurückkehren. Die Contessa haßte es, bei Sturm auf dem Wasser zu sein. Zu dieser Jahreszeit konnte das Wetter sehr schnell umschlagen. Es war die Zeit der *acqua alta,* des tückischen Hochwassers, das die Stadt jedes Jahr bedrohte und 1966 verheerende Schäden angerichtet hatte. Er hoffte, daß während der Prozession der Contessa zur Friedhofsinsel gutes Wetter herrschen würde, denn das Ereignis lag nur noch drei Tage entfernt.

In einer Bar bestellte er sich den Campari Soda, den er im *salotto blu* nun doch nicht mehr getrunken hatte, und rief sich die Informationen der Contessa über Flint ins Gedächtnis. Das meiste davon überraschte ihn nicht, am wenigsten die Geldnot des Mannes und seine Beziehungen zu wohlhabenden Frauen. Könnte Flint irgendwie mit den Drohungen gegen Bobo zu tun gehabt haben? Hatte er versucht, auf diese Weise zu Geld zu kommen? Er hatte Moss und Quimper häufiger gesehen als alle anderen. Er und Oriana hatten die beiden auf der Ausstellung im Palazzo Grassi getroffen, sie Urbino in Harry's Bar vorgestellt und sie zu Bobos Premierenabend begleitet. Am Morgen nach der Ermordung des Paares war er mit Oriana sogar zum Flora gekommen, um zu fragen, ob die beiden sie nach Chioggia begleiten wollten. Und Flint wohnte nicht weit vom Gemüsemarkt des Rialto entfernt. Urbino mußte herausfinden, was er in der Mordnacht gemacht hatte, aber zunächst wollte er ein weiteres Mal mit Marco Zeoli sprechen.

5

Bis zum späten Nachmittag war das Wetter schließlich in einen Sturm umgeschlagen, aber die Contessa und Bobo waren noch nicht zurückgekehrt. Während Urbino in einem Wassertaxi über den aufgewühlten Canal Grande schaukelte, hielt er durch das Fenster Ausschau nach dem Boot der Contessa, aber er gab seinen Versuch bald wieder auf.

An einer *fondamenta* in der Nähe von Zeolis Wohnung stieg er aus. Als er durch den Regen eilte und an einer Trattoria vorbeikam, sah er drinnen Zeoli sitzen, eine Karaffe Wein vor sich auf dem Tisch. Urbino trat ein. Er zog seinen tropfnassen Mantel aus und wischte sich das Gesicht mit einem Taschentuch ab.

»Darf ich mich setzen?«

Er wartete die Antwort nicht ab, sondern ließ sich auf dem Stuhl gegenüber von Zeoli nieder.

Zeoli, dessen schmales Goya-Gesicht betrübter als üblich dreinblickte, ließ ein zusätzliches Glas bringen und schenkte ihm Wein ein. Der Duft aus der Küche und Zeolis Schwefelgeruch verbanden sich zu einer ekelerregenden Mischung.

»Sie sind wegen Helen Creel hier«, sagte er mit seiner kalten, präzisen Stimme.

»Stella Rossi hat Ihnen davon erzählt.«

Zeoli nickte. Er wirkte heute noch müder und kränklicher. Offensichtlich brauchte er dringend eine Ruhepause, weitab von Schwefel, Schlamm und stärkenden Wassergüssen.

»Aber ich hatte Sie und die Contessa ohnehin schon gesehen. Es war nicht schwer, mir den Grund Ihrer Anwesenheit auszurechnen. Ich nehme an, Sie möchten, daß ich Stellas Geschichte bestätige.«

»Ja, aber das hätte ich auch anderweitig überprüfen können. Ich möchte vor allem wissen, warum Sie selbst mir nichts davon erzählt haben.«

»Das soll wohl ein Scherz sein! Ich wollte nicht, daß die Creel-Geschichte wieder ausgegraben wird. Die Sache ist schon lange vorbei und vergessen.«

»Offenbar nicht. Denken Sie an die Postkarte. Und Stella Rossi hat gesagt, ein Paar – anscheinend Moss und Quimper – habe sich vor einem Jahr nach dem Baron erkundigt. Sie haben ihr sein Foto gezeigt. Haben die beiden auch mit Ihnen gesprochen?«

»Nein.«

Zeoli goß sich den restlichen Wein ein.

»Was ist mit Orlando Gava? Hat er Sie je nach den Creels gefragt?«

»Nein.«

Gavas Name hatte keine wahrnehmbare Reaktion hervorgerufen. Urbino behielt Zeoli genau im Auge und fragte: »Wissen Sie schon, daß er tot ist?«

»Tot?«

Er schien aufrichtig überrascht zu sein.

»Livia Festa hat ihn in seiner Suite im Flora gefunden. Es scheint, daß er irgendwann zwischen Mitternacht und sechs Uhr gestern morgen an Atemstillstand gestorben ist.«

Zeoli wirkte sichtlich erleichtert.

»Das bedeutet, daß drei Leute, die sich für die Creels interessiert haben, jetzt tot sind«, sagte Urbino.

Zeoli lächelte humorlos.

»Soll das eine Warnung für mich sein? Zum Glück war ich gestern abend von zehn Uhr an bei meiner Mutter in der Wohnung, sonst hätte mir in einer dunklen *calle* womöglich noch dieser umherziehende verrückte Mörder aufgelauert, der Ihrer Ansicht nach die Leute durch Schüsse und Atemstillstände umbringt. Was Helen Creel anbelangt, ich habe sie kaum gekannt. Sie war mit ihrem jungen Sohn da. Ihr Mann – ein Offizier der amerikanischen Luftwaffe – hat sie in Stellas Behandlungsraum erschossen. Dann ist er nach oben auf ihr Zimmer gegangen und hat sich vor den Augen seines Sohnes eine Kugel durch den Kopf gejagt. Das ist alles.«

»Eines daran kommt mir merkwürdig vor. Stella Rossi behauptet, niemand habe Colonel Creel irgendwelche Informationen geliefert, und doch wußte er genau, in welchem Behandlungsraum er Helen finden würde – und in welchem Zimmer sie und ihr Sohn wohnten.«

»Helen Creel hat es ihm vermutlich selbst erzählt.«

»Eher unwahrscheinlich. Stella Rossi sagt, sie wollte von ihrem Ehemann Abstand gewinnen.«

Urbino und Zeoli saßen eine Weile schweigend da und sahen hinaus in den Regen.

»Ich würde gern noch etwas über den Sohn der Creels erfahren«, sagte Urbino schließlich.

»Er war bloß ein Junge, dreizehn, vierzehn Jahre alt. Ich habe oft daran gedacht, wie furchtbar es für ihn gewesen sein muß, daß sein Vater sich direkt vor ihm erschossen hat.«

»Das hat ein lebenslanges Trauma zur Folge, davon können Sie ausgehen. Er wäre jetzt Mitte Zwanzig.« Urbino hielt inne. »Ich nehme an, daß Sie ihn nicht wiedererkannt haben. Stella Rossi hat es anscheinend auch nicht.«

»Was meinen Sie?«

Zeolis Hand mit dem Weinglas zitterte leicht, während er auf Urbinos Antwort wartete.

»Ich glaube, daß Hugh Moss der Sohn von Helen Creel gewesen ist.«

6

Urbino ging im Regen zum Anlegesteg. Einige Gegenden der Stadt standen bereits unter Wasser, und man hatte die bei Überflutungen üblichen Bohlenwege noch nicht errichtet, also mußte er auf dem gleichen Weg zurückfahren. Er bedauerte, keinen Regenschirm mitgenommen zu haben, bis ihm am Wegesrand all die zerfetzten Schirmreste auffielen, Opfer des Windes, der unberechenbar durch die engen Gassen fegte.

Sobald er sich in dem Boot befand, das auf den Wogen des Canal Grande schaukelte, ging er noch einmal seine Gespräche mit Harriet und Zeoli durch. Beide waren nervös, und beide hatten gelogen: Zeoli über den Mord an Helen Creel, Harriet über ihren Rückweg von Zeolis Wohnung zur Ca' da Capo in der Mordnacht.

Eines der größten Probleme bei seinen Ermittlungen bestand darin, die Lügen auszusondern. Es waren sehr viele, aber nur wenige davon hatten mit dem Verbrechen zu tun. Die meisten waren gutgemeint, sollten dem Selbstschutz dienen oder geschahen aus betrüblicher Gewohnheit. Bevor er die tödlichen Lügen ausmachen konnte, mittels derer jemand die schlimmsten Untaten verschleiern wollte, mußte er all die anderen Lügen abwägen – und aussortieren, denn sie waren oft die beste Tarnung für den Mörder.

Was hatte er womöglich übersehen? Welche falschen Annahmen waren ihm unterlaufen? Verleitete ihn seine Abneigung gegen Bobo zu einer Fehleinschätzung nach der anderen? Hatte diese Abneigung letztlich Gava in Gefahr gebracht und seinen Tod nach sich gezogen?

Urbino quälte sich mit diesen Fragen, während das Boot durch dichten Regen den Canal Grande hinauffuhr.

Als Biograph war er daran gewöhnt, das Leben eines Menschen nach der Bedeutung hinter der Fassade zu ergründen und auf der Suche nach den wesentlichen Anhaltspunkten in die Vergangenheit des Subjekts einzutauchen. Er stellte sich diese Vergangenheit oft als eine Brücke vor, manchmal hell und luftig, oft massiv, gelegentlich dunkel und trübselig, die zunächst überquert werden mußte, mit einem schwierigen Schritt nach dem anderen, bevor er die Chance hatte, das Objekt seiner Forschung zu verstehen.

Falls hinter der spöttischen Abano-Postkarte nicht bloß ein teuflischer Schalk steckte, lag auf Moss' und Bobos Vergangenheit der gleiche düstere Schatten, nämlich der Mord an Helen Creel. Welche anderen Verbindungen – sozusagen Schritte auf der Brücke – gab es zwischen diesen beiden Männern? Oder hatte bereits diese eine Verkettung ausgereicht, um die Gewalttaten im Rialto zu provozieren?

Als Urbino bis auf die Haut durchnäßt den Palazzo Uccello erreichte, schwirrte ihm der Kopf vor lauter Theorien. Auf welche Weise – angesichts dessen, was er zu diesem Zeitpunkt wußte und vermutete – mochte es zu den grausamen Morden an Moss und Quimper gekommen sein?

Und ganz gleich, welche Theorie zutraf: Stets befand sich Bobo unheilvoll in ihrem Zentrum.

7

Falls die Contessa sich in einer anderen Gemütsverfassung befunden hätte, wäre es ihr vielleicht ungewöhnlich vorgekommen, daß in der Locanda Cipriani auf Torcello zufällig noch genau zwei Zimmer frei waren. Aber sie war in Gedanken zu sehr mit dem Sturm beschäftigt, um sich zu vergegenwärtigen, daß Bobo, dessen geschultes Auge nach Jahren des Müßiggangs entlang der Mittelmeerküste einen Sturm lange vorher erkannte, entweder ein Meister der Überzeugung oder aber der weitreichenden Planung sein mußte, um dies zu ermöglichen.

»Wir können unmöglich heute nacht noch zurückfahren, Barbara«, sagte Bobo, während sie im Restaurant des Cipriani beim Dessert saßen. Draußen wütete heulend der Sturm.

Unvermittelt kamen der Contessa Ruskins Worte in den Sinn: »Mutter und Tochter – siehe da, beide im Witwenstand –, Torcello und Venedig.« Sie erschauerte und trank einen Schluck Kaffee.

»Es ist alles arrangiert. Milo hat ein Zimmer in einem der Bauernhäuser gefunden. Sieh es als Schicksal«, sagte er und nahm ihre Hand.

»Hier also hat Hemingway dieses schreckliche Buch über Venedig geschrieben«, sagte die Contessa später, oben auf ihrem Zimmer. »Es ging immer nur um Vogeljagden und Trinkgelage in Harry's Bar.«

»›Schrecklich?‹ Der gute alte Colonel, der ›wahrhaft küssen‹ konnte?«

Sie lächelte ihn zurückhaltend an.

»Du siehst heute abend wundervoll aus. Wenn ich gewußt hätte, wie die Angst dich aufblühen läßt, hätte ich hin und wieder dafür gesorgt, daß dich ein angenehmer kleiner Schauder überkommt.«

Er lachte und legte einen Arm um ihre Schultern.

»Du warst den ganzen Tag so abwesend, Barbara, mein Liebes. Genaugenommen seit gestern abend. Es ist wegen Orlando, nicht wahr? Aber man kann leider nichts mehr daran ändern.«

»So ganz allein zu sterben, und dann auch noch genau wie Rosa«, sagte sie, während ihr Festas Beschreibung vom Vortag noch lebhaft in Erinnerung war. »Aber es ist nicht nur wegen Orlando.«

»Was ist es dann? Du bist doch nicht krank, oder?«

»Nein, nicht krank. Aber ich habe Kopfschmerzen.«

Bobo küßte sie auf die Stirn und goß sich dann ein Glas Champagner ein. Nachdenklich nippte er daran. »Es hat doch wohl nichts mit deinem gestrigen Ausflug mit Urbino zu tun, *cara*, oder? Wo seid ihr hingefahren?«

»Nach Abano.«

In dem Moment, in dem sie den Ortsnamen aussprach, verspürte die Contessa ein seltsames und paradoxes Gefühl der Erleichterung und Angst. Sie sah Bobo an. Er wirkte ein wenig neugierig. Ihr wurde klar, was jetzt passieren würde, aber sie konnte nicht länger an sich halten.

»O Bobo! Es war so furchtbar. Wir haben von einem Vorfall gehört, den ich einfach nicht mehr aus dem Kopf bekommen kann.«

Sie rieb sich die Stirn, als würde sie buchstäblich versuchen, die Erinnerung an Stella Rossis Bericht auszuradieren. Nachdem er sich Champagner nachgeschenkt hatte, zog Bobo einen Stuhl zu ihr heran, setzte sich und nahm ihre Hand.

»Vielleicht wirst du dich besser fühlen, *cara*, wenn du mir davon erzählst.«

Zwar hatte Urbino sie ausdrücklich gewarnt, jemandem davon zu erzählen, doch diese Warnung klang jetzt nur noch schwach in ihren Ohren, als die Contessa begann, sich dem Baron anzuvertrauen.

8

An jenem Abend rief Urbino um zehn Uhr in der Ca' da Capo-Zendrini an und erfuhr, daß die Contessa und Bobo noch immer nicht zurückgekehrt waren.

Er nahm sich ein Buch, diesmal ein weniger beunruhigendes als jenes von Henry James, und ging zu Bett. Serena schmiegte sich an seine Seite, und er starrte auf die Seiten, ohne dabei zu lesen. Statt dessen begann er, über den Fall nachzudenken.

Unter Berücksichtigung dessen, was er in Erfahrung gebracht hatte, ergab sich folgendes Bild: Falls die Morde ein ausgeklügelter, teuflischer Versuch waren, Bobo etwas anzuhängen, handelte es sich bei dem Mörder nicht nur um eine emotional gestörte Person, die dies zugleich geschickt verbarg, sondern auch um jemanden, der sich genau mit Bobos Vergangenheit auskannte. Vielleicht stand diese Person – gegenwärtig oder früher – sogar in einer sehr engen Beziehung zu ihm.

Aber Bobo als Zielscheibe für eine solche Tat? Doch Urbino mußte sich nur Bobos Überheblichkeit, sein Geltungsbedürfnis, seine Unverschämtheit, seine Heimtücke – oh, Urbino hätte diese Liste endlos fortsetzen können! – ins Gedächtnis rufen, und schon schien es plausibel. Bobo war die Art Mann, die Haß und Wut ebenso auf sich ziehen konnte wie offenbar Liebe.

Dann erwog Urbino andere mögliche Motive als diesen starken persönlichen Haß auf Bobo. Da war zunächst Geldgier, denn Moss' und Quimpers Kenntnisse könnten jemand anderen dazu verleitet haben, aus diesem Wissen Profit zu schlagen. Und die Contessa hatte vor kurzem eine große Summe Bargeld von ihrem Konto abgehoben. Urbino war sich ziemlich sicher, daß sie dieses Geld Bobo gegeben hatte. Und Bobo hatte es vermutlich an eine andere Person weitergeleitet.

Ein weiteres Motiv war Selbstschutz. Obwohl Moss und Quimper – sowie Gava, falls auch er ermordet worden war – vermutlich kein Leben außer ihren eigenen in Gefahr gebracht hatten, könnten sie sehr wohl etwas bedroht haben, dessen Verlust für gewisse Menschen sogar noch unerträglicher wäre: den guten Ruf.

Und dann gab es noch das Motiv einer völlig verdrehten Fürsorge: durch die Taten nicht den Mörder zu schützen, sondern Bobo oder jemand anderen, der dem Mörder sehr am Herzen lag.

Urbino versuchte, die einzelnen Kandidaten den diversen beunruhigenden Kategorien zuzuordnen. Doch auch wenn er dabei alles andere als Schäfchen zählte, fiel er schließlich in einen nervösen Schlaf.

Die Contessa ertrank in der Lagune, während Urbino sie vergeblich zu erreichen versuchte. Ein qualvoller Schmerz in seinem monströs angeschwollenen Fuß machte seine Bemühungen fast zunichte. Sie trieb immer weiter von ihm ab, ruderte mit den Armen und schrie um Hilfe. Plötzlich stieg Bobo wie Neptun aus den Wogen empor, von seinem attraktiven Haupt strömte das Wasser. Er ignorierte das verzweifelte Flehen der Contessa und schwamm mit kraftvollen Zügen entschlossen auf Urbino zu, der sich auf den Grund der Lagune sinken ließ.

Dort, inmitten von Schlick und Algen, lag ein Kristallsarg. In ihm ruhte Harriet Kolb, deren kurzes braunes Haar sich grau verfärbt hatte und nun sinnlich lang war. In ihren Händen hielt sie einen aufgeplatzten Granatapfel, dessen verhängnisvolle purpurrote Kerne ihr weißes Kleid befleckten.

Als sie ihren Kopf wandte und zu schreien begann, wachte Urbino auf. Er war schweißgebadet, und sein Herz raste.

Drei Uhr fünfzehn. Er wollte in der Ca' da Capo anrufen, riß sich jedoch zusammen. Statt dessen nahm er zwei Schlaftabletten und las, bis er in einen traumlosen Schlummer sank.

Um acht Uhr dreißig weckte ihn das Läuten des Telefons. Noch während er nach dem Hörer griff, erkannte er an dem Licht, das durch die Läden hereindrang, daß der Sturm das Wetter hatte aufklaren lassen.

»Barbara!« sagte er.

»Tut mir leid, Sie zu enttäuschen. Gemelli hier. Ich dachte mir, ich teile Ihnen die neuesten Erkenntnisse mit. Gavas letzter Wille. Eine Kopie davon lag in der Schachtel mit den losen Fotos. Sie ist uns vorher gar nicht aufgefallen. Das Testament wurde vor neun Jahren aufgesetzt. Wir versuchen gerade, seinen Anwalt in Rom aufzutreiben. Raten Sie mal, wer erbt!«

»Der Baron?«

»Nicht eine Lira! Das meiste geht an die medizinische Fakultät in Bologna, im Gedenken an seine Schwester. Die Pflegerin seiner Schwester und ein paar Diener erben kleinere Beträge.« Als Gemelli innehielt, wußte Urbino, daß jetzt der wichtige Teil folgen würde. »Und dann ist da noch Signora Livia Festa: Sie erhält ungefähr das Dreifache meines Jahresgehalts. ›Für Livia Festa, als Anerkennung für ihre Liebe und die Sorge um meine Schwester.‹ Sie sagt, sie hätte nichts davon gewußt.«

»Livia Festa!« Jetzt war Urbino hellwach.

»Indem er Livia das Geld vermachte, wollte Gava vielleicht etwas zu Casarotto-Re sagen.«

Oder etwas *über* ihn, dachte Urbino insgeheim.

»Zweitens«, sagte Gemelli. »Wir haben einen Anruf aus London erhalten. Der Onkel von Moss. Er kommt morgen per Flugzeug mit seinem Anwalt. Es sieht so aus, als sei dies nicht das erste Mal, daß jemand aus seiner Familie in Italien ermordet wurde. Seine Schwester, vor zwölf Jahren. Und Sie werden nie erraten, wer die Frau war.«

»Helen Creel, die Mutter von Hugh Moss.«

»Sie wissen es bereits, Macintyre? Ich dachte, wir würden zusammenarbeiten!«

»Warum lautete Hughs Nachname nicht Creel?«

»Moss ist der Name seines Onkels. Er hat den Jungen aufgezogen, nachdem Creel seine Schwester und sich selbst umgebracht hatte. Er ließ Hughs Nachnamen behördlich ändern.«

»Weiß er, wer der Baron ist?«

»Er hat noch nie von ihm gehört. Er sagt, es habe absolut keinen Grund für Creels Eifersucht gegeben, aber Sie wissen, wie Brüder sind. Man braucht nicht viel Phantasie, um sich zusammenzureimen, daß Casarotto-Re eine Affäre mit Helen Creel hatte und daß ihr Mann dahintergekommen ist. Und der Sohn hat diesen eifersüchtigen Charakterzug seines Vaters geerbt. Die große Frage lautet, wie genau all dies zu den Ereignissen auf dem Gemüsemarkt des Rialto geführt hat. Und es gibt noch etwas, das Casarotto-Re erklären muß. Kurz nachdem er Festa im Flora verlassen hatte, hat Casarotto-Re sich mit Moss gestritten. Auf dem Campo San Luca.« Der Campo San Luca war ein Platz unweit der Rialtobrücke. »Zwei Männer, deren Beschreibung auf Casarotto-Re und Moss paßt, sind in Gegenwart einer Frau aneinandergeraten. Wir haben übrigens seit gestern abend versucht, Casarotto-Re zu erreichen. Weder er noch die Contessa haben unsere Anrufe erwidert.«

Urbino wußte, wie Gemelli reagieren würde, und beeilte sich zu sagen: »Sie sind gestern nachmittag im Boot der Contessa zusammen weggefahren und waren um zehn Uhr abends noch nicht zurück.«

»Und vermutlich sind sie es immer noch nicht! Warum, zum Teufel, haben Sie uns nicht verständigt? Wer weiß, was ihnen zugestoßen ist – oder wahrscheinlich eher *ihr*! Wir werden uns sofort auf die Suche nach den beiden machen.«

Nachdem Gemelli aufgelegt hatte, rief Urbino in der Ca' da Capo an. Die Contessa und Bobo waren noch nicht wieder eingetroffen.

Eine Stunde später erfuhr er im Flora, daß Livia Festa zur Zeit Peppino in den Giardini Reali ausführte. Bevor er sich auf die Suche nach ihr machte, sprach er noch mit dem Zimmermädchen, das gesehen hatte, wie Festa aus Gavas Suite kam.

»Handschuhe, Signor?« fragte sie. »Sie hat ganz bestimmt keine Handschuhe getragen. Die Ringe an ihren Fingern haben so gefunkelt, daß ich sie unmöglich übersehen konnte.«

9

In den Giardini Reali zerrte Peppino an seiner Leine. Seine Schnauze steckte in einem modischen Ledermaulkorb. Livia Festa trug ihre typischen wallenden Gewänder und einen Turban. Sie tadelte den Hund liebevoll, und zu Urbino sagte sie, sie habe Flint vor dem Abend von Bobos Premiere noch nie zu Gesicht bekommen.

»Weder in Cinecittà noch in Mailand. Und ich kann mich auch nicht entsinnen, daß er mir in *Uomo Vogue* oder irgendeinem anderen Modemagazin aufgefallen wäre. Aber wenn er tatsächlich so erfolgreich war, wie Sie sagen, habe ich ihn vermutlich doch gesehen und inzwischen wieder vergessen. Ich bin in meinem Beruf schon immer von gutaussehenden Männern umgeben gewesen. Um bei mir einen nachhaltigen Eindruck zu hinterlassen, müssen sie schon ein wenig mehr als nur ein hübsches Gesicht besitzen.«

»Er hat sich in Cinecittà eine Zeitlang herumgetrieben«, hakte Urbino hartnäckig nach.

»Hat er gesagt, er würde mich kennen?«

»Nein, ich ...«

»Na also.«

Sie gingen unter den gußeisernen Arkaden entlang und vermieden so die Pfützen, in denen sich ein blauer, wolkenloser Himmel spiegelte. Mütter mit Kleinkindern saßen auf den Bänken und plauderten miteinander. Eine Frau, gekleidet in einen Missoni-Sweater und mit einer Bottega-Veneta-Tasche in der Hand, fütterte ein Rudel Katzen mit frischem Fisch. Jenseits der Tore der Gärten, hinter den am Kai gelegenen Souvenirbuden, glitzerte die Lagune in der Sonne.

Als sie an einem kleinen Brunnen vorbeikamen, sagte Livia: »Lassen Sie mich Ihnen etwas über Flint erzählen. Ich würde Oriana besser kennen, könnte ich vielleicht direkt mit ihr sprechen. Wenn wir Frauen uns verlieben, machen wir uns oft zum Narren. Barbara ...«

Doch sie unterbrach sich und fuhr dann eilig fort: »Neulich bin ich mit einem Wassertaxi gefahren. Als wir in der Nähe des Rialto auf einem der Seitenkanäle waren, habe ich Flint in einer verlassenen *calle* gesehen. Bei ihm war ein Mann – eine dunkelhäutige Gestalt mit fleischigem Gesicht, die perfekte Besetzung für einen Halsabschneider. Flint zeigte dem Mann gerade einen Armreif. Zum Glück hat er mich nicht gesehen. Vielleicht sollten Sie Oriana mal fragen, ob sie einen Diamantenarmreif vermißt. Er sah aus wie ein Stück von Bulgari, das ich sie kürzlich habe tragen sehen.«

Es hatte Livia sichtlich Genugtuung verschafft, Urbino von diesem Vorfall zu berichten. Ein Lächeln zog sich über ihr breites Gesicht. Versuchte Sie vielleicht, Flint etwas heimzuzahlen? Urbino mußte an ihre Geschichte von Moss und Quimper in dem florentinischen Handschuhgeschäft denken. Was hatte Gava über sie gesagt? Daß sie stolz darauf war, viel über andere Leute zu wissen? Manchmal konnte ein bestimmtes Wissen dem Wissenden sehr gefährlich werden.

Livias Geschichte über den Armreif und die dunkle Gestalt klang wahr. Die Freundin der Contessa hatte Flints Geldnot erwähnt und auch seine zwielichtigen Bekannten. Und dann war da noch seine merkwürdige Reaktion auf den Anruf in seinem Apartment.

Urbino spürte jedoch, daß Livia versuchte, seine Aufmerksamkeit von etwas anderem abzulenken. Ahnte sie, woran er dachte?

Als sie auf einer Bank Platz nahmen, sagte er: »Sie wissen von Orlando Gavas Testament, nicht wahr?«

»Erst seit die Polizei mir davon erzählt hat. Ich hatte keine Ahnung. Orlando war sehr zurückhaltend, wenn es um solche Dinge ging.«

»In dem Dokument ist von Ihrer Herzlichkeit gegenüber Rosa die Rede.«

»Ich habe getan, was ich konnte. Wir drei sind zusammen in Urlaub gefahren.«

»Nach Taormina?«

»Unter anderem.«

Livia beugte sich vor und nahm Peppino den Maulkorb ab.

Als sie sich wieder aufrichtete, lag ein kalter, abweisender Blick in ihren großen dunklen Augen.

»Sie haben letzte Woche angedeutet, daß Rosa nicht so ganz dem verklärten Bild entsprochen habe, das ihr Bruder von ihr zeichnete«, sagte Urbino.

»Oh, sie war ihm eine gute Schwester!«

»Aber keine ganz so gute Ehefrau, meinen Sie.«

Livia erwiderte zunächst nichts darauf, aber als sie dann das Wort ergriff, sprudelte es nur so aus ihr heraus: »Rosa hat ihre Krankheit dazu benutzt, Bobo nach ihrer Pfeife tanzen zu lassen und alles so zu arrangieren, wie sie es wollte. Was immer Ihnen einfällt: Möbel, Mahlzeiten, Freunde, die Temperatur im Haus, alles! Er mußte stets wie auf Zehenspitzen gehen und hatte sie vor jeder noch so unbedeutenden Entscheidung um Erlaubnis zu fragen. Das ging fast so weit, daß er seine Karriere ruinierte. Bobo ist ein guter Schauspieler und auch ein guter Schriftsteller, wenn es um D'Annunzio geht, doch ohne Rosa wäre er noch sehr viel besser gewesen!«

»Aber sie ist seit zehn Jahren tot. Bobo hat doch seitdem sicherlich ...«

»Aber verstehen Sie denn nicht? Er war doch bereits geformt! Sein Talent war bereits ruiniert!« Das war eine sehr drastische Feststellung, die sie sogleich revidierte: »Er hatte seinen Antrieb verloren. Rosa hatte ihn zermürbt.«

Bobo war einer der am wenigsten »zermürbten« Männer, die Urbino kannte. Ganz im Gegenteil, er schien voller Energie zu stecken, aber womöglich hatte Livia dennoch recht. Sein herausforderndes Benehmen sollte vielleicht nur zahlreiche Wunden verbergen, wenngleich fraglich war, wie viele davon auf Rosas Konto gingen, hatte ihr Bruder sie doch für eine Heilige gehalten.

»Warum hat er sich nicht scheiden lassen?«

Scheidungen waren in Italien seit mehr als zwanzig Jahren legal.

»Er mußte so vieles in Betracht ziehen«, sagte Livia mit leisem Nachdruck.

»Zum Beispiel wie großzügig Rosa ihn in ihrem Testament bedenken würde?«

»Ist Geld für Sie so unwichtig, Signor Macintyre? Sie scheinen viel Wert auf Ihr leibliches Wohl zu legen – soweit Sie es sich leisten können, aber auch soweit Ihre großzügigen Freunde dies vermögen.« Sie ließ diese Aussage einen Moment im Raum stehen und fügte dann hinzu: »Bobo hat Rosa gegeben, was sie wollte. War es verwerflich, daß er erwartete, sie würde am Ende alles ... alles wiedergutmachen?«

»Ich vermute, das hat sie auch.«

»Die Gavas hatten eine Menge Geld.«

Und einiges davon würde bald in ihrer eigenen Tasche landen.

Livia setzte Peppino den Maulkorb wieder auf und erhob sich.

»Ich muß jetzt gehen«, sagte sie.

Urbino erwiderte nichts, bis sie die Gartentore erreicht hatten.

»Ist Ihnen in Orlandos Badezimmer eine leere Medikamentenflasche im Abfalleimer aufgefallen?«

»Ich wuhle nicht in anderer Leute Abfall!«

»Komisch, daß diese Flasche weggeworfen wurde, nicht wahr? Normalerweise hätte er sie doch aufgehoben, um sie nachfüllen zu lassen.«

Livia zuckte die Achseln.

»Orlando war ein seltsamer Mann.« Sie schien es zunächst

dabei bewenden lassen zu wollen, fügte dann jedoch hinzu: »Wir alle werden ihn vermissen.«

Ihr rundliches Gesicht sah täuschend echt bekümmert aus.

»Nur eines noch. Als Sie die Leiche gefunden haben – Sie haben der Polizei erzählt, Sie hätten Handschuhe getragen.« Beide sahen unwillkürlich hinab auf ihre mit zahlreichen Ringen geschmückten Finger. »Und Ihre Fingerabdrücke waren ja auch nicht auf der Türklinke. Aber das Zimmermädchen versichert beharrlich, daß Sie an jenem Morgen keine Handschuhe getragen haben.«

Livia blieb stehen und zog Peppino durch einen Ruck an der Leine zu sich heran.

»Sie weiß nicht, wovon sie redet! Man muß keinen Intelligenztest absolvieren, um Zimmermädchen zu werden, nicht einmal im Flora! Guten Tag!«

Sie bückte sich, nahm Peppino auf den Arm und ging dann entrüstet über die Brücke bei Harry's Bar. Urbino rief von einer nahen Telefonzelle aus Gemelli an.

»Überprüfen Sie den Tod von Rosa Gava Casarotto-Re in Taormina vor zehn Jahren. Vermutlich am gleichen Tag, an dem auch Orlando Gava gestorben ist«, erinnerte Urbino ihn.

10

»John ist bei sich zu Hause, mein lieber Urbino«, sagte Oriana am Telefon. »Zum Glück hat keiner von uns beiden in jener Nacht etwas gesehen! Wir waren hier – die ganze Nacht. Filippo hatte geschäftlich unten in Rimini zu tun. Und nein, ich fürchte, ich weiß nicht, wohin Barbara entschwunden ist. Aber machen Sie sich keine Sorgen. Sie kann schon auf sich aufpassen. Die beiden haben sich vermutlich irgendwo in ein schnuckliges kleines Hotel geflüchtet. Barbara ist bis über beide Ohren rettungslos verliebt! Soll sie nur! So etwas passiert nicht allzuoft im Leben, erst recht nicht in Barbaras Alter. Und was meinen eigenen Liebling angeht, werde ich ihn gleich mal anrufen, damit er nicht weggeht, bevor Sie bei ihm gewesen sind.«

Eine halbe Stunde später befand Urbino sich gegenüber von Flints Wohnung am anderen Ende des kleinen Platzes. Er wollte den Platz gerade überqueren, als sich die Tür des Hauses öffnete. Ein dunkelhäutiger Mann mit einer Aktentasche trat heraus und warf Urbino einen kurzen, abschätzenden Blick zu, bevor er in die gewundene *calle* einbog, die in Richtung Rialtobrücke führte. Urbino wartete einen Moment und klingelte dann bei Flint.

»Was willst du denn noch? Hast du nicht...«, rief Flint in überraschend flüssigem Italienisch und gar nicht schleppend. Er brach ab, als er Urbino erkannte. »Urbino!«

»Könnte ich kurz mit Ihnen sprechen?«

»Ich wollte gerade gehen. Lassen Sie mich meine Jacke holen.«

Flint schloß die Tür ab. Als sie auf dem Platz waren, führte Flint Urbino in die entgegengesetzte Richtung, die der dunkelhäutige Mann eingeschlagen hatte. Flint erzählte von dem Sturm letzte Nacht, und sein Südstaatenakzent wurde dabei immer gedehnter. Er und Oriana hatten den größten Teil des Unwetters vom Wohnzimmer der Ca' Borelli aus verfolgt. »Das Wetter gestern hat mich an die Stürme erinnert, die Sie und ich von zu Hause gewohnt sind«, sagte er. »Gott, wie heftig sie immer vom Golf aus über das Land hereinbrechen! Ich kann mich an einen Sturm erinnern, da war ich neun oder zwölf Jahre alt. Das halbe Land stand unter Wasser, und...«

Flint schwelgte überschwenglich in seinen Erinnerungen. Je weiter sie sich von seinem Apartment entfernten, desto gelöster wirkte er. Nach den Stürmen schwärmte er von einem Kunstgegenstand, auf den er zufällig in einem Antiquitätenladen im Stadtteil Dorsoduro gestoßen war.

Geduldig hörte Urbino der Beschreibung eines schwarz gebeizten Vasenständers von Andrea Brustolon zu, ganz ähnlich denen im Palazzo Rezzonico. Urbino ließ einige passende Bemerkungen fallen und spürte genau, wie nervös der ehemalige Dressman war. Erst als sie aus den feuchten und dunklen Gassen in die helle, klare Luft des Campo San Polo traten, gelang es ihm, einen der Punkte anzuschneiden, die ihn veranlaßt hatten, Flint aufzusuchen.

»Ich versuche, einige Puzzlestücke aus jener Nacht zusammenzufügen, in der Moss und Quimper ermordet worden sind. Jedes winzige Detail kann dabei von Belang sein, ganz gleich, wie unbedeutend es erscheinen mag.«

»Das ist sicherlich richtig.«

»Zum Beispiel sind die beiden vom Flora zum Rialto gegangen. Jemand muß sie gesehen haben.« Urbino sah keine Veranlassung, ihre Begegnung mit Bobo auf dem Campo San Luca zu erwähnen. »Vielleicht haben Sie es vergessen, aber womöglich hat Ihnen ja jemand erzählt, er habe Moss und Quimper gesehen.«

»Und wer sollte das gewesen sein? Ich war den ganzen Abend – und auch die Nacht – mit Oriana zusammen«, betonte er. »Es ist ja wohl nicht so, daß Oriana und ich Verdächtige wären, oder? Ha, ha!«

Sein Lachen schallte über den Campo San Polo.

»Vergessen Sie nicht, was mit Baron Corvo passiert ist«, sagte er.

Flint lächelte, aber er blickte nicht sonderlich amüsiert drein.

»Er hat in diesem Palazzo dort drüben gewohnt, nicht wahr?« fuhr Flint fort. »Die Besitzer haben ihn rausgeschmissen, als sie sahen, wie er sich in seinem Buch über ihre Gastfreundschaft mokiert hatte. Sei deinen Freunden gegenüber loyal – und auch den Freunden deiner Freunde! Können Sie sich Orianas Reaktion vorstellen, wenn sie erfährt, daß wir auf Ihrer Liste stehen, an welcher Position auch immer? Übrigens, wenn Sie sich näher mit Corvo beschäftigen würden, wäre das bestimmt ein Gewinn für Sie. Sie sollten ein Buch über ihn schreiben.«

»Vielleicht werde ich das eines Tages. Soweit ich weiß, waren Sie in Cinecittà, nachdem Sie den Laufsteg verlassen hatten«, sagte Urbino, um nicht das Thema aus den Augen zu verlieren, während sie den Platz in Richtung auf ein Café überquerten.

»Nur ganz kurz. Das war nichts für mich.«

»Haben sich Ihre und Livia Festas Wege dort gekreuzt?«

»Ich wurde ihr einmal an einem der Drehorte vorgestellt. Ich bezweifle allerdings, daß sie sich noch daran erinnert.«

Er wartete darauf, daß Urbino diese Aussage bestätigen würde, aber Urbino wußte, wann es besser war, den Mund zu halten.

Als sie das Café erreichten, unterbrach Flint schließlich das Schweigen, und zwar mit einem richtiggehenden Wortschwall: »Sie haben nach Livia gefragt, weil Sie glauben, daß an Gavas Tod irgend etwas nicht stimmt, oder? Sie denken vermutlich, es habe etwas mit den beiden Morden zu tun. Oriana und ich wissen nur, daß Livia die Leiche des alten Mannes gefunden hat, aber soweit ich es gesehen habe, hat sie sich nie auch nur im entferntesten verdächtig verhalten. Dennoch könnten Sie recht haben. Wer auch immer Moss und Quimper ermordet hat, muß sich auch den alten Gava vorgenommen haben. Das ergibt wirklich Sinn. Vielleicht kann ich auf Ihrer Liste einige Stellen nach unten wandern, wenn ich Ihnen erzähle, daß ich in jener Nacht bis in die frühen Morgenstunden mit meiner Vermieterin und deren Bruder in ihrer Wohnung, direkt über meinem Apartment, Karten gespielt habe.«

»Danke für das Alibi, aber ich habe nichts von Gava gesagt.«

»Das brauchten Sie auch nicht! Ich merke doch, daß Sie der Ansicht sind, all diese Vorfälle seien miteinander verknüpft. Und ich bin der gleichen Ansicht! Finden Sie Gavas Mörder, und Sie haben denjenigen, der auch Moss und Quimper umgebracht hat.«

»Das könnte durchaus der Fall sein«, sagte Urbino. »Bei all Ihren Treffen mit Moss . . .«

»›All meinen Treffen‹!« fiel Flint ihm ins Wort. »Hören Sie mal! Es gab kaum welche!«

»Mehr als bei jedem anderen, soweit ich weiß, mit Ausnahme seines Mörders vermutlich.«

Urbino ließ diesen Satz eine Zeitlang wirken, während Flint ihn beharrlich anstarrte.

»Hat Moss – oder auch Quimper – je den Namen Helen Creel erwähnt?«

Flint runzelte die Stirn.

»Helen Creel?« wiederholte er. »Nein, von jemandem dieses Namens war nie die Rede. Ich würde mich daran erinnern.«

Flint ließ sich auf einen Stuhl vor dem Café fallen und winkte nach dem Kellner.

»Kaffee? Ich lade Sie ein.«

Urbino lehnte ab und machte sich in Richtung Rialto auf den Weg.

11

Nachdem er Flint verlassen hatte, zog Urbino kurz in Betracht, zu Flints Wohnhaus zurückzukehren und seine Vermieterin nach dem Kartenspiel zu fragen. Er entschied sich jedoch dagegen. Selbst wenn er von ihr eine Antwort auf seine Frage erhalten würde – und das war oftmals schwer genug, da er, anders als die Polizei, nicht in offiziellem Auftrag tätig war – hielt er es für keine gute Idee. Sie könnte Flint erzählen, daß er sie aufgesucht hatte, und das wäre Urbino alles andere als recht gewesen.

Außerdem spürte er irgendwie, daß Flint dieses Alibi niemals von selbst erwähnt hätte, wenn es nicht stichfest gewesen wäre. Im Gegensatz zu Oriana würde seine Vermieterin nicht so schnell zu seinen Gunsten lügen.

Was hatte Flint gesagt? Er hätte »bis in die frühen Morgenstunden« Karten gespielt. Angenommen, es wäre drei oder sogar vier Uhr gewesen, als sie aufhörten. Er hätte immer noch die Möglichkeit gehabt, hinüber nach San Marco zu gehen, sich ins Flora zu schleichen und Gava zu ermorden.

Möglich, aber eher unwahrscheinlich. Mit Sicherheit wäre es jemandem vom Personal aufgefallen, wenn er um diese Tageszeit das Hotel betreten hätte. Die Straßen von Venedig leerten sich für gewöhnlich sehr viel früher.

Anstatt geradeaus zum Rialto weiterzugehen, wanderte Urbino durch die gewundenen *calli* von San Polo, hing hundert Fragen nach und wurde zunehmend nervöser wegen der Abwesenheit der Contessa.

Die hölzernen Bohlenwege waren noch immer aufgebaut, aber das meiste Wasser des jüngsten Sturms war inzwischen entweder verdunstet oder zwischen den Pflastersteinen versickert. Innerhalb weniger Minuten war Urbino völlig in Gedanken versunken. Die bröckelnden Fassaden der Palazzi, die schiefen Brücken und verlassenen Plätze um ihn herum traten schon bald in den Hintergrund seiner Wahrnehmung.

Grübelnd achtete er nicht mehr auf den Weg, bog mehrmals unwillkürlich ab und fand sich schließlich in einer ihm fremden, menschenleeren *calle* wieder. Bestimmt würde er an der nächsten Ecke erkennen, wo er sich befand, oder der Name der *calle*, der an eine der Hauswände gemalt war, würde es ihm verraten.

Aber als er das Ende der engen *calle* erreichte und einen Blick in die nächste warf, wußte er noch immer nicht, wo er war. Der Straßenname auf der abblätternden Fassade sagte ihm nichts. In schneller Folge fühlte er sich erst verloren, dann verärgert und schließlich beunruhigt, denn er konnte sich des plötzlichen Eindrucks nicht erwehren, daß ihm jemand folgte. Er wußte nicht, ob sich in diesem Moment sein sechster Sinn meldete oder ob diese Ahnung noch von den angsterfüllten Minuten hinter den verschlossenen Toren des Gemüsemarktes im Rialto herrührte, aber das Gefühl war sehr stark.

Er ging die *calle* entlang und lauschte auf das Geräusch von Schritten, die ihm folgten, aber er hörte nichts. Dennoch ließ seine Angst nicht nach, sondern wurde zunehmend stärker, während in seiner Vorstellung immer wieder das Bild der blutigen Leichen von Moss und Quimper aufblitzte. Erneut empfand er die starke Gewißheit, daß es weitere Gewalttaten geben würde.

Als plötzlich, wie zum Spott, vor ihm ein vertrauter Platz erschien, erkannte Urbino überrascht, wie weit er vom Weg abgekommen war. Er versuchte sich zu beruhigen, indem er sich vor Augen führte, daß seine Kopflosigkeit von nichts weiter als seiner überspannten Phantasie herrührte. Dann schlug er den Weg zur Ca' da Capo-Zendrini ein.

Nach einigen Minuten stand er auf einer Brücke und blickte auf einen verfallenden Palazzo. Er kam oft hierher, um sich dieses spezielle Gebäude anzuschauen, denn Henry James hatte es in einer seiner Geschichten beschrieben, in der es um betrügerische Machenschaften und die privaten Papiere eines berühmten amerikanischen Dichters ging. Der alte Palazzo besaß einen Garten, den man von der Brücke aus nicht sehen konnte. Dieser Garten spielte in der Erzählung eine bedeutende Rolle, und auch Napoleon hatte ihn einst besucht. Urbino hatte selbst schon inmitten des zugewucherten Gartens gestanden, und er konnte sich noch gut an das Gefühl von Melancholie und Rätselhaftigkeit erinnern, das er dabei empfunden hatte.

Aber an diesem Nachmittag mußte er weniger an Napoleon und James denken, sondern vielmehr an Bobo und die Morde im Rialto, denn D'Annunzio hatte den nach Obst und Jasmin duftenden Garten in *Feuer* beschrieben und ihn mit der »Seele des Exils« verglichen. Bobo hatte Teile dieser Beschreibung in *Granatapfel* übernommen.

Am Abend des Empfangs der Contessa waren Moss und Quimper durch den gänzlich anderen Garten der Ca' da Capo geschlendert. Hatten sie sich mit jemandem getroffen? Hatte jemand ihre Unterhaltung in der Pergola belauscht? Urbino versuchte sich ins Gedächtnis zu rufen, wo jeder einzelne sich zu diesem Zeitpunkt befunden hatte, unmittelbar vor Gavas Zusammenbruch.

Wo genau mochten sich Harriet und Bobo während der Morde aufgehalten haben? Beide behaupteten, sie seien zu Fuß unterwegs gewesen, aber vielleicht hatten sie ja dieselbe

Strecke gewählt. Womöglich waren sie sogar zusammen gegangen.

Harriet schien sich inzwischen vor Bobo zu fürchten, aber vielleicht hatte die Contessa recht und Harriet hatte sich tatsächlich in ihn verliebt. Sobald das geschehen war, hatte er sie eventuell in irgendeiner Weise benutzt, weswegen sie sich jetzt schämte.

Während Urbino diese neuen Gesichtspunkte überdachte, verließ er die Brücke und begab sich schnellen Schrittes zur Ca' da Capo.

12

»Sehen Sie mich nicht so an!« sagte die Contessa später an jenem Nachmittag, als Urbino den *salotto blu* betrat.

»Wie sehe ich Sie denn an?« fragte er. Er war sich nicht sicher, welches seiner widerstreitenden Gefühle auf seinem Gesicht zu erkennen war. Seine Überraschung, sein Ärger oder vielleicht sogar seine Bewunderung, denn die Contessa sah ausgesprochen attraktiv aus, wie sie dort in strahlendes Sonnenlicht getaucht auf dem Sofa saß.

»Als würden Sie ein Gespenst erblicken.«

Angesichts der Tatsache, daß sie vor Gesundheit und Vitalität zu strotzen schien, zwang dieser Vergleich Urbino zu einem Lächeln.

»Soll dieses Grinsen heißen, daß Sie nicht wütend auf mich sind?«

»Ich bin vor lauter Sorge ganz krank gewesen, und das wissen Sie! Wo waren Sie?«

»Auf Torcello.«

»Torcello! Seit gestern nachmittag?«

»Sie haben doch gesehen, was für ein Sturm das war! Gott sei Dank waren in der Locanda Cipriani noch zwei Zimmer frei.«

»Ein echter Glücksgriff! Sie hätten mich anrufen können! Die Telefonleitungen waren nicht unterbrochen. Aber ich schätze, Sie haben nicht einmal daran gedacht. Es hat zwei Morde gegeben – vielleicht drei, wenn man Orlando dazuzählt.« Er mixte sich einen Drink und nahm Platz. »Und Bobo? Wie geht es *ihm*?«

»Nicht so gut im Moment. Er hat sich sofort nach unserer Rückkehr ins Bett gelegt. Vielleicht eine Grippe.«

»Ich möchte mit ihm reden.«

»Da werden Sie sich gedulden müssen! Und Gemelli auch. Er hat ein halbes Dutzend Nachrichten hinterlassen. Ich werde es nicht zulassen, daß einer von Ihnen beiden den armen Mann mit irgendwelchen dummen Fragen belästigt.«

Sie sah ihm stumm zu, wie er einen Schluck trank.

»Offenbar sind Sie nicht in der Stimmung, mir zu erzählen, was das alles soll.«

»Wissen Sie wirklich, wie es zur Zeit um meine Stimmung bestellt ist, Barbara?«

Glücklicherweise blieb der Contessa eine Antwort erspart, denn Harriet betrat den Raum. Ihr Gesicht war bleich und ausgelaugt. Sie reichte der Contessa eine Mappe.

»Mein Gott, Harriet! Sie sehen zu Tode erschöpft aus!« sagte die Contessa.

»Gehen Sie gleich nach Hause, meine Liebe. Noch besser, bleiben Sie hier, wo man sich richtig um Sie kümmern kann. Wir lassen für Sie und Bobo den Arzt kommen.«

»Nein, bitte! Ich möchte lieber nach Hause, wirklich! Ich gehe davon aus, daß die Briefe in Ordnung sind. Entschuldigen Sie mich.«

Nachdem Harriet gegangen war, sagte die Contessa: »Ich vermute, wir haben hier ein Beispiel für unerwiderte Liebe vor uns.«

»Glauben Sie immer noch, daß sie sich nach Bobo verzehrt?«

»Nach wem sonst? Ach ja, ich vergaß! Marco Zeoli. Nun, vielleicht haben Sie recht, aber der Mann sollte besser sehen, was er für sie tun kann, bevor sie völlig zusammenbricht.«

»Was wissen Sie über Harriet, Barbara?«

»Was ich über sie weiß? Sie ist die beste Sekretärin, die ich je hatte!«

»Und ihre Referenzen?«

»Tadellos! Was *ist* nur heute mit Ihnen los, Urbino? Jetzt ziehen Sie auch noch die arme, hilflose Harriet mit hinein!«

Sie spielte die Beleidigte, was nach Urbinos Erfahrung länger andauern konnte, als seine Geduld ihn ertragen ließ. Normalerweise konnte man sie durch Aufheiterungen oder gutes Zureden erweichen, aber an diesem Nachmittag war er nicht geneigt, es zu versuchen. Sie war bereits verärgert, nun, dann konnte er das Maß auch voll machen.

»Ich muß Sie etwas fragen, Barbara. Gemelli weiß, daß Sie von Ihrem Konto bei der Banca Commerciale Italiana einen großen Betrag abgehoben haben und daß ...«

»*Wie bitte?* Wie kann er es wagen! Ich lasse ihn direkt wieder zurück nach Sizilien schicken, und glauben Sie nicht, mir wäre es nicht bitterernst damit!« Sie starrte ihn wütend an. »Wie konnten Sie das zulassen?«

»Ich bin wohl kaum in der Position, die Polizei von etwas abzuhalten, das sie tun will – und tun muß. Man muß Sie schützen.«

»Na, was für ein toller Schutz, Sir Galahad! Ich kann selbst auf mich aufpassen, herzlichen Dank! Was immer ich mit meinem Geld tue, geht ausschließlich mich etwas an! Alvise hat mir da nie hineingeredet. Ich habe großzügig abgegeben, wie Sie sehr gut wissen! Und ich habe dabei auch gesunden Menschenverstand bewiesen, wie ich hoffe, und ich brauche weder Ihnen noch Gemelli darüber Rechenschaft abzulegen wie irgendein Ladenbesitzer im Rialto!«

Kaum daß sie den Rialto erwähnt hatte, mußte sie an die Morde denken und beruhigte sich ein wenig. Sie sah Urbino mit einem beinahe verzweifelten Gesichtsausdruck an: »Ich bin schon so sehr darin verstrickt, verstehen Sie? Ich fühle mich, als müßte ich ertrinken.«

Und tatsächlich atmete sie langgezogen und tief ein, als würde sie nach Luft ringen.

»Glauben Sie, ich möchte mich so fühlen? Glauben Sie nicht, daß ich anders *sein* würde, wenn ich könnte?«

Als Urbino nichts darauf erwiderte, funkelte sie ihn zornig an, als habe er ihr entschieden widersprochen.

»Mir ist egal, was Sie denken! Mir ist egal, was alle anderen denken! Die einzige Person, die mich wirklich versteht, ist Oriana.«

»Oriana! Seien Sie nicht albern! Ich hoffe, Sie nehmen sich nicht *sie* als Vorbild! Oriana und ihre zahllosen Gigolos!«

»Mir ist sehr wohl bewußt, daß Oriana nicht unbedingt eine Heilige ist, aber sie hat keine Angst vor Gefühlen! Sie folgt ihrem Herzen, wohin auch immer es sie führen mag.«

»Eines schönen Tages zu ihrem und Filippos Untergang! Aber Sie werden sie auf diesem Weg womöglich noch überholen! Verzeihen Sie, Barbara. Ich glaube, es ist besser, wenn ich jetzt gehe. Ich komme morgen noch mal vorbei, wenn Bobo ausreichend Schönheitsschlaf bekommen hat.«

13

Auf dem *traghetto,* der ihn über den Canal Grande zum Viertel San Polo übersetzte, starrte Urbino direkt nach vorn auf das gegenüberliegende Ufer.

Er bedauerte nichts von dem, was er der Contessa gesagt hatte. Er war dafür verantwortlich, sie vor sich selbst zu beschützen. Ja, er war eifersüchtig, aber er war deswegen nicht vollständig blind für das, was vorging – und es brachte ihn ganz bestimmt nicht auf abwegige Gedanken! Man konnte Bobo nicht trauen. Er war auf jeden Fall ein Lügner und Betrüger, und das war schon gefährlich genug für die Contessa.

Und sie schien Zweifel zu haben. Was hatte sie gesagt? Daß sie tief in die Sache verstrickt war und glaubte, sie würde ertrinken. War es möglich, daß sie etwas über Bobo wußte, was sie für sich behielt? Etwas, das Urbino wissen sollte? Ihre trotzige Bemerkung, sie müsse ihrem Herzen folgen, konnte darauf hindeuten, daß sie sich davor zu fürchten begann, wohin ihr Gefühl sie führen würde.

Er konnte die Contessa am besten dadurch schützen, daß er sein Mißtrauen gegen Bobo nicht als reine Eifersucht abtat. Je mehr er über Moss und Quimper und die Nacht ihrer Ermordung erfuhr, desto eher würde er Bobos wahren Machenschaften auf die Spur kommen, davon war er überzeugt.

Urbino stieg aus der Gondel und ging schnellen Schrittes zu Zeolis Apartment. Marco würde nicht vor einer Stunde zurück sein, und dann würde er bestimmt erst noch einen Abstecher in die Trattoria machen.

Eine Pflegerin öffnete auf sein Klingeln die Tür und führte ihn in ein dunkles Zimmer. Die einzige Lichtquelle war ein flimmernder Fernsehapparat auf voller Lautstärke. Die Pflegerin ging hinaus.

Urbino wollte sich gerade vorstellen, als die verhutzelte alte Frau auf dem Sofa rief: »Sie sind Signor Macintyre, der Amerikaner! Marco erzählt von Ihnen. Vielleicht möchten Sie mehr Licht. Junge Leute mögen das Dunkel nicht. Ziehen Sie einfach die Vorhänge auf.«

Er ging zum Fenster und zog die Vorhänge beiseite. An der Außenseite der Scheibe war ein kleiner Spiegel dergestalt angebracht, daß man mit seiner Hilfe einen Teil des *campo* vor dem Haus überblicken konnte.

»Das ist genug vom täglichen Leben für eine alte Frau«, sagte Signora Zeoli, als sie bemerkte, daß er den Spiegel betrachtete. »Und *das* da.« Sie nickte mit ihrem weißen Haupt in Richtung des Fernsehers, wo gerade Zorro durchs Bild ritt. »Sie können den Ton leiser stellen.«

»Es ist nicht zu übersehen, daß Ihr Sohn sich um Sie kümmert«, sagte Urbino, nachdem er ihrer Aufforderung nachgekommen war.

»Seien Sie nicht so durchtrieben, junger Mann! Sich auf diese Weise bei mir anbiedern zu wollen! Ich habe Sie noch nie gesehen und auch nicht diese eingebildete Baronessa oder Contessa oder was immer sie zu sein glaubt.« Sie starrte eine Weile auf den Fernsehschirm und fügte dann besänftigt hinzu: »Sie ist recht nett zu Marco. Ich schätze, damit sollte ich mich zufriedengeben. Aber nur weil ich nicht zu ihren schikken Bällen oder was auch sonst immer gehen kann, ist das kein Grund für sie, sich hier nicht blicken zu lassen!«

»Ich werde ihr Ihre Einladung ausrichten.«

»Wagen Sie es nicht! Ich würde sie direkt in ihr Museum zurückscheuchen! Warum fragen Sie mich nicht einfach, was Sie mich fragen wollen, junger Mann, und versuchen gar nicht erst, höflich zu sein? Das ist reine Zeitverschwendung.«

»Ich schätze Ihre Aufrichtigkeit, Signora. Ich möchte Ihnen ein paar Fragen im Zusammenhang mit den Morden auf dem Gemüsemarkt des Rialto in der letzten Woche stellen.«

»Das junge Paar, das erschossen wurde. Man müßte selbst tot sein, um nichts davon gehört zu haben.«

»Haben Ihre Freunde im Viertel Ihnen etwas erzählt, das der Polizei bei der Lösung des Falles helfen könnte?«

»Nichts! Und glauben Sie nicht, mein Marco wüßte mehr, denn das ist nicht der Fall! Er hätte mir davon erzählt. Wie dem auch sei, er war in jener Nacht hier in der Wohnung. Er ist schon seit mehreren Wochen jeden Abend hiergeblieben, um mir Gesellschaft zu leisten – außer anläßlich des Balls der Contessa«, fügte sie eilig hinzu. »Ich hoffe, Sie sind auch so gut zu Ihrer Mutter.«

»Er hat an dem Abend vor den Morden Besuch bekommen.«

»Das will ich wohl meinen! Eine hagere Frau, dürr wie ein Besenstiel, mit spitzem Gesicht. Die Sekretärin dieser Contessa. Warum eine einzelne, alleinstehende Person eine Sekretärin benötigt, werde ich nie verstehen. Nun, sie scheint eine zu haben, die kaum einen Bleistift halten kann, oder was auch immer die heutzutage machen müssen. Ständig krank, wenn man ihr so zuhört. Vielleicht glaubt sie, daß Marco eine Kur für sie weiß.«

Dieser Gedanke ließ sie in schallendes Gelächter ausbrechen, das jählings in einen Hustenanfall mündete. Urbino reichte ihr ein Glas Wasser.

»Wann ist Signorina Kolb an jenem Abend gegangen?«

»Zu der gleichen Zeit, die Marco Ihnen genannt hat, falls Sie ihn gefragt haben«, herrschte sie ihn an. »Kurz vor elf.«

Harriet war nicht vor halb eins wieder in der Ca' da Capo-Zendrini eingetroffen.

»Viel zu spät für meinen Geschmack. Nervös wie eine Katze war sie. Zu aufgeregt, um auf den Gedanken zu kommen, daß andere Leute vielleicht zu Bett gehen wollten.«

Urbino entschuldigte sich, ihre Zeit in Anspruch genommen zu haben, was der freimütigen alten Frau sicherlich wie ein Übermaß an Höflichkeit vorkommen mußte. Er drehte die Lautstärke des Fernsehers wieder auf und ging.

14

»Bobo fühlt sich nach wie vor nicht wohl«, sagte die Contessa kühl, als Urbino am nächsten Morgen in der Ca' da Capo-Zendrini eintraf.

»Haben Sie einen Arzt gerufen?«

»Er will keinen Arzt. Er sagt, er benötige lediglich ein wenig Ruhe.«

Sie sah selbst danach aus, als könne sie mehr Ruhe gebrauchen. Gestern hatte sie gesagt, sie fühle sich wie eine Ertrinkende, und heute konnten die verräterischen Anzeichen ihrer Sorge dem scharfen Blick und mitfühlenden Herzen eines Freundes unmöglich verborgen bleiben. Die leichte Atemnot. Die weit aufgerissenen Augen, die nach einem Halt zu suchen schienen. Sogar ein schwacher Anflug von Verzweiflung.

»Ruhe hin oder her, ich muß mit ihm sprechen. Es wäre mir lieb, wenn Sie dafür Sorge tragen würden, daß ich ihn sehen kann – zu *Ihrem* und zu seinem Besten. Der beste Weg, ihn zu beschützen – ihm zu zeigen, daß Sie sich um ihn sorgen –, liegt darin, daß Sie ihn drängen, mir alles zu erzählen, das auch nur im entferntesten von Bedeutung sein könnte. Und auch umgekehrt ist es für ihn der beste Weg, *Ihnen* gegenüber das gleiche zum Ausdruck zu bringen! Ich versichere Ihnen, Barbara, er verheimlicht etwas, und Sie haben ein Recht darauf, es zu erfahren!«

Die Contessa starrte auf das Gemälde von Veronese über dem Kamin.

»Sie benehmen sich in letzter Zeit verwirrend und beängstigend!« sagte sie. »Ihr jüngstes Verhalten und all diese schrecklichen Dinge wirbeln in meinem Kopf durcheinander! Die Prozession nach San Michele morgen abend wollte ich eigentlich in einem gänzlich anderen Gemütszustand begehen. Wie konnte das alles nur so schnell über uns hereinbrechen, frage ich Sie? Der Tag der Toten.« Sie schüttelte langsam den Kopf. »Es kommt immer wieder jemand hinzu, den man auf die dunkle Liste setzen muß, nicht wahr? Jetzt der arme Orlando. Ja, Urbino, ich werde mit Bobo reden. Ich werde ihn bitten, jeden Winkel seiner Erinnerung zu durchforsten, ob er nicht doch etwas weiß, das ihm helfen könnte. Uns.« Sie fügte erläuternd hinzu: »Uns dreien. Aber Sie täuschen sich in ihm, glauben Sie mir. Sie werden noch an meine Worte denken!«

Sie schenkte ihm ein strahlendes, tapferes Lächeln.

»Sagen Sie mir, Barbara, wäre Oriana in der Lage, zugunsten von Flint zu lügen?«

»Ich schätze, mein Lieber, daß eine verliebte Frau noch zu weitaus Schlimmerem in der Lage wäre!«

»Es mag wohl sein, daß Oriana sich diesmal verliebt hat, aber Flint ist gerissen. Er steht sich selbst am nächsten. Übrigens, mir ist aufgefallen, daß Oriana schon länger nicht mehr ihren mit Diamanten und Saphiren besetzten Armreif getragen hat.«

»Den Bulgari? Den sie von Filippos Mutter bekommen hat? Sie haben recht, ich glaube, sie hat ihn *tatsächlich* seit einiger Zeit nicht mehr getragen. Sie liebt dieses Schmuckstück sehr, Aber was wollen Sie damit andeuten? Ach, ich verstehe schon! Flint hat es sich unter den Nagel gerissen, meinen Sie *das*? Sie sind vermutlich der Ansicht, Oriana sollte in der Ca' Borelli alle Wertgegenstände wegschließen. Womöglich glauben Sie, *ich* sollte ebenso verfahren! In Venedig trifft man ja buchstäblich hinter jeder Gondel auf einen Mitgiftjäger!«

Es gab so vieles, was Urbino ihr sagen wollte, so viele Hypothesen, die er gern mit ihr besprochen hätte, aber langsam wurde er ihr gegenüber mißtrauisch. Sie würde den Inhalt ihres Gesprächs vermutlich nur zu bereitwillig und vertrauensselig an Bobo ausplaudern, was sich als verhängnisvoll erweisen konnte. Nein, er zog es vor, die Reaktion dieses Mannes im Auge zu behalten und selbst festzulegen, was Bobo erfuhr und was nicht.

Mauro kündigte Livia Festa an, die mit Peppino unter dem Arm direkt hinter ihm stand. Alle beide – Hund und Herrin – ließen ihren Blick aus gleichen dunkelbraunen Augen durch den Raum schweifen.

»Ist Bobo hier?«

»Ich fürchte, er ist unpäßlich«, sagte die Contessa frostig. »Warum nehmen Sie nicht Platz, meine liebe Livia. Möchten Sie einen Napf? Für Ihren Hund, meine ich.«

»*Peppino*«, verbesserte Livia sie. »Nein danke, wir möchten beide nichts, Barbara. Ich bin wegen Bobo hier. Bitte verzeihen Sie, wenn ich unhöflich erscheine, aber ich *muß* mit Bobo sprechen.«

Livias draller Körper wirkte angespannt. Aus ihrem Haarnetz lugten einige Strähnen hervor, und sie schien ihr Make-up in allergrößter Eile aufgelegt zu haben.

»Aber ich habe es Ihnen doch gerade gesagt, Livia. Bobo ist unpäßlich.«

»Ich habe ihn bestimmt schon weitaus unpäßlicher erlebt, als er es im Moment ist. Mit Sicherheit weitaus unpäßlicher, als Sie ihn je erlebt haben. Ich *muß* mit ihm sprechen.«

»Ich fürchte, das kann ich nicht zulassen, Livia. Dies hier ist mein Haus. Ich habe meinen Gästen gegenüber eine gewisse Verantwortung.«

»›Gäste‹! Das gefällt mir! Meinen Sie nicht, Sie sollten herausfinden, ob Bobo mit mir sprechen möchte? Ich glaube, er möchte. Aber bemühen Sie sich nicht. Ich gehe selbst nach oben.«

Die Contessa und Urbino sahen Livia dabei zu, wie sie sich umdrehte und hinausging, Peppino fest unter den Arm geklemmt.

»Glotzen Sie nicht so blöd! Tun Sie etwas!«

»Was denn?«

»Sie sind unmöglich! Ich werde Ihnen zeigen, was ich meine!«

Er folgte ihr aus dem Salon und rechnete damit, als Ringrichter eingreifen zu müssen. Aber die Contessa hatte gerade erst eine Hand auf Livias mollige Schulter gelegt, um sie zurückzuhalten, als Bobo zögernd am Ende des Flurs auftauchte. Er trug einen purpurroten Bademantel mit goldenem Seidenfutter sowie goldfarbene Hausschuhe aus Saffianleder. Er sah tatsächlich krank aus. Sein Gesicht wirkte ausgemergelt, und um seine Augen lagen dunkle Ringe. Das Lächeln, mit dem er den beiden Frauen und Urbino entgegentrat, war verglichen mit früher nur noch ein Abklatsch seiner selbst.

»Ich konnte es nicht ertragen, noch länger im Bett zu liegen. Sogar dein wunderschönes Gemälde von John Sargent ist mir auf die Nerven gegangen, Barbara. Das müßte dir eigentlich beweisen, wie ich mich gefühlt habe.«

Seine gemeinhin laute und durchdringende Stimme klang wesentlich verhaltener, und als er auf sie zuging, war seinen Schritten wenig von ihrer üblichen Vitalität anzumerken.

»Geh sofort wieder nach oben«, sagte die Contessa. »Mauro! Würden Sie bitte herkommen und den Baron wieder auf sein Zimmer begleiten?«

»Bitte, Barbara, das ist wirklich nicht nötig. Wenn ich mich einfach irgendwo setzen dürfte. Und vielleicht eine Tasse Tee?«

»Mauro, helfen Sie ihm in den *salotto,* bitte. Dann sagen Sie Lucia, sie möge einen Kamillentee bringen.«

»Bitte, keinen Kamillentee, Barbara! Darjeeling wäre großartig, und ich brauche Mauros Hilfe nicht.«

»Ich muß mit dir sprechen«, sagte Livia und legte eine Hand auf seinen Arm.

»Es liegt mir fern, etwas dagegen einzuwenden«, sagte die Contessa in deutlich höherer Stimmlage als üblich.

Bobo wirkte verwirrt und ein wenig beunruhigt. »Wenn ich gewußt hätte, daß mir so viel Aufmerksamkeit zuteil wird, wäre ich schon früher nach unten gekommen. Was ist denn los?« fragte er.

»Ich bin sicher, Livia wird es dir in aller Ausführlichkeit erklären. Urbino und ich sind im Tagessalon. Er würde auch gern mit dir reden, wenn du mit Livia fertig bist, falls du dich danach fühlst. Ich glaube, eine offene und ehrliche Aussprache täte euch beiden ganz gut. Und Livia, würden Sie bitte dafür Sorge tragen, daß Ihr Hund sich nicht auf die Möbel setzt?«

15

Sobald sie im Tagessalon waren, setzte die Contessa sich an den Wiener Flügel aus der Zeit des Fin de siècle und begann, den Satz einer Mozartsonate zu spielen. Sie war Studentin am hiesigen Konservatorium gewesen, bevor sie den Conte geheiratet hatte. Trotz ihrer Begabung spielte sie inzwischen nur noch selten für andere. Urbino lehnte sich zurück und lauschte.

Mit flinken Fingern und völlig ins Spiel versunken, erschuf die Contessa eine klangliche Ordnung und Harmonie, die den Salon leider nur viel zu kurz erfüllte. Als sie zu spielen aufhörte, wirkte der Raum sogleich dunkler und bedrückender. Die Contessa stand auf und nahm neben Urbino auf dem Sofa Platz.

»War das mein Abgesang auf das brennende Rom, *caro*?«

»Es war wundervoll, Barbara. Wenn das Leben doch nur so sein könnte!«

»Ja, an einem guten Tag – und an einem schlechten Tag wie ein Roman von Jane Austen! Doch wir leben leider in der bösen Gegenwart mit unhöflichen Personen wie Livia. Aber ich lehne es ab, mich von solchen Leuten entmutigen zu lassen! Ich werde uns trösten, diesmal ohne die Hilfe Mozarts, indem ich versuche, dringend benötigte Klarheit zu schaffen. Ich werde unsere Liste der Verdächtigen durchgehen und Ihnen das zweifelhafte Vergnügen meiner Meinung angedeihen lassen.«

Sie atmete tief ein und begann:

»Wer auch immer Moss und Quimper ermordet hat, kannte die beiden und kennt auch Bobo.« Das ließ sofort erkennen, daß sie Bobo natürlich von der Liste ausnahm. »Das war keine zufällig verübte Gewalttat, nicht wahr? Wir müssen uns fragen, welchen Vorteil der Mörder aus dem Tod von Moss und Quimper gezogen hat. Das Motiv ist der Schlüssel. Davon hängt alles ab, oder? Jeder hätte sich irgendwie eine Schußwaffe besorgen können. Was die fragliche Zeit anbelangt, lassen Sie uns mit Harriet beginnen«, sagte sie und ließ damit weniger Rücksichtnahme auf ihre Sekretärin erkennen als noch am Vortag, als sie Urbino gescholten hatte, er habe Harriet in die Sache »hineingezogen«. »Sie war zu Fuß in der Stadt unterwegs, nachdem sie Marcos Wohnung verlassen hatte. Und was ist mit Marco? Was hat er gemacht, nachdem sie gegangen war?«

Urbino erzählte ihr, daß Signora Zeoli Stein und Bein schwor, ihr Sohn sei nach Harriets Besuch zu Hause geblieben.

»Soweit zu Zeoli! Lassen Sie uns als nächstes einen Blick auf unsere liebe und überaus warmherzige Livia werfen! Sie hat gegen elf Uhr das Flora verlassen, um ihr kleines Schoßtier spazierenzuführen, praktisch auf den Fersen von Moss und Quimper, aber niemand hat sie zurückkehren sehen! Sie hätte sich ihren Hund unter den pummeligen Arm klemmen und ihn ohne Schwierigkeit quer durch die ganze Stadt schleppen können. Sie ist ein energisches kleines Ding. Denken Sie nur daran, wie sie einfach hier hereingeplatzt ist und sich dem armen Bobo aufgedrängt hat! Und«, fügte sie hinzu, weil es ihr offenkundig gefiel, sich über Livias verdächtiges Verhalten auszulassen, »dann ist da noch ihre Verbindung zu Orlando. Sie hatte einen Schlüssel zu seinem Zimmer, ob nun von ihm selbst oder nicht, und sie war diejenige, die seine Leiche gefunden hat.«

Nach diesen Worten runzelte sie die Stirn, weil ihr vermutlich klar wurde, daß ein Verdacht gegen Livia auch in

Bobos Richtung wies. Urbino war genau der gleichen Ansicht.

»Aber was sage ich da! Ich bin sicher, daß Orlando eines natürlichen Todes gestorben ist.«

»Vielleicht an ›natürlichen‹ Komplikationen, aber als Folge einer Einmischung von außen«, erlaubte Urbino sich zu vermuten. »Jemand hätte sein Medikament in die Toilette schütten und seinen Inhalator aus dem Fenster werfen können, als er gerade einen Anfall bekam – oder schon vorher.«

»Vermutlich ja, obwohl es teuflisch und sadistisch ist«, sagte die Contessa, sichtlich abgeneigt, auch diesen Gedankengang noch weiter zu verfolgen. »Lassen Sie mich nachdenken. Wen haben wir da noch?«

»Da wäre Flint, wenngleich Oriana behauptet, sie hätten die ganze Nacht zusammen verbracht«, sagte Urbino.

»Aber welches mögliche Motiv könnte er haben?«

»Genaugenommen haben Sie bislang für keinen Ihrer Verdächtigen ein Motiv in Erwägung gezogen, meine Liebe«, betonte Urbino und mußte daran denken, wie er selbst vor kurzem dieses Thema in Gedanken endlos wiedergekäut hatte. »Gleiches gilt für die Vorgehensweise, obwohl heutzutage jeder in der Lage wäre, sich eine Schußwaffe zu verschaffen. Aber bevor wir uns um das Motiv kümmern, lassen Sie uns überlegen, wer überhaupt eine Gelegenheit gehabt hätte, und zwar nicht nur für den Mord an Moss und Quimper, sondern auch für Orlandos Ableben zu sorgen.«

»Orlando?«

»Ja, um alle Eventualitäten zu berücksichtigen.

Zunächst mal gibt es nur zwei Leute, die für die Zeit von Moss' und Quimpers Ermordung ein Alibi haben. Der eine ist Zeoli, wie ich Ihnen gerade berichtet habe. Der andere ist

Flint. Oriana schwört, sie hätten die Nacht gemeinsam in der Ca' Borelli verbracht. Filippo war unten in Rimini.«

Der Contessa waren weder Überraschung noch Mißbilligung anzumerken.

»Aber wie Sie selbst über Oriana gesagt haben«, erinnerte Urbino sie, »würde eine Frau für jemanden, den sie liebt, vermutlich noch Schlimmeres tun, als zu lügen.« Er zögerte kurz und fuhr dann fort: »Was Bobo, Livia und Harriet betrifft, gibt es niemanden, der bestätigen kann, wo genau sie sich zwischen Mitternacht und halb eins aufgehalten haben. Und vergessen Sie nicht, daß Harriet völlig außer Atem war, als sie in jener Nacht nach Hause kam, und daß Bobo Blut auf seinem Schal hatte, das vielleicht sein eigenes war, vielleicht aber auch nicht.«

Die Contessa starrte ihn mit steinerner Miene eine Weile an und sagte dann: »Ich habe die Erfahrung – besser gesagt, die Beobachtung – gemacht, daß Mörder immer ein Alibi haben. Die Unschuldigen sehen keine Veranlassung dazu.«

»Richtig, aber ein Alibi zu haben ist genausowenig ein Beweis der Schuld, wie es ein Beweis der Unschuld ist, keines zu haben.« Er erkannte, daß er im Begriff war, das Gespräch völlig an sich zu reißen, obwohl er ursprünglich nur einen kleinen Denkanstoß hatte geben wollen. Also lehnte er sich zurück und sagte: »Aber fahren Sie bitte fort, Barbara.«

»Nein, machen Sie das lieber. Ich möchte nicht mehr. Aber falls ich anderer Ansicht bin, werde ich mich schon zu Wort melden, darauf können Sie sich verlassen.«

Sie lächelte ihn müde an.

Er sammelte sich kurz und fuhr dann fort: »Wenn wir uns die Alibis für die Zeit von Orlandos Tod anschauen, ergibt sich das folgende Bild: Erneut sind es Flint und Zeoli, die über Alibis verfügen – was sie nach Ihrer Theorie im doppelten Sinne schuldig wirken läßt. Zeoli und seine Mutter sagen beide, er sei zu Hause gewesen.«

»Wir wissen, wie unbestechlich die Aussage einer Mutter ist!«

»Ganz genau. Was Flint angeht, so behauptet er, mit seiner Vermieterin und deren Bruder Karten gespielt zu haben, und zwar, mit seinen Worten, ›bis in die frühen Morgenstunden‹. Wenngleich ich das Alibi nicht überprüft habe, so glaube ich doch, ihn weit genug zu durchschauen, um sagen zu können, daß er diese Behauptung niemals aufgestellt hätte, wenn sie nicht wahr wäre – und daß er vermutlich an jenem Abend das meiste Geld eingestrichen hat. Ich kann mir nicht vorstellen, daß er aus einem anderen Grund Karten spielen würde, außer er wollte sich ein Alibi verschaffen. Selbst wenn das Spiel bis vier Uhr morgens gedauert hätte, was ich bezweifle, hätte er in der restlichen Zeit natürlich immer noch problemlos zum Flora gehen und dort tun können, was er zu tun beabsichtigte.«

»Sehr unwahrscheinlich«, sagte die Contessa mit einem Anflug von Bedauern in ihrer Stimme. »Er hätte zu dieser Zeit niemals unbemerkt hinein- und wieder hinausgehen können.«

»So sehe ich das auch. Harriet wäre in gleicher Weise aufgefallen.«

»Es wäre jedem so ergangen. Aber selbst im gegenteiligen Fall können Sie ausschließen, daß Bobo sich durch irgendeine Hintertür ins Flora geschlichen hat.«

»Können Sie ihm ein Alibi verschaffen?«

Die Contessa zog ein widerstrebendes Gesicht.

»Ich hoffe, ich muß ihm nichts dergleichen ›verschaffen‹!« sagte sie, als würden sie über etwas leicht Anrüchiges oder über eine peinliche ansteckende Krankheit reden. »Aber ja, Bobo war bei mir!«

Urbino mußte unwillkürlich daran denken, was er gerade über Oriana, Lügen und verliebte Frauen gesagt hatte. Gewiß war die Röte, die sich jetzt über das Gesicht der Contessa breitete, zumindest teilweise auf den gleichen Gedankengang zurückzuführen.

»Soll das bedeuten, daß Sie es auf jeden Fall bemerkt hätten, wenn Bobo zwischen Mitternacht und sechs Uhr aus dem Haus gegangen wäre?«

Die Contessa antwortete nicht sofort. Als sie schließlich zu sprechen begann, kamen ihr die Worte nur stockend über die Lippen: »Wir ... wir waren nicht die ganze Zeit zusammen, aber ich weiß noch, daß ich in jener Nacht nicht gut geschlafen habe, und ich hätte es gehört, wenn er sein Zimmer verlassen hätte. Er hat es nicht.« Mit mehr Nachdruck wiederholte sie: »Er hat es nicht, glauben Sie mir!«

»Ich bin sicher, daß Sie der festen Überzeugung sind, Barbara, und ich hoffe, Sie haben recht.«

Sie schien zunächst näher auf diese Äußerung eingehen zu wollen, entschloß sich dann aber, sie stillschweigend zu dulden.

»Wie dem auch sei, im Flora wurden in der Nähe des Aufzugs und des Treppenaufgangs ausschließlich die dort abgestiegenen Gäste gesehen«, fuhr Urbino fort. »Was ein schlechtes Licht auf Livia wirft, denn sie befand sich in jener Nacht bereits im Hotel – mit einem Schlüssel zu Orlandos Zimmer. Und sie hat angeblich ihren Hund spazierengeführt, als Moss und Quimper ermordet wurden. Aber wissen Sie, Barbara, die Tatsache, daß niemand genau weiß, wann sie wieder zurückgekommen ist, bringt mich auf eine ganz andere Frage. Vielleicht irren wir uns, und es ist doch jemandem gelungen, sich in der Nacht von Gavas Tod unbemerkt ins Hotel zu schleichen.«

»Ich glaube nicht, daß wir uns irren, aber vielleicht handelt es sich ja um zwei unterschiedliche Mörder.«

»Höchst unwahrscheinlich.«

»Oder vielleicht wurde Orlando gar nicht ermordet.«

»Ja, von dieser Frage hängt sehr viel ab. Solange wir nicht vom Gegenteil überzeugt sind, bleibt uns nach meiner Ansicht keine andere Wahl, als von einem Mord auszugehen, der deshalb verübt wurde, weil Orlando etwas wußte, das uns direkt zu der Identität des Mörders geführt hätte.«

»Lassen Sie uns nicht weiter über Orlando nachgrübeln. Es dürfte hilfreicher sein, sich auf die Motive für die Morde an Moss und Quimper zu konzentrieren, denn da ist der Tatbestand wenigstens eindeutig!«

»Nun, falls Flint darin verwickelt ist, dann muß es mit Geld zu tun haben. Er ist scheinbar immer in Finanznöten und denkt an kaum etwas anderes.«

Er faßte für sie kurz zusammen, was Flint im Palazzo Uccello über ihre »Freizügigkeit« gesagt hatte, und erinnerte sie daran, was man ihr über seine Zeit als Dressman erzählt hatte. Dann berichtete er ihr von den Ereignissen um den Bulgari-Armreif und von dem Mann mit der Aktentasche, den er aus Flints Wohnung hatte kommen sehen.

»Aber Moss und Quimper hatten doch nichts.«

»Kein Geld, das ist wahr, aber vielleicht besaßen sie etwas, das man zu Geld hätte machen können.«

»Irgendwas im Zusammenhang mit dieser ermordeten Helen Creel, meinen Sie? Aber ich kann nicht nachvollziehen, was Flint oder ... oder sonst jemand damit zu tun haben sollte.«

Urbino fragte sich, ob er vielleicht einen Fehler beging – und so die Contessa in größere Gefahr brachte –, indem er ihr vorerst verschwieg, daß Moss der Sohn von Helen Creel gewesen war und Bobo vermutlich ihr Liebhaber. Aber er hielt sich zurück, wenngleich er in Versuchung geriet, weil an dieser vermeintlichen Liaison zwischen Bobo und Helen Creel noch Zweifel bestanden. Er würde bis zu seinem Gespräch mit Bobo warten.

»Mir ist noch etwas eingefallen«, sagte die Contessa. »Als Sie diesen Sommer nicht in der Stadt waren, machte das Gerücht die Runde, Flint habe einen von Filippos Schecks gefälscht. Oriana schwor beim Grab ihrer Mutter, es sei eine Lüge, aber wo Rauch ist, ist auch Feuer. Ich habe ihr versprochen, ich würde das Gerücht nicht weiterverbreiten, aber jetzt ... Ach, wie lächerlich! Oriana in einer intimen Beziehung zu einem Mörder! Das könnte nie passieren. Liebe macht nicht *dermaßen* blind. Aber Marco!« setzte sie schnell hinzu. »Er war in Abano, als Helen Creel ermordet wurde. Doch welches Motiv könnte er haben?«

Urbino, der dachte, das Schweigen der Contessa würde bedeuten, daß sie Zeolis mögliches Motiv überdachte, wollte gerade seine eigene Meinung kundtun, als die Contessa mit folgendem herausplatzte: »Harriet! Nun, ist sie nicht am ehesten in der Lage, einigen Schaden anzurichten? Sie weiß Bescheid über mich ... über meine Angelegenheiten«, korrigierte sie sich, »und vergessen Sie nicht, daß sie einen Teil der Öffentlichkeitsarbeit für Bobo erledigt hat und daß die Postkarte aus Abano durch ihre Hände gegangen ist. Aber ich weiß nicht! Ich kann mir für Harriet genausowenig ein Motiv vorstellen wie für Zeoli. Das gleiche gilt für Livia!« fügte sie fast schon bedauernd hinzu.

Bezüglich Livia hatte Urbino so ziemlich die gegenteilige Meinung. Er erzählte der Contessa von Orlandos Testament.

»Nichts für Bobo? Aber ... aber das ist unmöglich! Was

hat er sich nur dabei gedacht? Und einen großzügigen Betrag für Livia! Nun, da haben wir es doch! Wir müssen lediglich eine Verbindung zwischen Orlando, Moss und Quimper herstellen, die gleichzeitig mit Livia zu tun hat. Das dürfte dann die hübsch saubere Erklärung liefern!«

Urbino war stillschweigend anderer Ansicht, wenn auch nur darüber, wie hübsch sauber die Erklärung aussehen würde. Es würde mit Sicherheit eine sehr unschöne Sache werden, und sie würde fast zwangsläufig mit Bobo zu tun haben.

»Wie gut kennen Sie Livia?«

»Ich weiß, daß ich sie nicht mag und noch nie gemocht habe!« Dann lenkte die Contessa ein: »Aber das macht aus ihr keine Mörderin – keine dreifache, keine doppelte, überhaupt keine Mörderin! Ich habe sie vor zwanzig Jahren bei den hiesigen Filmfestspielen kennengelernt. Sie war damals eine einfache Drehbuchautorin, wenngleich sie bereits mit einigen der namhaftesten Leute zusammengearbeitet hatte. Sie war auch damals keine Schönheit, und außerdem war sie« – sie suchte nach dem passenden Wort – »*wohlgerundet*, aber sie verfügte über eine gewisse Ausstrahlung und Zielstrebigkeit, so daß sie bekam, was sie wollte – und *wen* sie wollte«, fügte sie nach kurzer Pause hinzu. »Zwei oder drei Jahre später begann sie, selbst Filme zu drehen. Einer ihrer Filme – es ging um Sex, Liebe und Tod auf Sardinien, vielleicht erinnern Sie sich daran – erregte weithin Aufmerksamkeit, aber danach scheint sie verloren zu haben, was auch immer ihr Können ausmachte. Talent, Gönnerschaft, Antrieb? Sie hatte große Schulden, verschwand für einige Jahre von der Bildfläche und fing dann an, kleinere Theaterproduktionen zu inszenieren. Sie ist sehr kapriziös und lebt über ihre Verhältnisse. Ich wäre nicht überrascht, wenn Bobo ihr von Zeit zu

Zeit finanziell aushelfen würde, obwohl er auch nicht sonderlich wohlhabend ist, aber die beiden sind alte Freunde.«

Die Contessa hielt inne.

»Er war auch auf den Festspielen, und zwar allein«, sagte sie leise nach einer Weile. »Rosa war krank. Ich war immer der Meinung, daß Livia sich ihm an den Hals warf, und zwar wirklich ziemlich schamlos. Es war erst seit kurzem legal möglich, sich scheiden zu lassen. Vielleicht hat sie darauf gehofft, er würde sich von Rosa trennen und dann sie heiraten. Aber natürlich hätte er das nie getan, und ... und ich bin mir sicher, es ging alles nur einseitig von ihr aus. Ich meine, schließlich hat er sie nicht geheiratet, *nachdem* Rosa gestorben war, oder?« fügte sie mit sichtlicher Befriedigung hinzu. »Im Lauf der Jahre haben sich unsere Wege hin und wieder gekreuzt. So lange am Stück wie jetzt habe ich noch nie mit ihr zu tun gehabt, und ich hoffe, das wird auch nie wieder der Fall sein! Sie haben gerade gesehen, wie sie sich benimmt! Wie und warum Bobo darüber hinwegsieht, ist mir unbegreiflich! Manche Männer sind besser, als sie sein sollten.«

Bildete Urbino sich nur ein, daß sie diese Worte mit weniger Überzeugung auszusprechen schien, als sie dies noch vor kurzem getan hätte?

Urbino erzählte ihr, was Livia über Rosa gesagt hatte.

»Sie hat unrecht! Rosa war eine liebevolle Frau. Konnte sie etwas dafür, daß sie krank war? Livia wird Rosa niemals verzeihen, daß sie nicht früher gestorben ist – oder treffender, daß sie Bobo nicht ihr gesamtes Vermögen hinterlassen hat. Sie hat vermutlich gedacht, sie könnte es irgendwie in die Finger kriegen.«

»Wie meinen Sie das mit Rosas Geld?«

»Ich dachte, das wüßten Sie! Sie hat alles Orlando vermacht, bis auf einen Betrag für Bobo, von dem er mehr schlecht als recht leben kann, zusammen mit dem, was er selbst besitzt. Ich sehe Ihnen an, wie Ihr Verstand zu arbeiten beginnt! Aber Bobo *wollte,* daß Rosa so verfuhr. Er sagte, dies sei für ihn der einzige Weg, ihr zu zeigen, daß er sie wirklich liebte.« Sie schüttelte eher gereizt als überzeugt den Kopf. »Und jetzt sehen Sie nur, was Orlando getan hat! Bobo bekommt gar nichts! Und diese intrigante Frau erbt eine ordentliche Summe! Weil sie so nett zu Rosa gewesen ist! Na, ist das nicht ein Witz?«

Die Contessa wirkte allerdings alles andere als belustigt.

16

Bobo, noch immer in seinen purpurnen Bademantel gekleidet, saß auf dem Sofa im *salotto blu* und sah aus, als wolle er hofhalten. Zwischen seinen Fingern steckte eine Gauloise. Über seinem Kopf schwebten Qualmwolken und verbreiteten sich von dort aus im Raum.

»Oh! Sie möchten nicht einmal Tee«, sagte er zu Urbino und lächelte verhalten. »Das soll wohl heißen, Sie wollen gleich Tacheles reden. Es scheint, daß auch Commissario Gemelli ganz versessen darauf ist, mit mir zu sprechen.«

»Wissen Sie, warum?«

»Nein, aber Sie werden es mir bestimmt gleich mitteilen.«

Bobo lehnte sich zurück und zog zufrieden an seiner Zigarette.

»Sie haben hinsichtlich der Mordnacht gelogen. Eine Stunde vor den Morden hat man Sie und Moss auf dem Campo San Luca miteinander streiten sehen. Worum ging es bei dieser Auseinandersetzung?«

»Wie Sie gerade gesagt haben, war das *eine Stunde* vor den Morden, und der Campo San Luca ist jedenfalls nicht die Erberia.«

»Aber es ist nahe genug dran. Also leugnen Sie nicht, Moss und Quimper getroffen zu haben? Sie haben Moss über das Haustelefon des Flora angerufen, oder? Nicht Livia. Sie haben ein Treffen vereinbart.«

Bobo nickte.

»Warum hat Livia so bereitwillig für Sie gelogen? Wußte sie von Ihrem Treffen mit den beiden in jener Nacht?«

»Nein!«

»Wußte sie auch nichts von Orlandos Testament? Oder daß er sie nicht mochte – obwohl sie behauptet, er habe ihr einen Schlüssel zu seinem Zimmer gegeben?«

»Ich kann wohl schwerlich an Livias Stelle antworten.«

»Warum mußte sie gerade eben unbedingt mit Ihnen sprechen?«

»Es ging um eine rein berufliche Angelegenheit im Zusammenhang mit der Aufführung.« Er rauchte nachdenklich ein paar Züge und sagte dann: »Hinter all dem« – er deutete auf sich selbst – »steckt jemand, der genauso empfindsam ist wie jeder andere auch. Manchmal täusche ich etwas anderes vor. Ich gebe zu, manchmal bin ich selbst verwirrt. Aber Barbara bringt meine guten Seiten zum Vorschein. Sie läßt mich ich selbst sein, so, wie ich wirklich bin. Verstehen Sie, was ich damit sagen will?«

»Was hat das mit Ihrer Begegnung mit Moss zu tun?«

»Alles! Moss hat sie beleidigt. Sie und die Polizei wissen das sicherlich bereits von der Person, die uns auf dem Campo San Luca gesehen hat.« Urbino ließ sich nicht anmerken, ob jemand den Inhalt der Auseinandersetzung mitgehört hatte. »Er sagte, sie wäre nicht besser als Oriana und würde glauben, alles kaufen zu können, was sie wollte. Er hat sich richtig hineingesteigert. Ein häßlicher kleiner Zwischenfall.«

»Doch wenig später ruft er Barbara an, um ihr mitzuteilen, daß er sie noch aufsuchen möchte. Das paßt nicht zusammen.«

Bobo drückte seine Zigarette in einem Murano-Aschenbecher aus, ein neuer Einrichtungsgegenstand, der sich erst seit seinem Eintreffen in diesem Raum befand. Er sah Urbino eine Weile schweigend an, breitete dann die Arme aus und ließ sie in einer eher theatralischen Geste der Niederlage sinken.

»Sie haben recht. Es ›paßt nicht zusammen‹, um Ihren amüsanten kleinen Ausdruck zu gebrauchen. Sehen Sie, Moss hat gedroht, zu Barbara zu gehen und ihr gewisse Dinge zu erzählen. Etwas aus meiner Vergangenheit.«

»Über Abano.«

»Falls Sie mich mit Ihrer Intelligenz beeindrucken wollten, ist es Ihnen mißlungen. Es war nur ein kleiner Schritt von dieser Postkarte zu dem Wissen, was mit Helen Creel geschehen ist.«

»Helen Creel, die zugleich die Mutter von Moss war.«

Bobo warf Urbino einen mürrischen Blick zu, aber als er das Wort ergriff, klang seine Stimme sanft und beherrscht.

»Bravo! Das ist in der Tat schon besser. Wie dem auch sei, als ich diese Postkarte sah, habe ich gehofft, Barbara würde all das erspart bleiben.«

»Sie meinen, *Ihnen* sollte erspart bleiben, daß Barbara von Helen Creel erfuhr. Von Ihrer Affäre mit ihr.«

»Ist das so schwer zu verstehen? Sie hat ein sensibles Wesen. Mord und Selbstmord sind häßliche Dinge, erst recht, wenn sich alles so zuträgt wie bei den Creels.«

»Und Sie wollten natürlich nicht, daß sie erfuhr, daß Ihr

Verhältnis mit Helen Creel die Tragödie heraufbeschworen hat. Sie weiß bereits, was jener armen Frau zugestoßen ist, aber sie hat keine Ahnung, daß Sie darin verwickelt gewesen sind.«

»Ich würde es vorziehen, ihr das selbst zu erzählen, falls Sie nichts dagegen haben.«

»Ich habe nicht das geringste dagegen. Ich möchte sogar, daß Sie es so bald wie möglich tun. Falls nicht, werde ich es ihr erzählen, aber ich kenne Barbara gut genug, um zu wissen, daß sie es von Ihnen würde hören wollen. Sie hätten es ihr schon längst anvertrauen sollen. Als Moss drohte, es ihr zu erzählen. Spätestens aber nach unserem Ausflug nach Abano.«

Während des Sturms auf Torcello mußte die Contessa sehr in Versuchung gewesen sein, Bobo zu erzählen, was sie und Urbino von Stella Rossi in Abano erfahren hatten. Falls sie sich dazu hatte hinreißen lassen, wäre es sehr merkwürdig, wenn er ihr nicht unmittelbar darauf von Helen Creel berichtet hätte. Es mußte ihm doch klar sein, daß sie letztendlich die Wahrheit erfahren würde. Was hätte er zu gewinnen erhofft?

Während er dort vor Bobo saß, kam Urbino plötzlich von selbst auf die Antwort: Zeit, das wertvollste aller Güter.

»Erzählen Sie mir von Helen Creel.«

»Da gibt es nicht viel zu erzählen«, sagte Bobo, ohne zu zögern. »Ich habe sie vor etwa dreizehn Jahren in Mailand kennengelernt. Bei einer der Frühjahrsmodenschauen einer Freundin von Livia. Helen und ich fühlten uns sofort zueinander hingezogen. Es war für uns beide ein *coup de foudre*. Helen hat mir anfangs nicht erzählt, daß sie verheiratet war, und als sie es dann tat, nun ja, inzwischen empfand ich sehr viel für sie. Nach ungefähr neun Monaten kamen wir zu einer

Übereinkunft. Wir würden unsere Beziehung beenden.« Er sah bekümmert aus. »Ende Juli haben wir uns getrennt. Ich fuhr zum Lago di Garda, und Helen kehrte zu ihrem Mann zurück. Sie lebten außerhalb von Vicenza. Als nächstes hörte ich, daß ihr Mann sie in Abano erschossen und sich dann selbst umgebracht hatte. Er war sehr eifersüchtig. Sein Sohn hat diesen Charakterzug von ihm geerbt.«

»Ich schätze, Sie werden behaupten, deshalb hätten Sie Gemelli nahegelegt, Moss könnte erst Quimper und dann sich selbst ermordet haben.«

»Mir gefällt nicht, was Sie damit andeuten wollen! Genau das habe ich gedacht.«

»Wie hat Colonel Creel von Ihnen und seiner Frau erfahren?«

»Ich weiß es nicht. Wir waren sehr vorsichtig. Sogar Livia wußte nichts von uns. Sie weiß es noch immer nicht.«

»Sind Sie sicher? Es wissen vielleicht mehr Leute davon, als Sie glauben.« Als Bobo nicht auf diese undurchsichtige Bemerkung reagierte, sagte Urbino: »Kommen wir auf die Mordnacht zurück. Bis zu Ihrem Eintreffen ist nach dem Streit mit Moss noch mindestens eine Stunde vergangen. Haben Sie nicht befürchtet, er würde Barbara unmittelbar nach Ihrem Zusammentreffen verständigen?«

»Ich mußte einen klaren Kopf bekommen. Moss ließ mich glauben, ich hätte noch Zeit, mir zu überlegen, was ich tun würde.«

»Aber am nächsten Morgen waren er und Quimper tot.«

»Mir ist klar, daß es nicht gut für mich aussieht.

Können Sie jetzt verstehen, warum ich nichts von meinem Treffen mit den beiden in jener Nacht erzählen wollte – oder überhaupt irgend etwas, das mit ihnen in Zusammenhang steht? Und wie könnte ich es ertragen, Barbara Kummer zu bereiten? Eine Frau wie sie sollte auch nicht im entferntesten mit einer solch schmutzigen Angelegenheit belästigt werden.«

Er sah Urbino mit aufrichtigem Blick an.

»Ich möchte Ihnen gegenüber völlig offen sein. Keine Geheimnisse. Da ist noch etwas, von dem Sie noch nichts wissen. Es ist ein Beispiel dafür, wie Moss versucht hat, mich aus dem Gleichgewicht zu bringen. Am Tag, an dem die Drohung in der *bocca di leone* im Dogenpalast auftauchte, erhielt ich eine mit dem Namen ›Helen Creel‹ unterzeichnete Nachricht, die mich anwies, in der Sala della Bussola zu warten. Ich habe gewartet und gewartet, aber es kam niemand. Der Wärter wurde mißtrauisch. Nachdem man die Drohung gefunden hatte, wollte ich natürlich nicht, daß jemand von meinem Aufenthalt dort erfuhr. Ich erzähle es Ihnen, damit alles für Sie ein schlüssiges Bild ergibt.«

»Also haben Sie das Schweigen des Wärters erkauft, nachdem ich zum ersten Mal mit ihm geredet hatte.«

Bobo zuckte mit einer übertriebenen Geste der Hilflosigkeit die Achseln.

»Ich bekenne mich schuldig, aber ich habe *nichts* unternommen, um Moss und Quimper zum Schweigen zu bringen.« Er warf Urbino ein kurzes, nervöses Lächeln zu und ließ dabei fast alle seine weißen, ebenmäßigen Zähne aufblitzen. »Sie müssen mir glauben, Urbino. Die beiden sind über die Rialtobrücke auf die San Polo Seite gewechselt, und ich bin spazierengegangen.«

Auf der San Polo Seite des Rialto befand sich die Erberia – und auch die Gegend, in der Flint und Zeoli wohnten und in der Harriet umhergelaufen war, nachdem sie in der Mordnacht Zeolis Wohnung verlassen hatte.

»Wußten Sie, daß Moss der Sohn von Helen Creel war, als Sie ihn zum ersten Mal hier in Venedig getroffen haben?«

»Ich hatte ihn nur einmal zuvor gesehen, und da war er noch ein Junge. Nein, er hat es mir während der Signierstunde erzählt. Er hat sogar gesagt, daß er Barbara davon berichten würde. Und er gab zu, daß er die Drohungen verfaßt hatte. Um mich wissen zu lassen, daß ich ertappt sei, wie er es genannt hat. Er sagte, daß sich in jenem Moment auch irgendwo in der Buchhandlung ein Drohbrief befinden würde.«

»Woher wußte er, daß Sie nach Venedig kommen würden?«

»Ich kann nur vermuten, daß er mich mittels der Presseberichte im Auge behalten hat. Das ist nicht sehr schwierig. Über die Aufführung ist ziemlich viel geschrieben worden«, fügte Bobo mit nicht unbeträchtlichem Stolz hinzu. »Es hat sogar einige Vorabberichte in England gegeben.«

»Ist Ihnen in den Sinn gekommen, daß jemand ihm erzählt haben könnte, wo genau Sie sein würden?«

»Orlando?«

»Er ist ein wahrscheinlicher Kandidat. Sie haben vermutlich zunächst geglaubt, die Drohungen würden von ihm stammen, nicht wahr?«

Bobo nickte.

»Er hat gedacht, Sie hätten seine Schwester vernachlässigt. Vielleicht hielt er Sie auch irgendwie für ihren Tod verantwortlich. Während Ihrer Affäre mit Helen Creel waren Sie noch immer mit Rosa verheiratet. Und er hat in Abano Fragen über Helen Creel gestellt.«

»Wie bitte?«

Obwohl Bobo glaubhaft überrascht tat, spürte Urbino, daß er bereits Bescheid wußte – aber hatte er durch die Contessa oder auf irgendeine andere Weise davon erfahren? Und wenn es nicht die Contessa nach ihrem und Urbinos Besuch in Abano gewesen war, hatte Bobo es dann vor oder nach Gavas

Tod erfahren? Dies waren noch weitere entscheidende Fragen im Zusammenhang mit diesem heuchlerischen Mann, der nach wie vor das Vertrauen der Contessa genoß.

»Vielleicht hat jemand anderer geglaubt, die Drohungen stammten von Orlando, obwohl er nicht bei der Signierstunde zugegen war, als der letzte der Drohbriefe auftauchte«, fuhr Urbino fort. »Oder vielleicht wußte jemand sogar, daß Orlando sich über die Affäre Creel im klaren war. Diese Person könnte ihn getötet haben, um ihn zum Schweigen zu bringen – nachdem sie zuvor Moss und Quimper ermordet hatte. Alles, um Sie zu beschützen.«

»Das ist grotesk!«

»Oder vielleicht will Ihnen jemand etwas anhängen.«

Oder Bobo selbst bemühte sich eifrig, eine dieser Theorien wahrscheinlich erscheinen zu lassen, und war damit sehr erfolgreich.

»Suchen Sie es sich aus, Bobo: ein seltsamer Freund oder ein teuflischer Feind.«

Bobo blickte verbissen drein.

»Eher ein Feind als ein Freund, angesichts dessen, was Sie noch nicht wissen«, sagte er und legte eine dramatische Pause ein. »Sehen Sie, ich habe *nach* den Morden eine Drohung erhalten. Auf normalem Papier in einem normalen Umschlag, auf dem nur mein Name stand. Er ist nicht mit der Post gekommen, sondern wurde hier unter der Tür durchgeschoben.

Zwei Tage bevor Orlando gestorben ist.«

»Unter der Tür hindurch? Welche Tür?«

Die Ca' da Capo-Zendrini hatte zum Land hin zwei Türen. Die erste öffnete sich in einen kleinen architektonischen Garten, an dessen Ende man auf den Haupteingang des Palazzo traf. Beide Türen waren immer verschlossen.

»Die Haustür, nehme ich an. Harriet hat mir den Umschlag gegeben. Allerdings kann ich Ihnen den Brief nicht zeigen, denn ich habe ihn in der Toilette hinuntergespült. Das war nicht richtig, aber ich war durcheinander. Es war nicht nur eine Drohung. Es war ein klassischer Erpresserbrief«, sagte er trocken, als hätte das alles nichts mit ihm zu tun. »Blockschrift, Briefpapier ohne Wasserzeichen. Dort stand, der Verfasser wüßte, daß ich Grund hätte, den Tod von Moss und Quimper zu wollen, und daß ich sie auch tatsächlich ermordet hätte. Falls ich vermeiden wollte, daß all dies bekannt wird, sollte ich eine bestimmte Summe an einem entlegenen Ort in San Polo deponieren. Es war eine genaue Wegbeschreibung beigefügt.«

»Sagen Sie nicht, daß Sie das Geld hinterlegt haben!« sagte Urbino resignierend, wenngleich er sich zur selben Zeit fragte, ob man ihn gerade an der Nase herumführte. »Ein hoher Betrag, den Sie von Barbara erhalten haben. Und nein, sie hat mir nichts davon erzählt. Die Polizei überwacht ihre finanziellen Transaktionen.«

»Als nächstes werden die vermutlich ihr Schlafzimmer ausspähen, wenn das nicht längst schon passiert ist. Ja, ich habe das Geld hinterlegt. Sie hatte keine Ahnung, wofür ich es brauchte. Ich konnte Barbara nicht . . .«

»Wie passend, sie mit ihrem eigenen Geld zu beschützen! Falls sich das alles tatsächlich so abgespielt hat!«

In Bobos Augen schwelte ein kaltes Feuer.

»Ich pflege meine Schulden auf Heller und Pfennig zu begleichen. Ich hoffe, Sie haben die gleiche Angewohnheit.« Bobos Stimme war ruhig, aber mit einem abschätzigen Beiklang. »Und ich *habe* das Geld deponiert. Nennen Sie es eine Fehleinschätzung, aber ich war verwirrt.«

»Verwirrt! Ich wäre vor Wut aus der Haut gefahren. Erpressung ist eine verabscheuungswürdige Tat. Es ist nur natürlich, sich rächen zu wollen.«

»Stellen Sie hier gerade mir einen Freibrief aus oder sich selbst? Wir sind nicht alle aus dem gleichen Holz geschnitzt, und dafür danke ich Gott!«

Urbino war erstaunt, wie stark seine Abneigung gegen den Mann war. Sie war tiefer, kraftvoller, durchdringender als jemals zuvor.

»Sie waren von Anfang an selbstgefällig«, sagte Urbino und hörte die Verachtung in seiner eigenen Stimme. »Als würden Sie weit über allem stehen. Über den Drohungen, den Morden, und jetzt erzählen Sie mir etwas von einer Erpressung. Benehmen Sie sich endlich so, daß Ihr Verhalten einen Sinn ergibt.«

»Für wen? Für Sie?«

Bobos Mund kräuselte sich zu einem überlegenen Lächeln.

»Falls Sie tatsächlich erpreßt werden, was wird geschehen, falls man noch mehr Geld von Ihnen fordert?«

»Oh, aber verstehen Sie denn nicht, mein Junge? Sie wissen jetzt alles, und die Polizei wird es auch bald wissen.«

»Verzeihen Sie mir, wenn ich bezweifle, daß ich alles weiß! Nicht im Hinblick auf den Mord an Helen Creel oder darauf, wie Orlando und Livia ins Bild passen könnten. Livia wollte eben gerade dringend mit Ihnen sprechen. Sie war so verzweifelt, daß sie Barbara in ihrem eigenen Haus brüskiert hat. Verlassen Sie sich nicht zu sehr auf Barbaras Geduld! Sie ist nicht wie Rosa, nach dem zu urteilen, was ich über Ihre Frau gehört habe. Und wo wir gerade bei Rosa sind, Orlando hat gesagt, Moss habe sich sehr interessiert nach ihr erkundigt. Ich frage mich, warum.«

»Ach ja? Und fragen Sie sich auch, warum Sie sich in einen

jämmerlichen Voyeur verwandelt haben, der seine Nase in die Leben anderer Leute steckt und nur zum eigenen Vergnügen Schaden anrichtet, weil er von böswilligem Neid und Eifersucht getrieben wird? Verlassen *Sie* sich nicht zu sehr auf Barbaras Geduld! Es wäre sehr viel besser für Sie gewesen, wenn Sie in Abano geblieben wären und sich um Ihren Zeh gekümmert hätten!«

Bobos Worte – jedes einzelne – trafen Urbino bis ins Mark, aber er ließ sich nicht dazu hinreißen, es ihm in gleicher Münze heimzuzahlen. Statt dessen versuchte er, so kompromißlos und ruhig wie möglich zu klingen, und sagte: »Was diesen Brief angeht, den Sie angeblich ...«

»Den ich erhalten *habe.* Fragen Sie Harriet.«

»Es wurde bestimmt ein Umschlag gefunden, aber enthielt er auch wirklich einen Erpresserbrief? Es wäre zu Ihrem Vorteil, wenn die Polizei daran glauben würde. Ein Brief, der unmöglich von Moss und Quimper stammen konnte. Und falls der Umschlag tatsächlich einen Erpresserbrief enthielt, wer hat ihn verfaßt? Sie, der Mörder oder jemand, der ausreichend Grund zu der Überzeugung hat, daß *Sie* Moss und Quimper erschossen haben? Jemand, der vielleicht sogar über so etwas wie einen Beweis verfügt! Sie behaupten, Sie hätten keine Angst, aber ich weiß, daß es sich nicht so verhält – und Sie haben auch allen Anlaß dazu! Benehmen Sie sich so töricht, wie Sie wollen. Ob Ihr Verhalten echt ist oder vorgetäuscht, weiß ich nicht. Sie sind ein guter Schauspieler, das räume ich ein. Aber denken Sie an Barbara! Sie wohnen hier. Sie beide werden zusammen in der Öffentlichkeit gesehen. Allein aufgrund ihrer Beziehung zu Ihnen befindet sie sich in Gefahr. Sie sind von Gewalt umgeben, Bobo. Ich möchte sichergehen, daß Barbara davon in keiner Weise und aus keiner Richtung betroffen wird.«

17

»Langsam glaube ich, Sie sollten Ihre Ermittlungen auf Dinge wie das da beschränken«, sagte die Contessa am nächsten Morgen zu Urbino. Sie waren zur Friedhofsinsel gefahren, um sich davon zu überzeugen, daß man für die mitternächtliche Bootsbrücke alle nötigen Vorbereitungen getroffen hatte.

Die Contessa deutete auf einen vermodernden Ballettschuh, der auf Diaghilews Grab neben einem Lilienbukett und einem Stück Papier lag, das jemand im Gedenken an Nurejew hinterlassen hatte.

»Immer wieder ein neuer – besser gesagt, ein *alter*. Sie könnten sich beim Tor verstecken und herausfinden, wer sie hier hinlegt! Unsere Neugier wäre befriedigt, und es wäre gefahrlos, weil keine beunruhigenden Enthüllungen drohen.« Sie blickte hinab auf die Lilien. »Ach, wie schade. Lilien gehen so schnell ein.« Sie erschauerte und zog ihren Mantel am Hals enger zusammen. Sie hielt ein Bukett aus weißen Chrysanthemen in der Hand. »Lassen Sie uns zum Mausoleum gehen.«

Sie folgten dem mit Blättern bedeckten Pfad. Um sie herum lagen Gräber, deren russische Namen, zumeist weibliche und manche mit dem Titel »Prinzessin« versehen, an Romane von Tolstoj oder Dostojewskij denken ließen. Urbino malte sich oft aus, daß deren Besitzer unter melodramatischen Umständen gelebt hatten und gestorben waren, doch vermutlich war das einzig Außergewöhnliche an ihrem Leben, daß sie es in Venedig ausgehaucht hatten. Die Contessa sah all diese Denkmäler der Sterblichkeit und seufzte ermattet auf. Sie ging wesentlich langsamer als üblich, und ihre Schultern waren gebeugt.

»Über meiner Bootsbrücke hängt eine Wolke, nicht wahr?«

Es wurde langsam wieder trübe. Aber das triste Wetter würde in vielerlei Hinsicht zu der Zeremonie passen. Die Contessa meinte offenkundig eine Wolke anderer Art.

Sie gingen durch ein Tor. Über ihren Köpfen erhoben sich zu beiden Seiten *loculi* oder Grabnischen. Die Wände mit den Bildern der Toten waren voller Blumen. Als sie sich in die Richtung des Mausoleums der da Capo-Zendrinis wandten, sagte die Contessa: »Falls Alvise noch am Leben wäre, würde er wollen, daß ich zu Bobo halte, ganz gleich, was geschieht!«

Urbino wußte, daß er auf diese Bemerkung besser nichts erwidern sollte, steckte sie doch voller Widersprüche, die genau erkennen ließen, wie verwirrt die Contessa war.

»Ist es das, womit Sie sich trösten? Nach allem, was ich über Alvise weiß, hat er sich von niemandem zum Narren halten lassen.«

»Das stimmt, aber er wußte, was Loyalität bedeutet. Bobo hat mir alles erzählt, und ich glaube ihm!«

»Alles?«

Nachdem Urbino und Bobo am Vortag ihre Unterredung beendet hatten, wollte Bobo noch mit der Contessa sprechen und dann zur Questura gehen. Urbino hatte ihn mit der Erledigung dieser überfälligen Pflicht allein gelassen und war in den Palazzo Uccello zurückgekehrt, um alles erneut zu überdenken.

»Ja, *tutto*! Alles über seinen Streit mit Moss auf dem Campo San Luca, den Erpresserbrief, seine ... seine Beziehung zu dieser armen Frau. Auch wenn er mir nicht schon auf Torcello von ihr erzählt hat ...« Sie fing sich und bekräftigte: »Ja, alles!«

»Ich glaube, Ihr Urteilsvermögen ist getrübt, wenn es um Bobo geht.«

»Und wer sind Sie? Die blinde Justitia? Achten Sie mal auf das Funkeln in Ihren Augen!«

»Aber verstehen Sie denn nicht, was all das zu bedeuten hat? Sie haben ihm auf Torcello von Helen Creel erzählt. Er war Ihnen gegenüber nicht nur unaufrichtig, als er ehrlich hätte sein sollen – und zwar schon wesentlich früher als zu jenem Zeitpunkt –, sondern er hatte mehr als genug Zeit, sich genau zu überlegen, *was* er uns erzählen würde, um uns nicht mehr zu verraten, als wir ohnehin schon wußten!«

Angestrengt schweigend näherten sie sich dem Mausoleum mit seinen Statuen weinender Engel, St. Katharina von Siena und St. Nikolaus von Bari. Die Statue des Heiligen Nikolaus hatte stärker unter dem Wetter gelitten als die anderen und stand nicht mehr so fest auf ihrem Sockel. Daneben lag ein Gräberfeld, das gerade der grausigen Prozedur einer Exhumierung unterzogen wurde.

Die Contessa nahm einen Schlüssel aus ihrer Tasche. Ihre Hand zitterte, halb aus Verärgerung, halb aus Furcht. Sie ging zu der eisernen Flügeltür. Sie hatte sich in letzter Zeit bemüht, ihre abergläubische Angst vor dem Mausoleum zu überwinden, wo man noch zu Lebzeiten des Conte ihren Namen und ihr Geburtsdatum auf einer Tafel eingraviert hatte, die seitdem auf das noch unbekannte zweite Datum wartete.

Als sie jetzt die Tür aufschloß und den violetten Innenraum betrat, tat sie dies mit einem leichten Schaudern und einem klaustrophobischen Gefühl. Einer ihrer wiederkehrenden Alpträume beinhaltete, hinter den massiven Türen des Mausoleums eingeschlossen zu werden.

Sie reichte Urbino eine leere Urne, und er füllte sie an einem Hahn am Wegesrand mit Wasser. Er brachte sie zu ihr zurück. Sie stellte die Chrysanthemen hinein, zündete dann eine Votivkerze an und stellte sie neben die Urne auf den malvenfarbigen Marmoraltar. Sie sprach ein Gebet, schloß die Türen wieder ab und kehrte zu Urbino zurück, der auf dem Pfad wartete. Sie wirkte erleichtert, als wäre sie knapp einem entsetzlichen Schicksal entronnen.

Sie warf einen Blick auf die gähnenden Öffnungen der leeren Gräber in der Nähe, mit ihren Erdhaufen, Betontrümmern, verstreuten Plastikblumen und zersplitterten Holzkreuzen. Ohne jede Vorwarnung rief sie: »Die hier kümmert nichts mehr, und niemand kümmert sich mehr um sie. Aber Sie, *caro* – und wir!«

Urbino hatte kaum Gelegenheit, über die Mehrdeutigkeit dieser letzten Äußerung nachzudenken, als die Contessa eine noch ominösere Bemerkung folgen ließ:

»Suchen Sie woanders nach Ihrem Mörder! Falls nicht, wird etwas Furchtbares geschehen! Sie sind schrecklich irregeleitet und sehen es nicht einmal. Machen Sie die Augen auf!«

Eine Ermahnung, der sie besser selbst Folge leisten sollte, dachte Urbino im stillen.

Plötzlich zuckten sie zusammen, als die Contessa über einen Lautsprecher ins Büro der Friedhofsverwaltung gebeten wurde, um dort einen Anruf entgegenzunehmen. Urbino verweilte noch ein wenig, um grübelnd die exhumierten Gräber zu betrachten. Dieser Anblick war für ihn jedesmal aufs neue deprimierend. Nur die Toten, deren Nachkommen über ein gutes Gedächtnis und ausreichende Mittel verfügten, ruhten in Ewigkeit. All die anderen mußten ihre Knochen – oder was auch immer von ihnen übrigbleiben mochte – nach dürftigen zwölf Jahren in ein Gemeinschaftsgrab oder in den *ossuario* des Friedhofs umbetten lassen.

Langsam schlenderte er zum Büro der Friedhofsverwaltung, wo die Contessa bereits auf ihn wartete.

»Das war Corrado.« Corrado war ein Freund in der Questura. »Ich hatte ihn gebeten, mich anzurufen, sobald das Ergebnis von Orlandos Autopsie vorliegt. Mauro hat ihm gesagt, daß ich hier zu erreichen bin. Orlando ist eines natürlichen Todes gestorben! *Das* sollte Ihnen endlich vor Augen führen, was für ein Kartenhaus Sie hier errichtet haben!«

Soweit es unter solchen Umständen und an einem solchen Ort möglich war, schien die Contessa sich hämisch zu freuen. Doch ihr Kinn war zu stolz emporgereckt, um Urbino nicht erkennen zu lassen, daß sie vordringlich nicht ihn, sondern in erster Linie sich selbst zu überzeugen hoffte.

18

Als sie gerade in den *motoscafo* der Contessa steigen wollten, entdeckten sie Harriet. Sie trug einen langen dunkelgrünen Regenmantel und hatte eine Strickmütze tief ins Gesicht gezogen. In ihrer Hand hielt sie einen Blumenstrauß.

»Was macht *sie* denn hier?« fragte die Contessa in verärgertem Tonfall. »Sie hat heute morgen angerufen und gesagt, sie wäre noch immer krank. Und sie hat Blumen dabei! Sie kennt niemanden, der hier beerdigt ist.« Sie sah Urbino an und fragte: »Oder doch?«

»Nicht daß ich wüßte. Ich möchte ein paar Dinge mit ihr besprechen. Fahren Sie ohne mich los.«

Während der *motoscafo* der Contessa davonfuhr, blickte sie bekümmert und zugleich mißtrauisch durch das Kabinenfenster zu Urbino zurück.

Harriet hatte die Contessa und Urbino nicht bemerkt. Sie schreckte zusammen, als er auf sie zukam, und zog ihr fliehendes Kinn noch weiter zwischen die Schultern zurück.

Jedesmal wenn Urbino ihr in den letzten beiden Wochen begegnet war, hatte sie ein Stück erschöpfter gewirkt, schließlich sogar krank. Jetzt im Sonnenlicht war ihr Gesicht ungesund weiß. Die Stellen unter ihren Augen waren hingegen so dunkel, daß sie wie Blutergüsse wirkten, doch am beunruhigendsten war ihr Blick. Harriet wirkte gehetzt, verängstigt und schien überallhin zu schauen, nur nicht in Urbinos Augen.

»Erweisen Sie den Toten Ihre Ehre, Harriet?«

Sie sah hinab auf ihren Blumenstrauß, als hätte ihn ihr jemand in die Hand gedrückt, ohne daß es ihr aufgefallen wäre.

»Äh, ja genau.«

»Haben Sie etwas dagegen, wenn ich mich Ihnen anschließe?«

Harriet zögerte einige Sekunden und sagte dann: »Natürlich nicht.« Sie gingen durch das Tor, dessen gotische Fresken St. Michael und den Drachen zeigten, und betraten das Klostergelände. Als sie an das Verwaltungsbüro kamen, verlangsamte Harriet ihre Schritte, als wolle sie stehenbleiben. Dann jedoch ging sie weiter durch das Haupttor und gelangte aufs Friedhofsgelände. Dort allerdings hielt Harriet inne. Sie wirkte unentschlossen.

»Wohin möchten Sie?«

»Hier entlang«, sagte sie und wandte sich nach links. Sie gingen schweigend nebeneinander, bis sie zu einer Reihe von Säuglings- und Kindergräbern kamen.

»Ja, hier ist es.«

Sie folgte langsam dem Weg und blickte dabei auf die Gräber. Die meisten waren mit Statuen und Engeln geschmückt und trugen die Keramikbilder der toten Säuglinge und Kinder. Vor einem Grab mit dem Schwarzweißfoto eines kleinen

Mädchens mit weißem Hut hielt sie inne. Die Inschrift auf dem Kreuz lautete: »Mamma Pappa Ti Ricordano 1935–1938.«

Harriet lehnte den Blumenstrauß gegen das Kreuz.

»Ihre Eltern sind vermutlich nicht mehr am Leben, um sich an sie zu erinnern«, sagte sie.

Diese Sentimentalität war ein Charakterzug, den Urbino an Harriet bislang noch nicht wahrgenommen hatte. Er fragte sich, welch andere unbekannte Facetten sie noch besitzen mochte. Von allen Verdächtigen schien Harriet am wenigsten Veranlassung gehabt zu haben, Moss, Quimper und Gava den Tod zu wünschen.

Schweigend verharrte sie einige Minuten auf Knien, bis einer der zahlreichen Salamander von San Michele vor ihr durch das Gras schnellte. Mit einem spitzen Schrei sprang sie auf.

Sie gingen auf demselben Weg wieder zurück.

»Ich würde Ihnen gern einige Fragen stellen, Harriet«, sagte Urbino. »Bobo hat mir erzählt, daß er letzte Woche einen Brief erhalten hat. Sie haben ihm das Schreiben gegeben. Es ist nicht mit der Post gekommen. Können Sie sich daran erinnern?«

»Selbstverständlich weiß ich das noch!«

Hinter dieser temperamentvollen Antwort schien noch etwas anderes zu stecken als nur ihr professioneller Stolz, sich an Kleinigkeiten erinnern zu können.

»Wo haben Sie den Brief gefunden?«

»Unter der Tür des Palazzos.«

»Aber unter welcher? Es gibt zwei, abgesehen von der am Wasser.«

»Natürlich unter der Haustür. Nein, nein, was sage ich da? Nicht diese Tür. Ich meine die Tür an der *calle.*«

»Davon kann man wohl ausgehen, nicht wahr, denn sonst hätte der Überbringer ja zunächst am ersten Durchgang eingelassen worden sein müssen. Nur dann hätte er – oder sie – den Brief problemlos unter der Haustür hindurchschieben können.«

Harriet wirkte verwirrt und verängstigt. Als sie das Kloster erreichten, blieb Urbino stehen und legte die Hand auf Harriets Arm.

»Sie fürchten sich vor Bobo, nicht wahr, Harriet? Sie sind aus der Ca' da Capo ausgezogen, weil Sie nicht mit ihm unter einem Dach sein wollten, oder?«

»Das ist doch lächerlich! Ihn fürchten? Natürlich nicht! Ich bin ausgezogen, um ein wenig Privatsphäre zu haben!«

»Wenn Sie keine Angst vor Bobo haben, vor wem oder wovor dann? Denn Sie *haben* Angst, große Angst. Ist es Marco Zeoli?«

Ihr schrilles, hohes Lachen hallte von den Klostermauern wider. Zwei schwarzgekleidete Frauen sahen sie stirnrunzelnd an. Harriets unattraktives Gesicht wirkte in diesem Moment sogar noch bleicher und verhärmter. Plötzlich packte sie Urbinos Arm und sah ihm zum erstenmal direkt in die Augen. In ihrem Blick lag Angst, aber auch ein dringendes Anliegen. Er spürte, daß sie im Begriff war, etwas zu sagen, ihn um etwas zu bitten. Ihr Griff wurde erst fester, dann wieder schwächer.

»Bitte lassen Sie mich allein. Ich flehe Sie an!«

Sie eilte in die Kirche, als würde sie Zuflucht suchen.

Urbino begab sich auf die andere Seite der Kirche und verharrte auf den ausgewaschenen Stufen, bis ein Boot angelegt und wieder abgelegt hatte, dann ging er zurück ins Kloster. Er achtete darauf, nicht bemerkt zu werden. Harriet stand am Fenster der Friedhofsverwaltung. Sie nahm einen Lageplan des Friedhofs von einem Stapel und steckte ihn in ihre Handtasche.

19

Auf seinem Weg vom Anlegesteg gegenüber der Friedhofsinsel zurück zum Palazzo Uccello hatte Urbino das Gefühl, er stünde kurz davor zu begreifen, welchen gewundenen Verlauf die Ereignisse genommen hatten, seit er von der Contessa aus Marco Zeolis Kurbad zurückbeordert worden war – genaugenommen seit einem Augenblick vor zwölf Jahren, in einem Therapieraum desselben Kurbads, als man Helen Creel, die Mutter von Hugh Moss, ermordet hatte. Wenn er bislang nicht in der Lage gewesen war, die Einzelteile zusammenzusetzen, dann vornehmlich deshalb, weil es so schwierig war, die Lügen auszusondern. Lügen, die genauso undurchsichtig, aber bei weitem nicht so heilsam waren wie der Schlamm von Abano, in dem so viele dieser Lügen ihren Ursprung hatten.

Er starrte von einer Brücke hinab auf einen Kanal. Am gegenüberliegenden Ufer waren Boote vertäut, die dringend einen neuen Anstrich und einige Reparaturen vertragen konnten. Vor einem Haus hing Wäsche auf einer Leine. Die leuchtenden Farben und geometrischen Formen standen in deutlichem Kontrast zu der abblätternden und verblaßten Fassade. Efeu rankte sich an einer Mauer empor. Die ganze Szenerie spiegelte sich im dunklen Wasser, auf dem schillernde Öllachen trieben.

Er schaute hinunter in die finsteren Tiefen. Unter der Oberfläche konnte er verschiedene lauernde Umrisse ausmachen, die ihn mit ihren verzerrten Formen zu necken schienen. Wie er aufgrund niedriger Pegelstände und gelegentlicher Entwässerungen der Kanäle wußte, handelte es sich um ganz banale Gegenstände. Schirme, Räder, Puppen, Kisten. Aber wenn sie, so wie jetzt, unter der Wasseroberfläche verborgen lagen, gerieten sie oftmals zu wirren Phantasiegebilden.

Er schaute noch eine Weile nach unten auf das Wasser, bis er erschrocken bemerkte, wie sein eigenes Spiegelbild zu ihm hinaufstarrte.

Als er im Palazzo Uccello eintraf, fand er eine Nachricht von Gemelli vor, er möge sich mit ihm in Verbindung setzen.

»Es geht um Rosa Gava Casarotto-Re«, sagte Gemelli, als Urbino ihn anrief. »Wir haben mit den Carabinieri in Taormina gesprochen. Sie ist vor zehn Jahren am neunundzwanzigsten Oktober gestorben. Sie hatten recht. Am gleichen Tag wie Gava. Und an Atemstillstand, genauso wie er. Der offizielle Befund lautete ›Natürliche Todesursache‹. Aber nach meinem Dafürhalten war die Sache ein wenig rätselhaft. Warum sind der Frau die Medikamente ausgegangen? Ihr Inhalator war leer, und man hat keinerlei Flaschen gefunden, weder leere noch andere. Und in ihrem Körper ließen sich keine Spuren der Medikamente nachweisen. Seltsam, nicht wahr? Und noch etwas. Es geht um Gava. Später am selben Tag ist auch ihm etwas zugestoßen.«

Noch bevor Gemelli ihm verriet, um was es sich handelte, wußte Urbino bereits Bescheid. Ihm fiel jetzt ein, welches Ereignis aus Taormina in seinem Unterbewußtsein geschlummert hatte. Die Contessa hatte es vor zwei Wochen im Café Florian während ihres Lobgesangs auf Bobos Mut erwähnt.

»Er wäre fast im Meer ertrunken«, sagte Gemelli. »Zum

Glück war Casarotto-Re bei ihm. Anscheinend ist er doch kein so schlechter Kerl. Er hat Gava vor dem sicheren Tod gerettet. Aber daß die beiden Männer unmittelbar nach dem Tod der Frau schwimmen gegangen sind, ist mir unbegreiflich.«

20

»Barbara ist nicht da«, sagte Bobo zu Urbino an jenem Nachmittag. Sein Kopf steckte hinter einer Wolke aus Zigarettenrauch. Zusammen mit Livia und Peppino hielt er den *salotto blu* besetzt. Bobo trug einen modisch geschnittenen Tweedanzug und schien sich vollständig von seiner kürzlichen Unpäßlichkeit erholt zu haben. Er saß auf dem Sofa, während Livia unter dem Gemälde von Veronese stand und in einer langen Zigarettenspitze eine von Bobos Gauloises rauchte. Peppino döste auf einem der Louis-Quinze-Stühle.

Urbino hatte das deutliche Gefühl, in eine wichtige Unterredung hineingeplatzt zu sein.

»Sie ist mit Harriet bei der Stadtverwaltung und bespricht die letzten Einzelheiten der Prozession heute abend«, erklärte Bobo und stand auf. Er sah Livia an. »Vielleicht sollten wir jetzt besser in den Garten gehen. Peppino ist ein wenig unruhig geworden.«

Als Peppino seinen Namen hörte, hob er kurz ein Augenlid, schlief gleich darauf aber wieder ein. Livia nahm ihn auf den Arm.

»Ich fürchte, es sieht nach Regen aus«, sagte Urbino.

»Wir sind nicht aus Zucker!« sagte Livia frostig. »Laß uns gehen, Bobo.«

»Regen!« sagte Bobo begeistert. »Das wird ganz hervorragend zu der Prozession passen. Wie stimmungsvoll!« Er rezitierte eine geeignete Textstelle von D'Annunzio über das rauhe Wetter und sagte dann: »Bedienen Sie sich, Urbino.« Er wies auf den niedrigen Tisch, auf dem Teller, abgedeckte Servierplatten, zwei Champagnergläser und eine Flasche Dom Pérignon standen. »Ich fürchte, vom Champagner ist nur noch ein kleiner Schluck übrig, aber auch der wird Ihrem lästigen Zeh sicher guttun. Barbara sagte, sie würde nicht vor sechs Uhr zurück sein. Ich weiß nicht, ob Sie so lange hier warten wollen.«

Nachdem Bobo und Livia gegangen waren, hob Urbino die Deckel einiger Servierplatten und entdeckte erlesenste Bissen aus Küche und Speisekammer der Ca' da Capo-Zendrini. Er strich sich etwas Belugakaviar auf einen Cracker und spülte ihn mit dem Rest Dom Pérignon hinunter.

Er blickte durch das Fenster des *salotto* in den Garten und sah Bobo und Livia langsam an den steinernen Löwen vorbeischlendern. Dann schlich er sich in die obere Etage und betrat Bobos Zimmer. Urbino, der selbst schon zu zahlreichen Gelegenheiten in diesem Raum übernachtet hatte, bemerkte ein neues Gemälde an der Wand: ein Porträt der Contessa, die sich in einige tunesische Kissen zurücklehnte. Das Bild hatte bislang in der Bibliothek gehangen.

Er wußte nicht, was er in Bobos Zimmer zu finden hoffte. Irgend etwas. Egal, was. Die Polizei hatte das Zimmer bereits durchsucht, und außerdem war Bobo ein zu gerissener Mann, um irgendwelche Beweisstücke offen herumliegen zu lassen. Er würde sie entweder bei sich tragen oder sie schon längst vernichtet haben.

Auf dem Nachttisch lag ein ledernes Adreßbuch. Es war von edler florentinischer Machart, ganz ähnlich dem, welches ihm in Gavas Hotelsuite aufgefallen war. Er blätterte es durch. Die Polizei mußte eine Kopie des Inhalts angefertigt haben. Die Namen Moss und Creel tauchten nicht auf, ebensowenig die von Marco Zeoli oder John Flint, wenngleich es einen Eintrag für Oriana gab. Orlandos Name war mit einem schwarzen Füllfederhalter ordentlich durchgestrichen worden. Livia Festa war offenbar häufig umgezogen, denn unter ihrem Namen waren so viele Adressen ausgestrichen und andere dafür eingefügt worden, daß Bobo den Eintrag am Ende des Buches hatte fortsetzen müssen. Alle früheren Einträge waren unter dem Buchstaben »L« erfolgt. Harriets Adresse im Ghetto war ebenfalls eingetragen.

Auf dem Flur ertönten Schritte. Er legte das Adreßbuch zurück. Er hatte sich nicht überlegt, was er tun oder sagen würde, falls Bobo ihn erwischte. Aber die Schritte gingen an dem Zimmer vorbei. Höchstwahrscheinlich Mauro oder Lucia. Urbino atmete erleichtert auf und setzte seine Suche fort.

Es gab mehrere Bände mit D'Annunzios und Bobos eigenen Werken. Ein großer Umschlag war vollgestopft mit Kritiken von Bobos Auftritten, Rezensionen seiner Bücher und zahlreichen Zeitungsausschnitten, deren Fotos anschaulich belegten, wie wenig Bobo sich in den letzten fünfzehn Jahren verändert hatte. Ein Artikel beschäftigte sich mit der Demonstration in Mailand vor einigen Jahren, die Bobo erwähnt hatte: FEMINISTINNEN VERZÖGERN D'ANNUNZIO-GASTSPIEL. Der Bericht enthielt nichts von Bedeutung.

Unter einer der Keramikpalmen lag ein Stapel Videokassetten von Bobos Auftritten, darunter eine des *Granatapfel*-Premierenabends im Teatro del Ridotto. Urbino wurde immer nervöser, denn er befürchtete, daß Bobo und Livia jeden Augenblick aus dem Garten zurückkommen würden.

Er begann sich zu beeilen. Aus einer kleinen Schatulle funkelten ihm Ringe und Manschettenknöpfe entgegen. Aus den Designeranzügen, Jacken und Hemden im Kleiderschrank stieg ihm Bobos Duft in die Nase, eine Mischung aus teurem Eau de Cologne und Tabak. Socken, Unterwäsche und weitere Hemden lagen sorgsam gefaltet in Schubladen, die mit florentinischem Papier ausgeschlagen waren. In einer Ecke des Raums standen nebeneinander mehrere Paar Schuhe, ein jedes mit Schuhspanner. Der Wäschekorb war leer.

Kein Tagebuch, kein Geld, kein Paß oder Ausweis, keine Briefe, keine Postkarten. Er wollte gerade das Zimmer verlassen, als ihm noch etwas einfiel. Bobos Kulturtasche. Er fand sie in einem der Fächer des Kleiderschranks. Schlaftabletten, Beruhigungsmittel, Hustenpastillen – und zwar weit mehr als hundert Stück –, eine Schere, eine Nagelschere. Dann entdeckte er etwas unter den anderen Dingen, das ihn mit beträchtlichem Vergnügen erfüllte, wenn es ihm auch nicht zu den Einsichten verhalf, die er sich erhoffte. Es war eine Tube mit Haftcreme für Zahnprothesen.

Er wollte nicht riskieren, auch noch das Badezimmer zu durchsuchen, denn er hatte sein Glück schon stark genug strapaziert. Er schlich aus dem Raum und den Flur entlang.

Harriets früheres Zimmer wurde offenbar noch immer saubergemacht. Das Fenster stand offen, ebenso wie die Läden davor. Das Mobiliar war einfach, aber stilvoll. Man hatte es aus mehreren anderen Räumen zusammengestellt, so daß es Harriets unkompliziertem Geschmack entsprach. Der ungewöhnlichste Einrichtungsgegenstand war ein Empire-Sekretär, der ursprünglich im Tagessalon gestanden hatte. Seine Schubladen und Fächer enthielten nichts. Der Tintenlöscher wies einige Flecke auf, aber es handelte sich dabei nicht um Kritzeleien oder mysteriöse Linien, die man womöglich vor einem Spiegel als Buchstaben oder Zahlen hätte entziffern können.

Der Kleiderschrank war bis auf einige Bügel leer. Auf dem Bücherbord lag lediglich ein Stadtplan von Venedig, wie man ihn an jedem Kiosk der Gegend kaufen konnte. Er faltete ihn auseinander. Die Ca' da Capo-Zendrini am Canal Grande war mit einem sauberen »X« markiert, ebenso der Palazzo Uccello und, wie Urbino erkannte, Marco Zeolis Wohnung. Er faltete die Karte wieder zusammen und legte sie zurück.

Er bedauerte, daß er nicht schon unmittelbar nach Harriets Umzug einen Blick in ihr Zimmer geworfen hatte, ging zum offenen Fenster und spähte vorsichtig nach draußen, wobei er sich hinter den Vorhängen verbarg. Unterhalb lag der Garten. Urbino konnte keine Spur von Bobo und Livia entdecken, weder auf den Wegen noch zwischen den Buchsbaumsträuchern und Lorbeerhecken.

Er wollte gerade wieder nach unten gehen, als er Livias Stimme so klar und deutlich wie eine Glocke zu sich hinaufschallen hörte. Die beiden mußten sich in der Pergola befinden, einem der wenigen versteckten Orte im Garten. Die Tatsache, daß er Livias Stimme und dann Bobos sofortige Antwort so deutlich verstehen konnte, lag nicht an der Lautstärke – denn die beiden sprachen genaugenommen eher leise miteinander –, sondern an der besonderen Akustik im Garten der Contessa. Urbino war dies zuvor schon einmal aufgefallen, aber er hatte gar nicht mehr daran gedacht. Die Stimmen des Paares ebbten bald wieder ab, aber er hatte genug gehört. Er mußte an den Abend denken, an dem die Contessa ihr Fest gegeben hatte, den Abend, an dem Orlando zusammengebrochen war. Bobo und Livia traten aus der Pergola und gingen zurück zum Palazzo, offenbar immer noch in ein intimes Gespräch vertieft, das er jedoch nicht länger belauschen konnte.

Urbino wandte sich hastig vom Fenster ab und stieß mit beträchtlicher Wucht gegen eine Ecke des Kleiderschranks. Der Aufprall war so stark, daß nicht nur ein qualvoller Schmerz durch seine Schulter schoß, sondern der Schrank sich auch ein wenig bewegte. In diesem Moment hörte er ein Geräusch, als würde etwas verrutschen und dann hinunterfallen. Das Geräusch wanderte hinter dem Schrank in Richtung Boden und erstarb. Er rieb sich die Schulter und blickte hinter den Schrank. Ein schmaler Spalt wurde sichtbar. Ein Spalt, der sich durch den Aufprall offenbar verbreitert hatte. Er sah nach unten auf den Boden hinter dem Schrank und entdeckte ein dünnes, dunkles rechteckiges Objekt. Seine Hand war zu groß, um in den Spalt zu passen. Er schob den Schrank ein Stück weiter von der Wand ab, so daß er dahinterfassen konnte. Seine Finger berührten und packten dann etwas aus Papier.

Er zog das Objekt hervor. Es war ein großer Umschlag, fast genauso wie der, den er kurz zuvor in Bobos Zimmer gesehen hatte. Auch der Inhalt entsprach dem von Bobos Umschlag. Zeitungsausschnitte. Und jeder war mit einem persönlichen Kommentar versehen und signiert. Die Ausschnitte hätten nicht enthüllender sein können, selbst wenn die abgebildeten Männer und Frauen nackt gewesen wären anstatt modisch gekleidet.

Die Teile fügten sich zu einem Bild. Er faltete den Umschlag mit den Zeitungsausschnitten zusammen und steckte ihn in die Innentasche seiner Jacke.

Dann verließ er schleunigst die Ca' da Capo-Zendrini, bevor Bobo und Livia ihn sehen konnten. Er mußte Gemelli anrufen.

Teil IV

Die Insel der Toten

1

Alle hatten Votivkerzen oder Lampen bekommen. Urbino drehte sich um und warf einen Blick zurück, als er die Brücke zur Hälfte überquert hatte. Eine kurze Lichterkette schlängelte sich hinter ihm. Venedig lag dunkel und schlafend unter tiefhängenden Wolken. Das Wetter war trübe, aber es war eine warme Nacht. Nebelschwaden trieben von der Lagune herein.

Vor ihm ging die Contessa und ließ sich von Bobo über die Pontonbrücke helfen. Sie trug schwarze Kleidung mit silbernem Besatz. Ihr Schritt war fest, aber behutsam, und sie hielt ihre Kerze vor sich, obwohl der Weg durch Laternen erhellt wurde.

Wie viele Angehörige dieser kleinen Prozession wollten wirklich dort sein? Nach ihren Mienen und schleppenden Schritten zu urteilen, ganz sicher weder der Priester, der in der nahen Jesuitenkirche eine Mitternachtsmesse gehalten hatte, noch die Handvoll Stadtverordneter.

Livia war ohne Peppino gekommen. Sie vermittelte den Eindruck, sie würde all dies nur deshalb über sich ergehen lassen, weil sie es genoß, ihre schwarz konturierten Augen auf die Rücken der Contessa und Bobos zu heften und darauf zu warten, daß zumindest einer der beiden ins Stolpern geriet.

Oriana hatte sich bereits gestern entschuldigt, weil Filippo krank darniederlag und ihrer Pflege bedurfte. Aber Flint war gekommen. Er hielt einen Strauß Veilchen für das Grab ihrer Eltern fest an seine dunkle Samtjacke gepreßt. Seine Haltung war angemessen würdevoll, als rechne er damit, jeden Moment fotografiert zu werden.

Zeoli schritt mit mürrischem Gesicht über die Planken. Vorsichtig setzte er einen Fuß vor den anderen, denn er wußte von Berufs wegen, wie schmachvoll verletzte Gliedmaßen sein konnten. Harriet, der er bisweilen bei ihren zaghaften Schritten half, hatte sich mittels Schal, Hut und Handschuhen fast unkenntlich gemacht. Ihr verängstigter Blick ruhte auf den heranziehenden Nebelschwaden, als handle es sich um einen Pesthauch.

Die einzigen Leute, die außer der Contessa ganz bei der Sache zu sein schienen, waren ein halbes Dutzend humpelnder Frauen in Witwentracht, die eindeutig lieber in Feuchtigkeit und Nebel umherwanderten, als schlaflos und einsam zu Hause vor ihren Heizöfen zu verweilen.

Und so legten sie alle langsam den Weg zur Insel der Toten zurück, deren Ziegelmauern, Zypressen und Anlegesteg vom Nebel umhüllt und trotz der kurzen Entfernung kaum sichtbar waren.

2

Nachdem die Prozession die Bootsbrücke im Schleichtempo überquert hatte, zerstreute sich die Gruppe bald. Die Funktionäre ließen noch den Segen des Priesters über sich ergehen und eilten dann aus der Kirche zu ihren wartenden Booten. Die Witwen kannten sich auf dem Friedhof aus, und so zogen sie trotz Dunkelheit und Nebel alle zugleich mit ihren

Blumen, kleinen Schaufeln und Lampen zielstrebig ihrer Wege.

»Urbino«, flüsterte Bobo, »ich muß mit Ihnen sprechen. Begleiten Sie Vater Vida und mich in die Cappella Emiliana. Entschuldige uns bitte, Barbara.«

Bobo zog Vater Vida in die Seitenkapelle der Kirche und begann, begeistert auf ihn einzureden. Als Urbino sich dazugesellte, wandte Bobo sich ihm zu und sagte auf englisch: »Ich werde mich beeilen. Ich bin sicher, wir werden beobachtet. Nein, schauen Sie sich nicht um. Unser guter Priester hier versteht kein Wort Englisch, aber ich werde ein paar laute Bemerkungen über die Kapelle fallenlassen, um ihn und jeden eventuellen Lauscher in die Irre zu führen. Ich habe noch einen Erpresserbrief bekommen! Mauro hat ihn vor einer Stunde in dem kleinen Hof bei der äußeren Tür gefunden, nachdem zuvor jemand geklingelt hatte. Barbara weiß nichts davon. *Gugliemo dei Grigi!*« warf er ein und benannte damit den Künstler, der die Kapelle entworfen hatte. Die Contessa, die neben Harriet und Zeoli stand, warf ihnen einen nervösen Blick zu. »Und nein, ich hatte noch keinerlei Gelegenheit, die Polizei zu verständigen – *1530! Tutto marmo!* Ein Lageplan des Friedhofs war beigefügt. Ich soll zu einem Ort kommen, der darauf markiert ist. Irgendwo am jenseitigen Ende. Das Grab von Baron Corvo. Ich schätze, das soll wohl irgendwie ironisch wirken, denn Frederick Rolfe hat sich diesen Namen und Titel eigenmächtig verliehen. *Ruskin!* Lassen Sie jetzt den Priester und mich hier in der Kapelle stehen, und benehmen Sie sich unauffällig, aber folgen Sie mir zu dem Grab. Wissen Sie, wo es ist? *Gotica!*«

Urbino nickte. Ihm fiel ein, daß sowohl Livia als auch Flint bei verschiedenen Gelegenheiten auf Baron Corvo zu sprechen gekommen waren. Er ließ Bobo und den verdutzten, ratlos lächelnden Priester zurück und ging zu Flint. In seiner Hand hielt der frühere Dressman einen Plan des Friedhofs, wie sie auch im Verwaltungsbüro auslagen.

»Können Sie mir helfen, Urbino? Oriana hat das Grab ihrer Familie markiert, aber ich bin trotzdem verwirrt. Würden Sie mir bitte zeigen, wie ich gehen muß, damit ich die Blumen dort niederlegen kann?«

Er hob den schlichten Veilchenstrauß. Urbino erklärte ihm den kürzesten Weg zu dem Grab. Es lag nicht weit vom Mausoleum der da Capo-Zendrinis entfernt. Um selbst den richtigen Weg einzuschlagen, ließ Urbino seinen Blick in die andere Ecke des Plans schweifen, zum Standort von Baron Corvos Grab.

»Vielen Dank! Ich gehe besser gleich los. Ich will die Boote zurück nach Venedig nicht verpassen. Ein Friedhof ist nicht unbedingt der Ort, an dem ich die Nacht verbringen möchte!«

»Ich auch nicht!« sagte Livia, die in der Nähe auf einer Kirchenbank saß. Verärgert blickte sie kurz zu Bobo, der noch immer mit dem Priester sprach. Flint entschuldigte sich und ging. Als er die Kirchentür öffnete, drangen Nebelschwaden ins Innere.

»Ich habe es Bobo gesagt, und ich sage es Ihnen«, fuhr Livia fort. »Und Sie können es *ihr* erzählen, wenn Sie wollen!« Ihr wütendes Nicken in Richtung der Contessa war überflüssig, denn Urbino wußte ohnehin, wen sie meinte. »Ich bleibe hier sitzen, bis die Boote zurückfahren, also vergessen Sie mich nicht! Ich weiß gar nicht, warum ich überhaupt hergekommen bin!«

»Stimmt, warum sind Sie hier?«

Sie preßte ihre vollen Lippen zusammen und legte die Stirn in Falten. Urbino entschuldigte sich und schloß sich der

Contessa an, die mit Harriet und Zeoli langsam dem Ausgang entgegenstrebte.

»Harriet und ich gehen zum Mausoleum. Warum begleiten Sie uns nicht? Marco wollte eigentlich mitkommen, aber er fühlt sich nicht wohl.« Der Mann sah tatsächlich nicht besonders gesund aus. Seine Augen waren blutunterlaufen, und seine fahle Haut schimmerte kränklich. »Sie sollten sich besser hier ausruhen, mein lieber Marco. Vielleicht können Sie ja Livia Gesellschaft leisten. Ich schätze, sie wird wohl das erste Boot zurück nehmen.« Sie warf einen amüsierten Blick zu Livia hinüber, die in ihrer großen Handtasche wühlte. »Also, werden Sie sich uns anschließen, Urbino? Bobo sagt, er müsse selbst jemandem die Ehre erweisen. Ich weiß aber nicht, wohin er will. Er ist mir ausgewichen.«

»Warum gehen Sie und Harriet nicht schon vor, aber wenn es Ihnen nichts ausmacht, geben Sie mir ungefähr zwanzig Minuten, bevor Sie die Kirche verlassen. Ich möchte erst noch zu Ezra Pounds Grab.«

»Dieser Faschist!«

»Lassen Sie das nicht den Baron hören«, sagte Zeoli mit kraftlosem Lächeln. »D'Annunzio hat ebenfalls Sympathien für Il Duce empfunden.«

»Keine Kritik mehr an D'Annunzio heute nacht, Marco«, sagte die Contessa. »Sie hätten ihn hören sollen, Urbino. Er hat der armen Harriet endlos mit schrecklichen Geschichten in den Ohren gelegen. Jetzt setzen Sie sich einfach dort neben Livia, Marco. Und Sie passen gut auf ihn auf, Livia. Ich bin sicher, Sie tragen bestimmt einen ganzen Schwung Medikamente in dieser großen Tasche mit sich herum. Verarzten Sie ihn, falls er es nötig hat. Wie Sie wünschen, Urbino. Wenn Sie unbedingt zum Grab dieses grauenvollen Mannes wollen, dann gehen Sie nur. Sie wissen ja, wo das Mausoleum ist. Wir geben Ihnen zwanzig Minuten.«

Harriet schien nur wenig von dieser Unterhaltung mitzubekommen. Sie wirkte völlig geistesabwesend.

Urbino eilte nach draußen auf das neblige Klostergelände und dann in eine Krypta auf der anderen Seite des Klosters, wo sich laut Gemelli sein Kontaktmann aufhalten würde. Urbino berichtete ihm, was er jetzt zu tun beabsichtigte und was Bobo ihm über den neuesten Erpresserbrief und das Grab Baron Corvos erzählt hatte. Er vergewisserte sich, daß der Polizeibeamte genau wußte, wo sich Corvos Grab und das Mausoleum der da Capo-Zendrinis befanden.

Dann ging er auf den Friedhof.

3

Nebel umhüllte ihn und drang durch seine Kleidung. Das wenige, was er zu sehen vermochte, schien schwach zu leuchten, als würde es durch ein übernatürliches Licht erhellt. Gedämpfte Geräusche, zumeist unergründlichen Ursprungs, drangen schwach an seine Ohren. Der einzige Laut, den er erkannte, war ein Rascheln im Gras, entweder verursacht von den allgegenwärtigen Friedhofsratten oder den Salamandern, die Harriet so erschreckt hatten. Draußen in der Lagune erklang mehrmals das Tuten eines Nebelhorns.

Urbino ging ein kurzes Stück an der Mauer links vom Eingang entlang, blieb dann stehen und preßte sich dicht an eines der in die Mauer eingelassenen Gräber. Er mußte nur wenige Minuten warten. Aus Richtung des Klosters erklangen Schritte, verharrten kurz am Eingang des Friedhofs und wandten sich dann ohne weiteres Zögern nach rechts. Sie gingen in die ungefähre Richtung von Baron Corvos Grab und waren im Nebel schon bald nicht mehr zu hören.

Obwohl Urbino sich angestrengt bemühte, konnte er weder die Silhouette der betreffenden Person erkennen noch ausmachen, ob die Schritte von einem Mann oder einer Frau stammten.

Er schlug den gleichen Weg ein, den die Schritte genommen hatten. Er ging langsam, weil er im Nebel kaum etwas erkannte und weil er auf dem Kiesweg möglichst wenig Lärm machen wollte. Dicht über dem Boden waren altmodische Laternen angebracht, die nur sehr wenig Licht spendeten, so daß sich jemand in Reichweite eines anderen aufhalten konnte, ohne gesehen zu werden. Gelegentlich glaubte er, den Schein einer Lampe zu erkennen und einige Sprachfetzen zu hören, aber der Nebel und die Dunkelheit waren ebenso trügerisch wie verhüllend. Wenn er diesen Weg nicht schon so oft entlanggegangen wäre, hätte er sich sogar noch langsamer Schritt für Schritt vorantasten müssen.

Jedenfalls holte er die Person vor sich nicht ein. Es hätte ihm bereits ausgereicht, nur einen kurzen Blick auf den Unbekannten werfen zu können. Falls es Bobo war, würde er erleichtert sein, denn der Mann konnte sich nicht an zwei Orten gleichzeitig aufhalten. In diesem Fall konnte Urbino praktisch sicher sein, daß Bobo ihm die Wahrheit über den Erpresserbrief erzählt hatte. Davon hing sehr viel ab, denn dieses letzte Schreiben stellte ein unvorhergesehenes Ereignis dar, das alles zunichte machen konnte. Falls er in Harriets ehemaligem Zimmer die falschen Schlüsse gezogen hatte...

Aber er dachte diesen Gedanken nicht zu Ende. Er durfte sich einfach nicht geirrt haben. Langsam arbeitete er sich weiter durch den Nebel voran und überlegte, wieviel Zeit wohl noch blieb, bis die Contessa und Harriet die Kirche verlassen würden.

Das Grab Baron Corvos, der um die Jahrhundertwende an einer ähnlichen Prozession zu diesem Friedhof teilgenommen hatte, lag etwas weiter rechter Hand, nahe der äußeren Mauer. Urbino setzte seinen Weg mit Hilfe der Laternen fort, hauptsächlich jedoch dank seines Instinkts und seiner Ortskenntnisse. Gelegentlich riß der Nebel auf und enthüllte ein Stück des Weges vor ihm, einen Wasserhahn mit Eimer oder ein, zwei Grabstellen. Die meisten der Gräber wurden durch billige Holzkreuze markiert, ungefähr einen Meter hoch und mit Keramikbildern oder in Plastik eingeschweißten Fotos der Toten versehen. Die Namen der Verstorbenen waren einfach auf die Querbalken der Kreuze geschrieben, manchmal ohne Angabe einer Jahreszahl.

Er kam gut voran und befand sich schon bald in der Nähe der äußeren Friedhofsmauer, in einem Bereich, in dem man Grabnischen in mehrfach übereinanderliegenden Schichten errichtet hatte. In der Nähe des Wassertors blieb er hinter einer der Reihen stehen. Durch Kugelleuchten auf der Mauerkrone wurde die Gegend schwach erhellt. Die Nische Baron Corvos lag in der obersten Schicht und blickte über die Lagune auf die schlafende Stadt. Über eine verschiebbare Metalltreppe in der Nähe konnte man zu den höher gelegenen Gräbern gelangen. Marmorbruchstücke, große Felsen, umgestürzte Grabsteine, Urnen und Kreuze mit Fotos lagen in der Gegend verstreut.

Noch bevor der Nebel wieder von der Lagune hereinzog, erkannte Urbino eine große Gestalt, die unter der Treppe aus Gitterrosten stand. Es war Bobo. Seine Zigarette glühte hell auf, dann versank sein Gesicht wieder in der Dunkelheit. Er hatte Urbino nicht bemerkt. Urbino war versucht, noch länger zu bleiben, aber er wußte jetzt, daß Bobo sich an dem Ort befand, den er zuvor genannt hatte. Irgendwo in der Nähe waren Polizeibeamte. Sie würden sich um die Person kümmern müssen, die herkam, um sich mit Bobo zu treffen.

Urbino mußte jetzt so schnell wie möglich zum Mausoleum der da Capo-Zendrinis gelangen.

Dennoch war er noch immer nicht restlos davon überzeugt, daß niemand sich seine Voreingenommenheit gegen Bobo zunutze machte und ihn irgendwie manipulierte. Voller Eile begab er sich auf den Rückweg.

Waren da nicht Schritte hinter ihm? Urbino blieb stehen, hörte aber nur das Klagen des Nebelhorns. Einige Sekunden später traf ihn ein heftiger Schlag am Hinterkopf. Er fiel auf die Knie. Als er nach oben blickte, sah er eine Gestalt über sich aufragen. Urbino hob seinen Arm, um den nächsten Hieb abzuwehren.

4

Die Contessa und Harriet tasteten sich vorsichtig den Pfad entlang. Das schwache Licht der Laternen war ihr einziger Wegweiser. Harriet hatte darauf gedrängt, so schnell wie möglich aufzubrechen, denn sie schien es eilig zu haben, sich von Livia und Zeoli zu entfernen, nachdem alle anderen die Kirche verlassen hatten. Die Contessa hatte letztlich eingewilligt, und so waren die beiden fünf Minuten früher losgegangen, als ursprünglich mit Urbino vereinbart.

Die Contessa hatte selten zuvor das zweifelhafte Vergnügen gehabt, sich bei einem derart dichten Nebel im Freien zu befinden. Sie lauschte völlig gebannt Harriets Worten, und es war ein Wunder, daß sie nicht strauchelte und zu Fall kam.

»Verstehen Sie denn nicht, Barbara? Er hat Helen Creel verlassen, als er herausfand, daß sie nicht wirklich wohlhabend war. Nicht *ihr* hatte ihr Vater das ganze Geld hinterlassen, sondern ihrem Sohn! Ich weiß, daß Sie ihn lieben, aber die Liebe kann Schreckliches bewirken. Ich bin fast verrückt geworden!«

Harriet ergriff die Hand der Contessa und drängte sie etwas schneller in Richtung des Mausoleums, als habe sie plötzlich Angst bekommen, die Contessa würde umkehren wollen. Die Contessa wünschte auf einmal, sie hätte jene zusätzlichen fünf Minuten noch abgewartet. Sie hoffte sehr, daß Urbino beim Mausoleum bereits auf sie warten würde. Warum, um alles in der Welt, hatte er noch zu Pounds Grab gewollt?

Vor ihrem inneren Auge erschien das Mausoleum mit seinen kalten Marmorwänden, den verwitterten Statuen und der Tafel mit ihrem eingravierten Namen und Geburtsdatum, die darauf wartete, ergänzt zu werden. Wie hatte sie je glauben können, ihre Angst vor diesem Ort überwunden zu haben?

»Moss hat Bobos Gesicht niemals vergessen«, sagte Harriet. Sie atmete flach und keuchend, und ihre Stimme klang wie aus weiter Ferne. »Sie wissen, wie wenig er sich in den letzten zehn Jahren verändert hat. Er sieht so gut aus wie eh und je. Meine Mutter hat mir immer geraten, vor gutaussehenden Männern so schnell wie möglich die Flucht zu ergreifen. Als ob jemals ich diejenige gewesen wäre, die die Flucht ergriffen hat!«

Harriet brach in ihr lautes, hysterisches Gelächter aus, um gleich darauf wieder schlagartig zu verstummen. Sie hielt sich eine Hand vor den Mund und zog mit der anderen die Contessa hinter sich her.

Die Contessa blickte angestrengt in den Nebel. Sie konnte lediglich vage Umrisse erkennen – seltsam flackernde Lichter, Mausoleen, Grabsteine, Bäume, reglose Schemen, die wie Männer und Frauen aussahen und bei denen es sich um Statuen handeln mußte. Vielleicht befand sich Urbino irgendwo kurz vor oder hinter ihnen auf diesem Weg. Sie glaubte, Schritte zu hören.

»Urbino? Sind Sie das?«

Ihre Stimme wurde vom Nebel verschluckt.

»Wir haben uns beide wie Dummköpfe benommen, Barbara. Ich noch weitaus mehr als Sie. Ich ...«

Die Contessa bekam kaum noch mit, was Harriet sagte.

»... und er hat gesagt, wir würden lediglich noch Geld brauchen, denn Liebe hätten wir ja schon, und ich habe ihm geglaubt. Und als ich ihm erzählt habe, wie ich zufällig mitbekam, was Moss und Quimper am Abend Ihres Empfangs im Garten miteinander beredeten, fing sein Verstand an zu arbeiten. Er wollte eben, daß ich ihn begleite. Aber ich habe Angst, und ... ich mußte Ihnen doch alles erzählen. Es tut mir so leid, daß ich Ihnen das alles angetan habe, Barbara.« Sie umklammerte den Arm der Contessa noch fester, woraufhin diese versuchte, sich dem Griff zu entziehen. »Ich hätte nie für möglich gehalten, daß er derjenige gewesen ist, der die beiden umgebracht hat! Und jetzt glaube ich, daß er bemerkt hat, daß ich es vermute! O mein Gott, was war das?«

Die beiden Frauen erstarrten. Harriets Fingernägel gruben sich in den Arm der Contessa.

»Kommen Sie, beeilen wir uns«, sagte die Contessa. »Es kann nicht mehr weit bis zum Mausoleum sein. Ich habe den Schlüssel.«

Sie gingen hastig weiter. Bei dem Gedanken, hinter den

schweren Türen des Mausoleums Schutz suchen zu müssen, überlief die Contessa ein Schauder.

5

Seine Uhr war zerbrochen. Langsam quälte er sich mit schmerzverzerrtem Gesicht auf die Beine. Wie lange war er bewußtlos gewesen? Eine Minute? Zehn Minuten? Noch länger?

Er befühlte seinen Kopf und ertastete eine klebrige Flüssigkeit. Er konnte sein eigenes Blut riechen.

In letzter Sekunde verkniff er sich einen Hilfeschrei. Wer auch immer ihn niedergeschlagen hatte, hielt ihn für tot oder zumindest besinnungslos. Es war besser, ihn in diesem Glauben zu belassen. Außerdem würde es klüger sein, die Wege zu meiden. Wie in Zeitlupe machte er sich quer über das Gräberfeld auf den Weg und befürchtete, daß jeden Moment seine Beine unter ihm nachgeben würden.

Solange er in gerader Linie von einem Grab zum nächsten wankte, kam er ganz gut voran, aber hin und wieder verlor er infolge des Nebels und seiner Verletzung die Orientierung. Er stieß gegen Holzkreuze, Blumengestecke und Grabsteine. Das unverkennbare Quieken und Scharren der Ratten gellte in seinen Ohren. Sie rannten unbekümmert direkt zwischen seinen Füßen entlang und ließen sich von den Grabsteinen fallen. Er verwünschte den Nebel und die Dunkelheit und war zugleich dankbar dafür, denn so blieb ihm der Anblick der wimmelnden Ratten erspart. Er stolperte und fiel auf den aufgeweichten Boden. So schnell wie möglich rappelte er sich wieder auf, aber er war nicht schnell genug. Eine Ratte krabbelte über seinen Kopf. Er schüttelte sie ab und fragte sich, ob das Blut sie wohl anlockte. Dann torkelte er weiter.

Er bemerkte vereinzelte flackernde Lichter, die den Nebel durchdrangen. Das waren keine Votivkerzen oder Lampen, sondern *fuochi fatui,* kleine Irrlichter, die durch die Gase der verwesenden Leichen hervorgerufen wurden, die dicht unter dem Erdboden lagen. Das kalte Schimmern kam ihm wie eine höhnische Botschaft der Toten an die Lebenden vor.

Kurz darauf dachte er, er wäre vollends vom Weg abgekommen, mehrfach im Kreis gelaufen und inzwischen vielleicht wieder in Richtung von Baron Corvos Grab unterwegs oder irgendwo inmitten des Friedhofs verloren. Aber der Nebel lichtete sich ein wenig und enthüllte eine Reihe von Gräbern, deren Namen ihm bekannt vorkamen. Er hatte sie sich vor einiger Zeit notiert, um für eines seiner Bücher eventuell Nachforschungen über sie anzustellen. Ja, er war nach wie vor in der richtigen Richtung unterwegs. Er überquerte einen Pfad und gelangte so auf ein anderes Gräberfeld. Jetzt war es nur noch ein kurzes Stück bis zum Mausoleum der da Capo-Zendrinis.

Es hätte ihm auffallen müssen, daß er plötzlich gegen Schuttbrocken stieß, die seinen Weg behinderten, und auf Schotterstücke trat, die unter seinen Schuhen zerbröckelten. Er begriff es eine Sekunde zu spät, als er stolperte und in eine flache Ausschachtung fiel, in der Wasser stand. Es war ein exhumiertes Grab. Jetzt erinnerte er sich, daß er während seines Besuchs mit der Contessa gesehen hatte, wie ringsherum die Gräber geöffnet wurden.

Er krabbelte aus dem schlammigen Loch. Eine Frau schrie. Er kam auf die Beine, packte einen großen Betonbrocken und rannte auf das Mausoleum zu. Ein lauter Knall zerriß die Luft.

»O mein Gott!« rief eine Stimme, die er sofort als die der Contessa erkannte.

Erneut ein Knall, gefolgt vom Knirschen und Krachen einer Metalltür, die geschlossen wurde.

Nebelschwaden umwogten das Mausoleum. Auf den Stufen lag eine flackernde Votivkerze und ließ die Gesichter der beiden steinernen Heiligen lebendig erscheinen. Urbino rannte von hinten auf eine Gestalt mit einer Pistole zu, die verzweifelt den Boden absuchte. Aus dem Nebel näherten sich weitere Personen. Urbino ließ den Betonbrocken auf den Kopf des Mannes herabsausen.

Flint entglitt die Pistole. Er wankte auf die Stufen des Mausoleums zu, packte die Statue des Heiligen Nikolaus mit beiden Händen und sank dann langsam nach hinten. Die altersschwache Skulptur rutschte von ihrem Sockel und stürzte mit voller Wucht auf ihn.

Gedämpft ertönten aus dem Innern des Mausoleums durch die geschlossenen Türen hindurch die angsterfüllten Schreie der Contessa.

Epilog

Tod im Salon

»Hätten Sie den Schlüssel nicht etwas schneller finden können?« wurde Urbino von der Contessa zum ungefähr fünften Mal getadelt, seit sie im Chinesischen Salon Platz genommen hatten. »Ich war völlig in Panik!«

Urbino erinnerte sich nur zu gut an ihre entsetzte Miene, nachdem es ihm endlich gelungen war, das Schnappschloß des Mausoleums zu öffnen. Ihre Hände, ihr Kleid und sogar ihr Gesicht waren mit Harriets Blut befleckt.

Die Contessa atmete tief ein und schien dadurch ihre Freude und Erleichterung über eine Vielzahl von Dingen gleichzeitig ausdrücken zu wollen: das beruhigende Ambiente des Salons, die rauchfreie Luft, die lebend überstandene tödliche Bedrohung und vielleicht sogar der zweite Teller mit Petits fours, der vor ihr stand. Sie nahm eines davon in die Hand. Die rosafarbene Glasur hob sich deutlich vom Taubenblau ihres Kleides ab.

Sie bemerkte Urbinos Blick und sagte: »Essen bedeutet Leben, *caro,* und ich beabsichtige zu leben!«

Ihr Kinn, das sie ihm trotzig entgegenreckte, ließ eine leichte Gewichtszunahme erkennen. Sie hatte sich die ganze letzte Woche in die Ca' da Capo-Zendrini zurückgezogen, keinerlei Telefonate angenommen und mit niemandem außer der Polizei gesprochen – und auch das nur notgedrungen. Aber heute hatte sie ihn angerufen und gesagt: »Es ist an der Zeit, der Welt ins Gesicht zu sehen.«

Allerdings gab es an diesem Nachmittag nicht allzuviel,

mit dem die beiden sich auseinandersetzen mußten, abgesehen von dem jeweils anderen und einigen offenen Fragen. Ein paar Puzzlestücke mußten noch zusammengefügt werden, und zwar nicht nur, um ihrer beider Neugier zu befriedigen, sondern auch, um ihnen den nötigen Seelenfrieden zu verschaffen.

»Ich habe Bobo vor die Tür gesetzt«, sagte die Contessa und begann durch diese Bemerkung als erste damit, reinen Tisch zu machen.

Doch Bobos Weg hatte lediglich bis ins Gritti Palace geführt. Er würde noch eine Weile in Venedig bleiben müssen.

»Ich habe den *salotto blu* und das Zimmer im Obergeschoß von diesem abscheulichen Qualmgestank befreien lassen, und jedes einzelne Buch von D'Annunzio ist in den Schränken verschwunden!«

Es gab noch ein paar subtilere Veränderungen, die sie nicht eigens erwähnte. So benutzte sie zum Beispiel wieder ihr ursprüngliches Parfum und tönte sich die Haare nicht mehr so häufig.

»Es wird nicht ganz so einfach sein, die Erinnerung an ihn aus dem Gedächtnis zu streichen«, sagte Urbino, der inzwischen wieder mehr Rücksicht auf ihre Gefühle nehmen konnte als noch vor kurzer Zeit.

»Ich bin eine stärkere Frau, als Sie glauben, *caro*! Und nur um so entschlossener, weil ich soviel Schwäche gezeigt habe. Aber ich *will* ihn gar nicht vergessen! Nichts von all dem! Nichts davon, was er Helen Creel angetan hat! Nichts davon, was er diesem armen Pärchen antun wollte! Oh, er mag sie nicht eigenhändig ermordet haben, aber er wollte ihren Tod! Und ich habe mit Sicherheit nicht vor zu vergessen, was er *mir* angetan hat! Ich war für ihn und alle anderen die goldene Gans!«

Dieser Vergleich war gewiß passend, nicht nur wegen der Federn, die sich ihr unverkennbar sträubten, sondern auch im Hinblick auf eines der vielen Details, die Harriet ihr über Flint erzählt hatte. Er hatte von Harriet verlangt, ihre privilegierte Position als Sekretärin der Contessa auszunutzen, zumal sie auch unter dem gleichen Dach wohnte. Sie sollte ihre Arbeitgeberin und Urbino genau im Auge behalten und herausfinden, ob es im Leben der beiden irgend etwas gab, das sich zu Geld machen ließ. Als ihm dann Bobos Geheimnis in den Schoß fiel, kam Flint auf den Plan, die Contessa unwissentlich dafür zahlen zu lassen, daß diese Kenntnisse nicht an die Öffentlichkeit gerieten. Die Erpressungen wären endlos weitergegangen.

Die Contessa schloß die Augen und rieb sich die Schläfen. Sicherlich dachte sie auch daran, was Bobo womöglich noch alles getan hätte, um für sich selbst so viel von ihrem Geld beiseite zu schaffen, wie er nur konnte. Sie sah Urbino an und bemühte sich, so normal wie möglich zu klingen: »Erzählen Sie mir, *caro,* wie sind Sie letztlich auf Flint gekommen?«

Urbino wußte, daß die Contessa sich auf die Fakten konzentrieren wollte – und mußte –, auf das, was wirklich passiert war, um ihre Wunden heilen zu lassen. Es würde kaum einen Unterschied für sie machen, wenn er – oder auch sie selbst – Dinge erneut zur Sprache brachte, die sie beide bereits wußten. Sie mußten das gemeinsam durchstehen. Urbino war mehr als bereit dazu, aber er hatte dennoch Angst vor ein oder zwei Aspekten, die möglicherweise nicht verschwiegen werden durften.

»Zum Teil dank der Akustik in Ihrem Garten«, begann er und wußte, daß dieses Thema keinerlei Gefahren barg. »Am Nachmittag vor der Prozession habe ich in Harriets früherem Zimmer am Fenster gestanden und zufällig eine Unterredung zwischen Bobo und Livia belauscht. Die beiden waren in der Pergola, und obwohl sie leise gesprochen haben, konnte ich sie klar und deutlich verstehen. Wichtig war gar nicht, *was* sie gesagt haben, sondern die Tatsache, daß ich sie so gut hören konnte. Mir wurde plötzlich klar, daß Harriet am Abend des Empfangs das Gespräch zwischen Moss und Quimper mitgehört haben könnte, denn sie war kurz vorher nach oben auf ihr Zimmer gegangen, um eines von Bobos Pressefotos zu holen. Mit einiger Wahrscheinlichkeit haben die beiden über Bobo und Helen Creel gesprochen.

Direkt nach diesem Zwischenfall am Fenster habe ich einen Umschlag gefunden, in dem herausgerissene Seiten aus Modemagazinen steckten. Auf jeder dieser Seiten war Flint abgebildet, und er hatte jedes der Fotos mit einer Widmung versehen und signiert. Ich habe in diesem Moment natürlich noch nicht alles durchschaut, aber mir kam plötzlich der Gedanke, daß die beiden sich womöglich zusammengetan hatten, um Bobo zu erpressen, und daß sie irgendwie für die Morde an Moss und Quimper verantwortlich waren. Ich hatte zuvor schon auf Flint spekuliert, weil er den häufigsten Kontakt zu dem Paar hatte und sich ständig in Geldnot befand. Und Harriet besaß für die Zeit der Morde kein Alibi.«

»Weil sie wie betäubt durch die Gegend geirrt ist, nachdem sie von Zeoli aufgebrochen war!« Was auch immer Harriet zum Schaden der Contessa getan hatte, war ihr offensichtlich vergeben worden, und dies nicht nur deswegen, weil die Frau in den Armen der Contessa gestorben war. »Sie konnte sich nicht mit dem Gedanken an eine Erpressung anfreunden, und sie hätte sich niemals zu einem so schlimmen Verbrechen wie Mord bereit gefunden! Sie hat sehr lange geglaubt, daß ... daß Bobo Moss und Quimper ermordet hat. Flint hat ihr erzählt, er habe sich mit dem Pärchen getroffen, während sie bei Marco war, weil er angeblich mit den beiden besprechen wollte, wie man Bobo noch besser erpressen konnte. Nachdem er gegangen wäre, hätte Bobo die beiden dann erschossen.«

»Flint war entschlossen, Moss und Quimper in jener Nacht unbedingt davon zu überzeugen, Ihnen nichts von Helen Creel zu erzählen, koste es, was es wolle. Sobald Sie von ihr erfahren und dadurch erkannt hätten, was für ein Mann Bobo war, hätte Flint jeglichen Einfluß auf Bobo verloren. So aber wußte er, daß Bobo praktisch alles tun würde, um Sie im unklaren zu lassen. Moss und Quimper wären in der Lage gewesen, für alle Beteiligten das meiste Geld herauszuholen, aber sie weigerten sich. Moss wollte sich rächen, wollte alles zwischen Ihnen und Bobo zunichte machen, weil Bobo seine Familie zerstört hatte. Also hat Flint die beiden ermordet.«

»Wird der Stellvertretende Staatsanwalt ihn wegen dieses Doppelmordes anklagen?«

»Wir müssen abwarten. Was Harriet Ihnen erzählt hat, ist Hörensagen.«

»Es ist die Wahrheit! Es waren praktisch ihre letzten Worte! Oder will man hier *mein* Wort anzweifeln?«

»Sie wissen doch, wie so etwas abläuft. Solange ihn entweder niemand bei der Tat beobachtet hat oder er kein Geständnis ablegt, kann man gegen ihn keine Anklage eröffnen. Außerdem sind Moss und Quimper nicht mit derselben Pistole ermordet worden, mit der er Harriet erschossen hat.«

»Aber er hat Harriet umgebracht, weil sie aussteigen wollte. Schon morgens auf der Friedhofsinsel hätte sie sich Ihnen fast anvertraut. Abends teilte sie Flint dann endgültig mit, daß sie entschlossen sei, bei mir und Bobo ihr Gewissen zu erleichtern. Außerdem hat sie geahnt, daß Flint auch für die Morde verantwortlich sein könnte. Nachdem sie in der Mordnacht Zeoli völlig aufgelöst verlassen hatte, wollte sie noch einmal zu Flint, um ihn doch noch von der Erpressung abzubringen.Sie hat gesehen, daß Moss und Quimper Flints Haus verließen und er selbst ihnen kurz darauf folgte. Der Mut hat sie verlassen, und sie ist Hals über Kopf zu uns zurückgekehrt.«

»Welchen Plan Flint ursprünglich verfolgte, werden wir wohl nie genau erfahren. Harriets Reumütigkeit muß ihn in Panik versetzt haben. Ihr Wissen um die Erpressung hätte ihn plötzlich ins Zentrum der Nachforschungen gerückt. Flint improvisierte einen zweiten Erpresserbrief an den Baron, um ihn auf dem Friedhof von Ihnen zu trennen. Harriet sollte keine Gelegenheit erhalten, Bobo und Sie gleichzeitig zu sprechen. Er selbst hatte eine einleuchtende Begründung, sich von der Gruppe zu entfernen, und wollte Harriet überreden, ihn zum Grab der Borellis zu begleiten, um sie vielleicht doch noch umstimmen zu können. Als sie sich dann sofort Ihnen anschloß, mußte er ihnen beiden zum Mausoleum folgen. Er bemerkte mich auf dem gleichen Weg und schlug mich nieder. Sicher hat er einiges von Harriets Beichte mitgehört und erkannte, daß er zu spät gekommen war. Harriet mußte sterben, und Sie als Mitwisserin sollten es auch.«

»Der Mord an Harriet und der Mordversuch an Ihnen werden vielleicht das einzige sein, wofür man ihn vor Gericht stellt. Gott sei Dank hat man den größten Teil des Geldes in seiner Wohnung gefunden.«

»Und was ist mit Orlando? Kann man denn nicht irgendwie beweisen, daß Flint auch ihn ermordet hat?«

»Flint hat Orlando nicht ermordet.«

»Nicht? Wer dann?«

In ihrem Blick lag Panik. Sie fürchtete sich vor der Antwort. Er ließ sie nicht lange im ungewissen.

»Niemand.«

»Niemand? Aber das verstehe ich nicht.«

»Er hat anscheinend Selbstmord begangen.«

»›Anscheinend‹? Spielen Sie nicht mit mir!«

»Aber ich fürchte, genauer kann ich es nicht erklären – und die Polizei auch nicht. Auf jeden Fall hat Flint ihn nicht getötet. Oriana gibt zu, daß Flint in der Nacht des Doppelmordes nicht die ganze Zeit bei ihr war. Sie hat sich zu einer Lüge überreden lassen, weil man ihn – wie er ihr einredete – ansonsten unnötig drangsaliert hätte. Aber als Orlando starb, hat Flint tatsächlich bis zum Morgengrauen Karten gespielt. Seine Vermieterin hat dies ausdrücklich bestätigt. Er konnte im fraglichen Zeitraum gar nicht zu Orlando gelangen.«

»Jemand anderer könnte Orlandos Tabletten in die Toilette geschüttet und seinen Inhalator aus dem Fenster geworfen haben. Als er dann seinen Anfall erlitt, war dieser Jemand vielleicht gar nicht mehr anwesend.«

»Falls jemand das getan hätte«, sagte Urbino, »hätte diese Person sich ziemlich sicher sein müssen, daß Orlando nicht nur einen Anfall erleiden würde, sondern auch, daß dieser Anfall gravierend genug ausfallen würde, um seinen Tod nach sich zu ziehen. Nur eine einzige Person konnte dies mit Gewißheit voraussagen – und zugleich die Tabletten und den Inhalator verschwinden lassen. Orlando selbst. Es ist durchaus möglich, daß er seinen Anfall eigenhändig herbeigeführt hat. Bei meinem Besuch hat er einige der Faktoren erwähnt, die in seiner Suite einen Anfall auslösen könnten. Staub, Tabakrauch und Druckerschwärze.«

»Und er wurde mit einer Zeitung aufgefunden!«

»Diese Zeitung oder einer der anderen Faktoren oder vielleicht eine Kombination aus mehreren Umständen hat vermutlich zu dem Anfall geführt – so wie er selbst es beabsichtigt hatte. Wer weiß? Er wollte womöglich, daß es wie ein Mord aussehen würde – um einigen Leuten Unbehagen einzuflößen. Ich bin überzeugt davon, daß er nicht mehr weiterleben wollte. Er war vom Tod seiner Schwester besessen – und er litt unter der gleichen Krankheit –, so daß er es wahrscheinlich angemessen fand, am gleichen Tag zu sterben. Und wir wissen, daß er vorher schon mindestens einmal versucht hat, sich das Leben zu nehmen.«

»Als Bobo ihn in Taormina vor dem Ertrinken gerettet hat!«

»Genau.«

Er verkniff sich den Kommentar, daß es Bobo mit seiner tapferen Rettungstat nicht so sehr um das Leben seines Schwagers gegangen sein könnte, als vielmehr darum, eventuell das Geld in die Finger zu bekommen, das Rosa ihrem Bruder hinterlassen hatte. Falls Orlando damals gestorben wäre, wäre Bobo völlig leer ausgegangen. Bobo hatte Zeit gebraucht, um auf ihn einzuwirken, aber seine Anstrengungen waren vergeblich gewesen. Nur über Livia hatte er wenigstens einen kleinen Teil von Orlandos Geld in Reichweite gesehen.

»Ich werde mich besser fühlen, sobald ich vollständig begriffen habe, was genau in der Nacht der Morde passiert ist«, sagte die Contessa. »Sie müssen es sich doch inzwischen zusammengereimt haben.«

»Ja, aus dem, was wir mit Sicherheit wissen, und dem, was wahrscheinlich erscheint. Wir wissen von Bobo, daß Moss dieses Spielchen mit den Drohbriefen aufgeben und Ihnen alles erzählen wollte. Es reichte Moss vermutlich nicht mehr aus, Bobo lediglich mit der Möglichkeit einer Enthüllung in Angst zu versetzen. Bobo hat ihn und Quimper über das Haustelefon des Flora angerufen und gesagt, er wolle sich mit ihnen treffen. Seine Absicht war, Moss von seinem Plan abzubringen. Sie gingen ein Stück zusammen, und auf dem Campo San Luca gerieten Bobo und Moss in Streit. Dann muß das Pärchen weitergegangen sein, um Flint aufzusuchen, vermutlich in seinem Apartment, während Bobo und Harriet zur gleichen Zeit auf verschiedenen Routen zu Fuß unterwegs waren. Moss hat Flint gesagt, daß er und Quimper auf keinen Fall an der Erpressung Bobos mitwirken würden. Wenn man die Uhrzeit berücksichtigt, dürfte Moss Sie von Flints Telefon aus angerufen haben, um ihm zu verdeutlichen, daß er entschlossen war, seine Absicht in die Tat umzusetzen. Flint sah seine Felle davonschwimmen, folgte den beiden auf ihrem Weg zu Ihnen, zwang sie mit vorgehaltener Waffe in den abgelegenen Winkel der Erberia und hat sie dann dort erschossen. Schon als er versuchte, sich an den Racheplan von Moss und Quimper anzuhängen, mit Harriet als dem wesentlichen Bindeglied zwischen allen anderen und Ihnen, stellte Flint sicher, daß das ganze Spiel nach seinen Regeln ablief. Und dann zog er ganz nach Belieben die Fäden. Er...«

»Ich kann dir gar nicht sagen, wie glücklich es mich macht, daß du dich wieder ins Getümmel stürzt, Barbara«, unterbrach ihn eine tiefe weibliche Stimme.

Die Contessa und Urbino waren so in ihr Gespräch vertieft gewesen, daß sie die Ankunft der Frau gar nicht bemerkt hatten. Es war Oriana, gekleidet in Schwarz und Purpur. Sie befand sich in Begleitung Ihres Ehemanns Filippo, der offenbar wieder bei bester Gesundheit war.

»Wir können uns nicht ewig Selbstvorwürfe machen, weil

wir einen Fehler begangen haben. Filippo versteht das, nicht wahr, Schatz? *Er* hat auch schon ein paar Sachen auf dem Kerbholz! Und ich bin sicher, auch Urbino hat Verständnis.«

»Warum setzen Sie sich nicht?« fragte Urbino.

»Wir würden nicht im Traum daran denken! Ihr beide braucht jetzt erst mal für lange, lange Zeit gemeinsam eure Ruhe. Wir sind auf dem Weg zu einem Vivaldi-Konzert. Aber als wir euch hier sitzen sahen, wollten wir mal kurz vorbeischauen, um hallo zu sagen. Ruf mich bei Gelegenheit an, Barbara. Wir haben so viel zu besprechen.«

Filippo, dessen einzige Reaktion aus einem milden, wenngleich leicht angespannten Gesichtsausdruck bestanden hatte, nickte ihnen lächelnd zu, als die beiden den Salon verließen.

»Mensch, die ist aber schnell wieder auf den Beinen!« sagte die Contessa und blickte dem enteilenden Paar nach. »Ich wünschte, ich hätte ihre Energie!«

»So nennen Sie das? Sie wird sich schon bald wieder nach einem neuen Liebhaber umsehen.«

Die Contessa überhörte ihn geflissentlich und fuhr fort: »Ich fühle mich durch sie ermutigt. Ganz gleich, was ich durchgemacht habe, für sie war es noch sehr viel schlimmer. Vielleicht werde ich irgendwann das Gefühl loswerden können, alles sei meine Schuld gewesen.«

»Ihre Schuld?«

»Ich meine, falls ich arm wie eine Kirchenmaus wäre, hätte es gar kein Geld gegeben, um jemanden in Versuchung zu führen. Nicht Harriet. Nicht Flint. Niemanden!« Sie fuhr mit ruhigerer Stimme fort, während sie hinaus auf die Piazza San Marco starrte: »Als ich noch ein kleines Mädchen in St. Brigid war, habe ich geglaubt, es gäbe auf alles eine Antwort –

außer natürlich für die Geheimnisse der Kirche«, fügte sie lächelnd hinzu. »Aber ich habe gelernt, daß es sich nicht so verhält. Es ist ein Irrglaube. Eine Falle.« Sie zuckte zusammen und riß die Augen auf. »Das glaube ich nicht! Ist es denn die Möglichkeit!«

Urbino begriff sofort, was die Contessa meinte, als er ihrem Blick hinaus auf die Piazza folgte. Bobo und Livia Festa eilten unter ein und demselben Regenschirm quer über den Platz. Peppino war fest an Livias wogenden Busen gepreßt und trug einen smaragdgrünen Regenmantel, der farblich zu dem seiner Herrin paßte. Sie blieben stehen, als sie die Arkaden vor dem Chinesischen Salon erreichten, und Bobo faltete den Schirm zusammen. Livia entdeckte die Contessa und Urbino als erste. Sie nickte mit unbewegtem Gesicht. Bobo warf ihnen ein gequältes Lächeln zu, ergriff dann Livias Ellbogen und drängte sie in Richtung der Eingangstür des Café Florian.

»Diese Schamlosigkeit!« rief die Contessa, als wären die beiden splitternackt über die Piazza stolziert. »Aber sie werden es nicht wagen, hier hereinzukommen, nachdem sie uns gesehen haben!«

Das Gegenteil war der Fall, allerdings gingen die beiden durch den Flur hinter dem Chinesischen Salon in einen der größeren Räume. Weder Bobo noch Livia blickten in ihre Richtung, aber Peppino starrte mit fast schon menschlicher Neugier in den Salon.

»Ich muß Ihnen etwas über Livia erzählen«, sagte Urbino.

»Ich hoffe, daß ihr gleich jeder Bissen in ihrem fetten Hals steckenbleibt.«

»Das könnte sehr wohl der Fall sein. Es geht um Orlandos Testament – sein *anderes* Testament«, betonte Urbino.

»Ein anderes als das, in dem er Livia das ganze Geld vermacht hat?«

»Er hat es kurz nach seiner Ankunft hier aufgesetzt. Livias Betrag wird darin dem Löwenanteil nach der medizinischen Fakultät zugeschlagen. Das Testament wurde im Beisein zweier Angestellter des Flora aufgesetzt, die erst am Tag vor Ihrer Prozession davon erzählt haben. Livia muß es gefunden und vernichtet haben. Vielleicht an dem Morgen, als sie seine Leiche entdeckt hat. Sie hat zunächst in seinem Zimmer angerufen. Es hob niemand ab. Sie muß angenommen haben, er wäre weggegangen, also hat sie sich mit dem von ihr angefertigten Nachschlüssel Zutritt verschafft. Ganz gewiß hat Orlando ihr nie einen Schlüssel gegeben. Vermutlich hat sie sein Zimmer immer wieder mal durchsucht. Sie mußte einfach bemerkt haben, daß Orlando nicht mehr soviel von ihr hielt wie früher. Vielleicht hat er sie sogar damit verhöhnt, er habe kürzlich ein neues Testament aufgesetzt. Ich glaube, er hatte vor kurzem etwas über sie herausgefunden, das seine Meinung schlagartig änderte. Möglicherweise hatte er einen Privatdetektiv engagiert. Sein Adreßbuch fehlte. Sie muß es an sich genommen haben, damit die Polizei nicht auf den Namen des Detektivs stoßen und dadurch zu ihr geführt würde. Dann hat sie das neue Testament und das Adreßbuch vernichtet. Wir werden diese beiden Gegenstände niemals zu Gesicht bekommen – aber sie hat nicht daran gedacht, daß Orlando eine beglaubigte Kopie des neuen Testaments an seinen *avvocato* in Rom geschickt haben könnte. Sie ist schlau, aber nicht so schlau, wie sie glaubt.«

Die Contessa versuchte, sich an etwas zu erinnern. Ihre Stirn war in Falten gelegt.

»Ich glaube, daß ich weiß, was mit dem Testament und dem Adreßbuch passiert ist. Livia und Bobo haben beides am

Tag nach Orlandos Tod im Kamin des *salotto blu* verbrannt. Ich habe bemerkt, daß jemand ein Feuer entzündet hatte.«

»Mir ist das an jenem Tag auch aufgefallen. Als ich im *salotto* war, kam Harriet herein und warf ebenfalls einen Blick in den Kamin. Vielleicht hat sie gewußt, daß die beiden etwas verbrannt hatten. Das hat ihre Angst vor Bobo vermutlich nur um so stärker genährt.«

»Was könnte Orlando denn über Livia in Erfahrung gebracht haben?«

»Falls tatsächlich ein Privatdetektiv darauf angesetzt war und wir ihn ausfindig machen können, werden wir es genau wissen. Ich schätze, daß es etwas mit Rosa zu tun hatte. Livia sollte ihren Anteil vom Erbe ursprünglich für ihre Herzlichkeit gegenüber Rosa bekommen. Orlando hat vieles in seinem Leben von den Gefühlen für seine Schwester abhängig gemacht. Ja, es muß irgendwie im Zusammenhang mit Rosa gestanden haben.«

Er versuchte abzuschätzen, ob die Contessa ahnte, worauf er abzielte. Ihr war nichts dergleichen anzumerken.

»Livia war zum Zeitpunkt von Rosas Tod in Taormina«, fuhr er fort. »Rosa ist vor zehn Jahren am neunundzwanzigsten Oktober gestorben. Sie hat einen Anfall erlitten, sie war allein, die Medizin für ihren Inhalator war ihr ausgegangen. Orlando, Livia und Bobo waren zusammen beim Abendessen im Granduca. Sie ...«

»Hören Sie sofort auf! Ich will keine weitere Silbe mehr hören!«

Mehrere Gäste schauten zu ihr herüber.

»Es ist mir egal, ob Livia und Bobo mich nebenan hören können! Ich will nicht, daß Sie solche Andeutungen machen. Sie sind entschlossen, Bobo noch weitaus mehr anzulasten, als er ohnehin schon zu verantworten hat! Das werde ich nicht zulassen!« Ihr Gesicht verzog sich, und sie fing an zu weinen. »Wieviel kann ein einzelner Mensch ertragen? Ich bedauere nichts, lassen Sie sich das gesagt sein. Ich habe wirklich etwas empfunden. Ist daran irgend etwas, wofür ich mich schämen müßte? Irgend etwas?«

Er streckte seinen Arm aus und ergriff ihre Hand.

»Es tut mir leid. Ich wollte Sie nicht verletzen.«

»Aber das haben Sie! Sie versuchen mir einzureden, daß Rosas Tod nicht war, was er zu sein schien. Und ich werde es nicht als Entschuldigung gelten lassen, daß Sie glauben, ich müßte der Wahrheit ins Gesicht sehen, was auch immer das bedeuten soll! Mußte ich mich nicht bisweilen verbiegen wie ein Gummimensch, um *Ihnen* so manche Wahrheit zu ersparen? Entschuldigen Sie mich. Ich muß mich frisch machen.«

Sie nahm ihre Handtasche und verließ den Salon. Urbino hatte mehr als zehn Minuten Zeit, ihre Worte und seine eigenen Absichten zu überdenken. Vielleicht hätte er seinen Verdacht hinsichtlich Rosas Tod für sich behalten sollen. Die Contessa hatte Bobo bereits, wie sie es nannte, »vor die Tür gesetzt«. Was hatte er zu erreichen gehofft, indem er ihr seine Vermutung mitteilte? Hatte sie recht? Bestrafte er sie dafür, daß sie ihm durch ihre Gefühle für Bobo gezeigt hatte, was er in seinem eigenen Leben vermißte? Oder hatte er verhindern wollen, daß sie je wieder Kontakt zu Bobo aufnahm, wenn ihr Schmerz irgendwann abgeklungen war und sie eventuell begann, sich sein Verhalten rational zu erklären? Was auch immer der Anlaß war, er fühlte sich nicht wohl in seiner Haut. Es gab einen Punkt, dessen er sich vollauf bewußt war: Er hatte die wichtigste Person in seinem Leben nicht immer anständig behandelt. Er nahm sich fest vor, sein Verhalten gegenüber der Contessa zu ändern.

Aus diesem Grund befand er sich bei ihrer Rückkehr in reumütiger Stimmung. Sie sah überraschend gefaßt aus, als sie mit zittrigem Lächeln wieder auf der Sitzbank Platz nahm.

»Ich hatte gerade das unbeschreibliche Vergnügen, mir mit Livia einen Spiegel zu teilen – oder vielleicht sollte ich besser sagen, daß mein Spiegelbild von ihrem verdrängt wurde! Sie plapperte von ihren und Bobos Plänen für das nächste Jahr! Offenbar hat sie es gut verkraftet, daß sie nun doch nichts von Orlando erben wird.«

»Nach dem, was Gemelli gesagt hat, glaube ich nicht, daß sie schon davon weiß.«

»Sie weiß es noch nicht? Dann hat auch Bobo noch keine Ahnung! Wie herrlich!«

Als sie ihn jetzt ansah, wirkte sie fast so lebhaft wie früher. Die wenigen Minuten, die sie beide soeben getrennt gewesen waren, hatten zweierlei bewirkt: Er war reumütiger geworden und sie versöhnlicher. Sie gab dies jetzt eindeutig zu erkennen, indem sie sagte: »Ich weiß, daß Sie immer nur das Beste für mich wollen, *caro*. Ich vertraue Ihnen. Ich wünschte nur manchmal, daß Sie ein wenig mehr Selbstvertrauen an den Tag legen würden.«

Er versuchte noch, sich auf diesen etwas rätselhaften Kommentar einen Reim zu machen, als sie bereits eilig fortfuhr: »Vielleicht glauben Sie, daß ich mich wie ein Dummkopf benommen habe. Aber ich habe das nie so empfunden und tue es auch jetzt nicht! Ich würde meine Gefühle lieber hundertmal an den Falschen verschwenden, als nie etwas zu riskieren. Oh, die Leidenschaft begegnet uns bisweilen in merkwürdiger Gestalt, *caro*. Sie hat oft nichts mit unseren Erwartungen zu tun. Ich habe ein bißchen mehr vom Leben gesehen als Sie. Sie sind noch jung. Es ist nicht zu spät! Es ist nie zu spät!«

Er rechnete fast damit, daß sie vor lauter Überschwang ihre Hand ausstrecken und seinen Arm packen würde, aber statt dessen nahm sie ein Petit four, das von einer Haselnuß gekrönt wurde, und biß hinein. Sie saßen schweigend da, ein jeder in seine eigenen Gedanken versunken, bis die Contessa sagte: »Übrigens, haben Sie in letzter Zeit irgendwelche Schmerzen gehabt?«

Einen Moment lang wußte er nicht, was sie meinte.

»Ach, mein Zeh. Dem geht es gut. Ich hatte die leidige Angelegenheit ganz vergessen.«

»Ihnen hat lediglich gefehlt, mal auf andere Gedanken zu kommen. Aber hören Sie mir gut zu! Wir wollen doch mit Sicherheit keine weiteren Morde, oder? Außerdem haben Sie ja jetzt wieder mich.«

»So wie früher?«

»Das will ich doch nicht hoffen! Eine Frau braucht mehr als das!«